无人永生

译世 等著

NO ONE

LIVES

FOREVER

SPM 南方出版传媒·广东人民出版社

·广州·

图书在版编目（CIP）数据

无人永生 / 译世等著 . — 广州：广东人民出版社，
2020.7

ISBN 978-7-218-13977-7

Ⅰ . ①无… Ⅱ . ①译… Ⅲ . ①科学幻想小说－小说集－
中国－当代 Ⅳ . ① I247.7

中国版本图书馆 CIP 数据核字（2019）第 247961 号

WUREN YONGSHENG

无人永生

译世 等著

出 版 人：肖风华

责任编辑：刘 宇 马妮璐
责任技编：吴彦斌 周星奎
装帧设计：安 宁

出版发行：广东人民出版社
地 址：广州市海珠区新港西路 204 号 2 号楼（邮政编码：510300）
电 话：（020）85716809（总编室）
传 真：（020）85716872
网 址：http://www.gdpph.com
印 刷：广东鹏腾宇文化创新有限公司
开 本：880mm×1230mm 1/32
印 张：8.5 字 数：133 千
版 次：2020 年 7 月第 1 版
印 次：2020 年 7 月第 1 次印刷
定 价：42.00 元

如发现印装质量问题，影响阅读，请与出版社（020－85716849）联系调换。
售书热线：（020）85716826

目 录
CONTENTS

001　无人永生
译世

016　比翼纪元
三度

044　末日 333 天
陈楚娟

084　人类传说
张佳风

098　续梦凤麟
张峻

113　艺术家
凉言

124　天堂不如天堂岛
陶松子

146　银心舰影
于博

无人永生

一

昏暗的会见室里，杨川低着头，任凭那盏久经年月的日光灯在他脸上拉出大片黑暗，消弭了他的表情。沉默像一团雾气弥漫在这个位于看守所角落的小房间里，笼罩着他，遮掩着他，让我看不透他的想法。

我不知道是什么把杨川变成这样的。在初中的时候我和他是同桌，那时他浑身充满了正义感，热衷于人工智能和心理学之类的生僻玩意儿，还养了只鹦鹉。可惜他为人孤僻，像是一只容易受惊的小动物，除了和我说话外，和其他人就没什么交流了。拜此所赐，每天下课我都要忍受诸如"如何骗过图灵测试"或是"九大人格到底合不合理"这种我一点都不感兴趣的话题。可看着他像要冒出光来的眼睛，我又不忍心打断他，只能默默忍受他的长篇大论。

但无论杨川多么烦人，我也从没想过我会在十年后以辩护律师的身份，跟那个当年一提到梦想就热血沸腾并且立志要当科学家的小男孩面对面坐在看守所里。

杨川的疯狂实验把我高中时的好闺蜜琳琳变成了植物人。

"夏柠，你能不能帮我做无罪辩护？"沉默许久，杨川开口了。他的声音有些颤抖，让我不禁觉得他还是十年前那个容易紧张的羞涩男生。

"不行，你给琳琳签署的风险同意书用词太模糊了，条例也不清楚，很容易被揪出问题来。而且你本人没有医师执业资格，这种文件从法律上讲是没有效力的。"我摇了摇头，透过栅栏的缝隙看杨川，"现在最好的选择是做罪轻辩护，就是你先认罪，然后我会给你争取最轻的处罚。"

"我不认罪，我没有错，"杨川抬起头，一张自信的脸迎着光从黑暗里浮现出来，嘴角挂着可憎的笑容，"我知道你和阿琳是高中时的好朋友，就算看在她的份上，帮帮我吧。我还有一个证人，只不过她现在不能露面，只要她出庭，就能证明我是无罪的。"

杨川这个不知好歹的混蛋！听到杨川依然那么亲密地称呼琳琳，一股怒火轰地从我胸膛里蹿上来，我真想冲破眼前的栅栏，撕碎杨川那张可恶的脸！

"你还敢提琳琳！你都把她害成那个样子了还有脸笑！虽然我负责为你辩护，但你这种人真应该立马判死刑！"我气得直拍桌子，站起身来准备走人。

"我没有害阿琳，"杨川又低下头，"我没有害她，真的……为什么你们都不相信我呢？"杨川抽噎起来，大滴的泪珠折射着惨白的灯光碎裂在地板上。我有些心软了，但刚刚杨川的笑容和他对琳琳做的伤天害理的事是绝对不能容忍的！

"你去死吧！"我拿起我的包，转身往会见室的门外走。

"如果阿琳只是换了一种形态活着，是不是你们就可以原谅我了？"杨川的哽咽声从背后传过来，但拖不住我的脚步。

我没有理会杨川，事到如今他竟然还能说出这种不明不白的疯话来。就算现在琳琳醒了，从病床上坐起来了，也抹消不了他的罪孽。我跨过会见室的铁门，把杨川隔绝在深渊的另一头。

从看守所里出来，外面的阳光让刚刚还身处昏暗环境的我一时睁不开眼。秋日的太阳高悬在天上，阳光照在身上暖洋洋的，我脱下厚重的呢子外套，脑子不自觉地回忆起琳琳来。

琳琳是个像阳光一样明媚的女孩子，或许这种形容很普通，可她就是有那么一种魔力，让见过她的人脑子里都或多或少地蹦出类似的形容来。然而光看外表肯定没人想得到琳琳是个需要靠靶向药和化疗才能维持生命的白血病患者，她那一头乌黑长发，也只是一顶假发而已。

人们常说，当上帝给你关上一扇门的时候，会为你打开另一扇窗，琳琳也有幸运的地方。在大学的时候她跟我说遇到了自己的真爱，那是个知道她的病情却不离不弃的羞涩大男孩。那段时间琳琳过得很开心，成天在网上跟我聊天炫耀，就算去医院治疗也能给我塞上满满一嘴"狗粮"。当时我还不知道，这个琳琳口中的"羞涩大男孩"就是杨川。

可现在什么都没有了，杨川那个混蛋把一个正处于大好青春的明媚女子变成了一个病床上没有知觉的睡美人，不同的是琳琳不会因为一个王子的吻就醒来。医生说琳琳受到过长时间的强电流刺激，大脑皮层功能几乎丧失，只剩下脑干尚且正常，得以维持她的生命。而导致琳琳变成植物人的强电流就是杨川的脑扫描器发出来的，因此警方以故意伤人造成严重后果为由逮捕了他。

我觉得警方真应该告他故意杀人。

二

开庭的时间一天天逼近，纵使心中万般不愿意，律师的职业操守也不允许我做出对被辩护人不利的事情，哪怕是消极怠工和浪费时间。我一边考虑证据中的纰漏，一边思考如何打动陪审团，唯独没有再去见杨川，就让那个混蛋在昏暗的看守所里腐烂吧。

很快开庭的日子到了，我不得不再一次见杨川。在开庭前的商议时间，杨川叫我一定要想办法把作为证物的脑扫描器的电源打开，他说只要打开它，就一定能证明他是无辜的。无辜？我才不信他的话。

可杨川走过法庭的大门时扭过头来看了我一眼，对我说琳琳就在那里面。他平静的脸上透露出的怀念与自信，在我的心中激起了小小的希望，我甚至暂时忘了他伤害过琳琳，决定信他最后一次。

庭审中我竭力发挥自己学到的全部技巧，试图打动陪审团，但在控方铁锤一般的证据面前，我的巧言舌辩显得滑稽可笑。我只能提出一些证据中微不足道的疑点，可明眼人都瞧得出来我必输无疑。

我抱着最后一丝希望，用脑扫描器是否真的能够发出足够强的电流这种牵强的理由，请求检查作为证物的脑扫描器。我看着法官不耐烦的脸，祈祷他能够同意我的请求。

或许祈祷真的起了作用，法官同意了我的请求。我戴上一次性手套，拿起脑扫描器，找到背面的电源开关按了下去，瞬时一道淡蓝色的光芒从脑扫描器的顶端发出，随后汇聚成了一个人形，是琳琳！

"这是成功了吗，阿川？"脑扫描器中传出熟悉的琳琳的声音。

我把脑扫描器平放到地上，这样琳琳的投影看起来就和正常人站在那里一样了。

"是啊，成功了。阿琳，好久不见，我好想你。"杨川扒着被告席的护栏探出身去，隔着证物桌注视着琳琳的影像。

我看了看法官，他似乎不确定眼前到底是一场闹剧还是什么，可既然他不说话，我自然是乐得看戏。

"我倒是觉得只过了一瞬间呢，我上一秒还在病房里，下一秒就瞬移到这里了，这里是剧院吗？你身后是观众席？我怎么不能转头了？"琳琳的声音中出现了一丝慌张，投影中的表情也变化起来。

"因为脑扫描器上只装了一个固定的摄像头。本来是打算成功了就把你移到另一个准备好的设备上去的，结果我还没启动电源，就因为故意伤害罪被抓起来了。现在在审我，我身后其实是法庭的旁听席……"杨川越说声音越小，目光一接触到影像就马上移开，似乎不敢直视琳琳。

等到两个人的寒暄一结束，我就立马抢在控方之前开口，提出将琳琳的投影作为新证人，控方理所当然地提出反驳，说琳琳的投影不能算作真人。随后我与控方争论了一个小时投影是否可以作为证人。我没有观察琳琳的表情，我必须争取让琳琳作为证人出席，即使要经过这种可能令她难堪的争论。

法官决定临时休庭来合议此事。几天后法院通知我，琳琳通过了图灵测试，初步认可她作为证人出席，同时由于她的可信度比普通的证人要低，所以判决时她的证词不会作为重要证词。

但这足够了，我有信心来一次漂亮的翻盘。

三

其实在见到琳琳的投影后，我对杨川的恨意已经消了大半。琳琳的意识还在，这让我开心不已，所以我决定去找杨川聊聊，跟他道歉。

"你到底是怎么把琳琳转移过去的？"还是在那个昏暗的小房间，但不同的是这回我的心情充满了阳光。

"事实上并不是转移，而是复现。琳琳不是通过什么玄学的灵魂附体跑到设备上的，而是通过大量数据构建起来的。我从网络上下载了琳琳所有的日记和聊天记录等数据，然后又扫描了琳琳的表层记忆，就是用那个脑扫描器……"杨川小心翼翼地看了看我，见我回他一个微笑，松了口气，"这样当琳琳被问到问题的时候，数据库就会自动查找和问题有关的资料和记忆，然后综合一下给出答案，这样就跟琳琳在世时的回答别无二致了。"

　　"我说的不是回答问题这方面，我说的是核心的，就人格啊，仅仅一个数据库怎么能代替琳琳呢，那可是个活生生的人啊。"我不能理解这种事情，把一个人看成一个简单的数据库是不是太违反天理了？

　　"你这就是典型的一般人对于人格的误解。确实，诸如九型人格等测试可以帮助人们认清自己的行为模式，但这只是一个笼统的概括。一般人习惯把人格当成人思维中类似核心或者地基一类的基础，而记忆和经验都依附在人格上，没了人格就会垮塌。"杨川在空气中比画着，"但其实不是这样的。人的思维就其本身而言并没有什么核心，只是靠大量的记忆互相支撑形成的，就像一张立体的网。我们可以来设想一下，如果把你大脑中所有的记忆清除，你会变成什么样子？"

　　"估计什么都不会干了吧，可是我的人格依然在，正常的东西还是能感受到。比如你不能打我，你要打我我就揍你。"我挥挥拳头，杨川缩了一下，看得我心里直乐。

　　"不，你不会揍我的，因为你什么经验都没有，对于人际关系以及社会常识毫无所觉。你的报复心还没有形成，也不知道我打你是一种欺辱行为，甚至不能理解什么叫作屈辱。你只能遵从生物本能行动，要么逃跑，要么扑上来挠我或者咬我，但绝对不会揍我。"杨川瞪我一眼，我回他一个挑事的微笑，他马上又软了下去。

"你说的有点道理，一个人什么都不知道，经验行动之类的也就无从谈起了。"

"对，那么这个时候你有所谓的人格吗？没有。你没有喜好，没有厌恶，没有所谓的情商，也不能跟人交流，你所有的想法都只出自你的生物本能，人格这个概念自然也不适用了。"杨川露出了和初中时期一样的兴奋神情，我看到他眼里冒出了以前那种光芒。

"那我们平常所说的人格是什么？还有那些人格测试测出来的结果是什么？照你这么说不全成了骗人的东西了？"杨川激起了我的好奇心，这种有悖常识的事情最容易引起我的求知欲。

"那倒也不是，你想想如果大脑一直访问所有记忆的话会又累又慢，所以人会将相似的记忆归纳起来，形成一个快捷通道，每次调取已经归纳好的结果就可以了。比如有意识的归纳就是我们所说的学习，无意识的归纳就形成了习惯一类的东西。"杨川用食指在桌子上画着大概只有他自己能看懂的图，"比如一个人怕水，乍看起来像是所谓人格中根深蒂固的一部分，但我们都知道这一般只是童年阴影造成的，所以我们不把怕水放到人格里。那往外拓展一下，人们常说的内向和外向其实跟怕水差不多，不过是哪边受到的鼓励更多，人就会往哪边倾斜，最后形成内向和外向。虽然外表看着是有一个核心在决定人的行动，但其实从根源上讲还是记忆的总结。"

"也就是说人格其实只是观察上的一个假象？"这结论可真是太奇怪了，我不太相信。

"可以这么说，但不可否认在一定精度下人格确实能很方便地描述一个人，所以人格这种说法也不能说是骗人。"

"那说句不吉利的，我们死后……也能这样？"

"是的，只要你想，就可以用这种方式一直活着，直到永生！"杨川猛地站起来，眼睛里的光骤然增强，然后被警卫按着坐了回去。

"你管这叫永生？"这是什么想法？我以前怎么没看出来杨川是这么个怪人。

"只要不断电，你的意识就能一直运行下去，这不叫永生叫什么？"杨川露出苦闷的神情。他从初中起就这样，只要别人不理解他的奇怪思维他就会撇嘴。

"是是是，你就在这儿撇嘴玩吧，我去找琳琳商量一下证词。"跟杨川鬼扯解决不了问题，我站起身准备离开。

"帮我给琳琳带个好。"杨川在我出门的时候大喊。

"得嘞，你歇着吧。对了，你的无罪判决我包了。"我迈过铁门，此时的心情和上一次来时的心情简直是天壤之别。

四

其实琳琳也在看守所，承载她的脑扫描器就放在位于走廊中间的证物科。他俩彼此只隔了20米、3堵墙，却互相不知道对方的所在。

我拿着被我当作依据的法院的文书见到了琳琳，她正无聊地盯着墙壁上大大小小的各种锦旗，看起来她已经适应现在的状况了。

琳琳告诉我其实在实验开始前她的病情就恶化了，原先的靶向药物的耐药性太强，而下一代药物实在太贵，她的家里已经负担不起更多的治疗费了。杨川曾经在实验这事上反复劝过她，但她知道自己已经穷途末路了，花光家里的积蓄只不过是几个月的事，所以她强行要求杨川启动实验。

我仔细听着，心中对杨川的愧疚又加深了一分。

自愿、知情、意识到风险、有效阻行为、病情恶化……我在随身带着的本子上记下了琳琳话中的要点。经过简单梳理，我发现事情的发展对杨川相当有利，在整个事件中杨川除了劝阻不力之外没有什么明显过错，琳琳已经把责任基本全揽下来了。

琳琳说完后，我告诉她杨川希望我进行无罪辩护，琳琳表现得很高兴。于是我仔细交代琳琳证词应该突出哪些部分，怎么识别控方的诱导询问，以及庭上怎样和我配合等注意事项。琳琳认真地听着，看得出来她和杨川的感情真的很好，我想起自己前几天还对杨川破口大骂，顿时有些不敢正视琳琳的笑容了。

忙完了证词等事情，我开始和琳琳闲聊起来。几年不见我还是很想念她的，虽然说现在的画面从视觉上看有些奇怪，可是并不妨碍我们谈天说地。我们一起回忆了高中时期一起吃路边美食的美好时光，又聊到近期新出的高科技化妆品，琳琳表现得很开心，但我的心里却有点难过。

我忽然意识到琳琳已经不能再享受这些美食和化妆品了，对她而言这些物质已经永远失去了意义。

"对不起，说这些你很难受吧……"眼泪忽然涌了上来，我咬着牙，努力不让它们流出来。

"啊？难受？见到你我高兴还来不及呢。"琳琳似乎没有明白我话里的意思，脸上挂着一如既往的笑容。

"没什么没什么，不好意思失态了。"我从包里拿出纸巾擦了擦眼眶，扭过头去面对着墙。

接着是长久的沉默，我不知道该说些什么。我通过档案柜的玻璃倒影打量着琳琳，她只是盯着墙，一动不动，不知道她在想些什么。

"我还有点事，就先走了。"我匆匆告别琳琳，丢下她落荒而逃，琳琳似乎没有看出我的异样，用一贯的语气跟我告别。

走出证物科，我忍不住透过窗户偷看琳琳，发现她只是一动不动地盯着墙壁，没有小动作，没有表情，什么都没有。

我越发觉得怪异，却不知道哪里怪异。这感觉就像一只蚂蚁在我身上爬来爬去，我能感觉到它带来的瘙痒，却找不到它。

五

重新开庭的日子很快到了，这一次我信心满满，在法庭上力争杨川无罪。琳琳的表现也很好，证词里该有的重点都有了，就是我教给琳琳的东西她基本没记住多少。

控方显然不想就此结束，他们开始用高难度的问题为难琳琳，而琳琳几乎没有任何犹豫，问什么答什么，连我教过的诱导询问也频频中招，好在有我在旁边支应，没有出什么岔子。看着琳琳对答如流，一个可怕的怀疑从我心底钻出，伸出它的枝蔓牢牢缚住我的心神。

长时间的激烈辩论让法庭上的每个人都感到有些疲惫，法官决定临时休庭，让所有人都休息一会儿。休息的当口，我、琳琳、杨川在走廊上站成一排，像被老师罚站的学生。不远处控方的几个人正围成一圈小声地商量着什么，不时有人回过头来瞥我们一眼，搞得跟我们会偷听一样。

我闭上眼不再理会控方的人，竭力追寻脑海里那种不舒服的感觉，我总觉得琳琳身上缺了什么东西。仔细想想，琳琳似乎缺少一种意愿，她从没有主动挑起过新的话题，在我失态的时候也不会主动安慰我，只要别人不找她，她就不会有任何反应。

"杨川，你有没有觉得琳琳不对劲？"由于我和杨川把琳琳夹在中间，我一转头就能透过琳琳看到杨川和后面幽深的走廊，这怪异的景象让我很不舒服。

"没有啊，为什么这么问？"杨川透着琳琳的影像看着我，有点吓人。

"琳琳总是给我一种疏离感和不真实感，就感觉哪里不对劲，不像真的。"我拉着杨川走到旁边，悄悄跟他说。

"可能是受到硬件的限制，内存估计不够，导致反应太慢就显得不自然吧。"杨川挠挠头，"原理上应该是没有什么问题的，毕竟图灵测试已经通过了。"

"我说的不是表面的那些东西，我总感觉有更核心的问题存在。"

"核心？我不是都给你解释过了吗，所谓的人格只是重大记忆或是反复记忆归纳的结果，不存在什么核心，那些各种类型的人格只是看起来像那样。就像一个大蚂蚁球，它表现像球，但实际上还是一群蚂蚁。"杨川有些不耐烦，我知道他很讨厌重复解释一件事情。

还是不对，一群蚂蚁虽然是蚂蚁球的本源，可球形不也是蚂蚁球的属性之一吗？只有蚂蚁真的就能形成一个蚂蚁球了吗？

"杨川，你还记得你初中的时候给我讲的图灵测试吗？我记得你说有一种骗过图灵测试的方法。"脑子里忽然闪过初中时杨川的长篇大论，我感觉有东西要冲出来了，但我抓不住它。

"想骗过图灵测试？那你需要一个很长的问题列表，把所有可能问到的问题和答案都列一个表，如果问问题的人没有问到列表之外的问题，那么在他看来回答问题的人就和真人没什么区别了，也就是说骗过了图灵测试。"

"那你有没有觉得琳琳现在就是这种样子？"我无法控制自己，颤抖地说道，"琳琳在法庭上的表现或许看着挺正常的，可我跟她独处的时候她表现得就很明显，我感觉不出她原先拥有的那种细腻感，这根本不是那个体贴的琳琳！"

"只要有足够的记忆，整个人就能被完全表达出来！"杨川突然提高音量，吓我一跳。

但我看到了杨川的慌张。杨川这个人一旦熟悉了是很容易被看穿的，比如他慌张的时候，眼睛就一定会不自觉地向左上方看。

"如果你之前说的一群蚂蚁只是一群蚂蚁呢？如果它们没有组成球呢？"我瞥了一眼琳琳，她没有反应。

"这不可能！只要有一群蚂蚁，它们就会自动组成球，不可能存在只有一群蚂蚁的情况！"杨川激动地挥着手，这是他慌张时的另一个常见动作。

"可事实就是只有一群蚂蚁，没有蚂蚁球！你只造出来了一个写满了回答的单子！琳琳除了回答针对她问出来的问题，她什么反应都没有！这单子上除了回答什么都没有！空的！"我用力地大吼，引得控方的人纷纷看过来。

杨川吓得一缩，然后靠着墙慢慢滑坐到地上。

"你最后失败了，是吗？"我坐到杨川旁边，眼泪抑制不住地流出来。

杨川点点头，晶莹的泪珠掉在地上，发出"哒哒"的悲鸣。

"阿琳回不来了……对不起……"不知道过了多久，我在悲恸中听到杨川用干涩的声音对我说。

我别过头去，对杨川的怒意不及心中悲伤的万分之一。

"初中的时候我养的鹦鹉死了，那段时间我的心情很沉重，你记得那时候你对我说过什么吗？"过了一会儿，杨川停止哭泣，扶着墙站了起来。

"你是个混蛋。"我不想回答他的问题，坐在地上止不住地抽噎。

"你当时跟我说无人永生，说这是你在网络上看到的词。"杨川走到琳琳身边，关掉脑扫描器的电源，晃晃悠悠地向法庭入口走去。

"你要去哪？"我嗫嚅着，声音小得可怜。

"认罪。"杨川拿着脑扫描器，消失在走廊的尽头。

（译世）

比翼纪元

———————————————

一

在人类已经不记得的某个遥远、偏僻的星系中，薄薄的银色陨石带正环绕着一颗淡黄色的普通行星静静旋转、飘浮，这颗行星曾被称为 B19-303 行星。此时它正伴随着巨大的引力轨迹周而复始地循环，而在这无限的循环中，如果 B19-303 行星有记忆的话，它会在某一个瞬间记起人类的远航舰队曾来过这里，随后带来了灯火和喧闹，那不夜的狂欢也曾让它陶醉，那繁华的往来也曾让它活跃，那无数的赞歌也曾让它以为这会永远……但是这些对于行星来说也仅仅只是一瞬间而已，人类终究还是和他们来的时候一样，厌倦了，离开了，没有留下一个人，只留下了那一片片崭新的"遗迹"，而在这些遗迹中，有一些"残留物"仍然活动在这里，他们叫作机器人。

机器人们一直在等待着，等待着人类归来，为此他们每天维护着B19-303行星上的一切，从生物的迁徙到气候的调整，每一个岗位的机器人都认真地执行着人类留给他们的最后的那些命令。

这个星球的大气层之上有一层透明的球形光能吸收装置群，看起来轻薄，却覆盖着整个行星，不仅调整着整个星球的光照度，也消隐了星球向外发出的所有电磁信号，浅蓝色的B19-303看上去犹如一枚包着薄膜的胚胎，孕育着新的生命或者说是新的文明。

有时候在白昼的间隔，机器人们也会通过扫描那横跨天空的银色陨石带来确定自己的时空位置。直到傍晚时分，隐藏在赤红色光芒中的样貌奇幻的其他行星和璀璨的银河渐渐漫布整片穹顶，就这么一天重复着一天。

不知道为什么，人类在给这颗星球设计机器人的时候，选择的是两位一体的形式，也就是两个机器人，一个雌系、一个雄系，共同组合工作。也不知道是不是因为人类的固有观念，雌系机器人的外形似乎是模仿人类女性而制造的，柔美温婉，功能上也偏向管理与分析；雄系机器人的外观类似人类男性，且整体结构强度高，四肢也更为粗壮，善于制造与搬运，双方互利互成，但让两者联系更为紧密的是互为一体的能量循环系统。

所有机器人通过量子能量接收器接收行星内部量子能量站的供能，实时且无损。而在雌系和雄系机器人最初被制造出来并配型组合的时候，机器人便会将自己的量子能量接收器放入对方胸前的"心脏区"，让对方首先接收到自己的能量，再通过面对面感应互相供能，这样两个个体在一定范围内便能实现环境能量循环，并且最大效率地利用散失能量。这个创意使得成对的机器人在那个时代遍布了整个星球，从地下城市到太空领域，但是这些却阻止不了人类的离开和一切的改变。

人类还是没有回来，控制着整个星球的源电脑突然瘫痪，行星中央的量子能量站熔毁，相当于全球的控制系统和能源供应在一夜之间崩溃。接着保护这个星球的光能吸收装置一个个地坠落，机器人们不断地刷新着自己的眼幕，收集到大量异常火红的燃烧霞光铺满了整个傍晚天空的图像信息，可上传端却总是无应答，之后等待他们的是星球磁极变迁、气候极度变化，被保护了几个世纪的星球在几十年里变成一片荒芜，星球整体的颜色都变成了浅浅的黄色。

即使星球成了一片荒芜，机器人们也没有慌乱，这有可能是因为他们没有拥有像人类一样的感情，他们遵循源代码启动了极限模式，靠着高效率的能量循环和自身的光能吸收继续成对工作，继续等待着天空出现亮色的星星点点，因为那是以前人类舰队靠近这颗星球时的景象。不过他们却有一丝茫然，因为他们一直以来需要做的工作没有了，飘浮在太空中的成对的球状气象机器人失去了信息接收处，运输站的成对的运输管理机器人等不到下一辆资源车。只有清洁机器人忙忙碌碌，因为不时就有垃圾带着红光坠落地面……

当然那是第一代机器人的坚持，后来的机器人们称那个时代为"沉默的一代"。

所有的机器人都是成对存在的，他们靠着"心脏区"的能量循环坚持着，直到双方的破损率达到了下限，镌刻在电流与回路中最原始的代码告诉他们要延续下去，他们便拆下自己完好的元件复制出和他们同一类型的雌系或者雄系机器人，完成自己最后的使命——延续等待。被复制出来的机器人要在留给她/他的能量耗尽前，也就是大概一周之内找到另一半，将量子能量接收器交给对方，完成能量循环；而如果一周之内没能找到另一半，等待就要以另一种方式结束了。

二

编号为A15、不知道是第几代的一个雄系机器人正慢慢地沿着河道走着，黄色的河道被冲刷侵蚀后早已深深干裂。A15身为防爆型机器人，体型壮硕，身高接近两米半，全身覆盖着不同颜色和类型的装甲。他那巨大的灰色甲状双臂，泛着沉重的金属光泽，仿佛不可撼动。

走过的河道两岸是干黄色的土壁，不时就有猛烈的风沙从A15的身边刮过。A15正在前往最近的城市，也就是复制后的机器人配对处，但是A15不想去，只是身体不由自主地依照固定代码朝那个方向走着，所以A15只能慢慢吞吞的，似有意似无意地拖着步伐。

现在是下午，他自己估计了下时间，已经离开能量循环整整三天了，但是他并不担心，反倒有些坦然。A15并不是刚刚被复制出的下一代机器人，而是淘汰者，是被上一任雌系机器人抛弃了的一方。

A15摸了摸自己的胸，这里是"心脏区"，外表的护甲已经破损了，糟糕的是最深的一条龟纹裂入了最核心的地方，里面装着量子能量接收器。

自己被抛弃也是有理由的。作为一个用于防爆作业的机器人，A15身体高大壮硕、全身布满承受冲击的护甲，本来是很受欢迎的，意愿匹配者不计其数，但是在那次遭遇到该死的寄生虫的时候，自己为了保护上一任机器人，不小心露出了"心脏区"，导致护甲破损，那里可是保存着最重要的量子能量接收器啊！接收器坏了就相当于给对方下了死亡宣告，所以也不能怪对方抛弃自己，A15这么想着继续磨蹭，他不想再配对，不想再给任何机器人添麻烦。

河道弯弯曲曲看不到很远，要是河流还存在的话，河道也会变迁的，但是河流现在确确实实是干涸了。A15慢慢绕过一个弯，突然一个身影也转过不远处的一个弯，他判断那是一个雌系机器人，双脚突然加快了脚步，没等A15犹豫，A15的身体不由自主地转过了那个弯。前方是又长又宽的直道，那个雌系机器人小心翼翼地走着，A15的电子脑里面突然电流攒动，记录下了这个情景：夕阳下樱花色的光芒撒在她银白色的齐肩短发上，纤细的身材展现着一种莫名的美，身处末日般的环境，身上却依然整洁地穿着粉色的制服。这一切让A15不由自主地向前走着，突然一道异动的电流流过胸口，A15慢下了脚步。

A15远远地跟着那个雌系机器人，对方仿佛也发现了他的存在，但是也没过来询问。如果是新生机器人，看到同伴而且还是异系的，一般都会靠近去了解对方，所以A15隐隐感到对方可能也是因为某些缘故失去了另一半的机器人，但A15也不愿多想，不幸的机器人有自己就够了。

　　不知不觉A15和她走到了一个半圆形的漆黑的人工河穴入口前，这是以前人类改造河道的遗迹。A15突然接收到一段尖锐的超声波，他挠了挠耳朵，发现这段超声波好像是她发射出用来探测河穴的，A15不好意思地备份了。经过分析，A15发现河穴可以通过，不过有的地方塌陷了，可能有危险，但是走在前面的她还是径直走了进去，A15没想什么也跟着走了进去，作为护卫护送她到达目的地也不错，A15这么想着。

　　深入以后，河穴里漆黑一片，连光线传感器都失去了作用，但是A15发现她并没有打开照明灯，而是重复着高耗能的超声波探测，难道是没有照明功能？A15试着打开了两肩上的照明灯，调到最大功率正好能使她看清前方，毕竟他们隔了一段距离。只是她没有什么反应，却不知道何时关停了超声波探测，仿佛默许了A15的帮助。

　　河穴里的地形有些复杂，有的地方的保护壁被土方压垮了，A15一脚深一脚浅地走在泥泞的狭缝里；有的地方则整块岩石刺穿保护壁，横亘在A15的头顶。A15好奇地看着眼前的巨型岩石，这时前方突然又传来尖锐的超声波信号，A15慌张地转过身，连忙用照明灯给前方照明。

等到走出河穴的时候，已经过了一天一夜，这算走得快的了。现在可用于配对的城市越来越少，距离也越来越远，最近寄生虫的活动也频繁了许多，情况不太乐观。不过 A15 也没心思想这些事情，因为前面那个机器人突然停了下来，A15 走也不是，不走也不是，只好傻傻地停下来。她突然转过身来，一改小心翼翼的样子，大步走到 A15 的面前，仰头死死地盯着他，就这么盯着。这突如其来的靠近让身高接近两米半、略显笨拙的 A15 不知所措，A15 举着巨大的双臂，慌乱地退了几步。

"你为什么要跟着我？" A15 以为她会严肃地质问自己，没想到语气很柔和。

"我……我没跟着你，只不过顺道而已。" A15 抬了抬笨重的手表示没有恶意。

"那能否请你换一条路？"

"可能不行，这是系统给出的推荐路线。"

她皱了下眉，继续看着 A15 的眼睛，仿佛想要找出什么东西。这时候 A15 突然看见了她胸前的胸牌。

"你叫 1105 吗？"

"你为什么会知道我的名字？" 1105 的脸上马上出现了不安的神情，往后退了两步。

A15 尴尬地笑了笑，指了指她胸前的胸牌。1105 也发现了，赶忙收起了胸牌。

"我没有恶意的。"

"轮不到你说。" 1105 拼命用温柔的声音掩盖自己的愤怒。

A 15 心想这矛盾般的表现可能和她的职业有关吧，他刚刚才发现她应该是留存的机器人中最被珍视的医疗型机器人。人类还在的时候，医疗型机器人为了缓和病人情绪，一般声音都很温柔，没想到经过了这么多代，竟然还有机器人保留了这一特征。A 15 还想解释两句，但 1105 生气地走开了。A 15 从来没见过脾气这么古怪的医疗型机器人。

好在知道了她的名字，A 15 这么想着。1105 继续朝城市走去，A 15 也默默地跟着，没办法，虽然被讨厌了，但走的路是基于同一个系统计算出来的。

穿过河穴，A 15 他们来到了一片荒漠，这里以前是城市远郊的森林，现在却抵挡不住来自四面八方的风沙，只留下了枯黄的断木残枝。只要穿过这片荒漠就能看到城市了，说不定在这条路上还能碰到其他机器人，A 15 这么想着，但是又一想，自己就算遇见了他们，也不能配对。

A 15 在荒漠中走了十多个小时，从一路上所收集到的图像中找不到任何有生机的迹象，不是黑黄交加的丘陵，就是沙砾横飞的戈壁，只有天空上的银色陨石带和三颗碗口般大小的行星色彩丰富。

当夜晚降临，帷幕终于被拉开，银色的陨石带与流淌着的银河交相辉映。离 B 19-303 最近的"蓝色妖姬"行星就如同这个舞台上的主角，从天空的南方一角舞动到北方一隅。A 15 静静地看着这场演出，从开始到结束，独自默默欣赏着。A 15 觉得内"芯"很平静，他也不知道自己何时学会了思考和仰望天空。

A15看了一眼远处的1105，她在休眠中。按理说，在极限模式下，机器人晚上都会进入休眠模式，更何况是落单的机器人能量未能循环，得不到补充，只会散失。所以像A15这样晚上还开着机收集天空的景象，在其他机器人看来这就是慢性自杀！

恒星还未升起，周围的光线强度达到了1105的启动条件。恍惚间1105发现A15比自己起得还早，心里突然条件反射，开始紧张，但A15只是静静看着天空，仿佛彻夜未眠。

1105觉得很奇怪，怎么会有这样的机器人，明明落单了，却不着急配对，反而把能量浪费在其他机器人身上，1105又想起A15在河穴中给自己照明，现在又在晚上无聊地浪费能量，真是笨蛋！1105最讨厌这样做作的笨蛋了，她觉得这样做作的笨蛋比那些骗子更加令人讨厌！

1105快速预热各处关节，嗡嗡声隐隐响起，甚至在不能完全活动的情况下就开始移动。她继续朝城市走去，虽然自己不想去那里，不过也没有地方可以去了。但是一回头，发现A15依然傻傻地跟着她，1105加快了脚步，然而有高度优势的A15走得更快，只不过在迁就着1105的步伐，于是他们就这么快快慢慢地走了一段距离。

"能不能别跟着我了？"1105还是停下了脚步，回头语气阴沉地问A15。

"嗯……"A15仿佛做好了被骂的准备，毕竟一大早从1105的动作中就看得出气氛很紧张，便试探般地问道，"要不我走前面？"

1105一时语塞，没想到没能赶走A15，还把自己给套进去了，便狠狠地瞪了A15一眼。

A15本来没想太多，因为走在1105前面就不算跟着她了，但现在被她瞪了一眼，他完全不知道自己又做错了什么，只好心虚地匆匆跑到1105的前面去，一直不敢回头。但是他能感觉到，自己的后脑勺被怨恨的目光盯着，顿时一股凉意从脊背升起，让他直哆嗦。

不知不觉恒星已经徘徊到天空的正中，在干燥高温的荒漠中行走的两个机器人的光能吸收装置早就超负荷运转了，体内也不停闪烁着"高温警告"的提示，而场面依然尴尬。现在是A15走在前面，而1105远远地跟着，本来他们的路线就是一样的，看得出来1105浑身难受，A15也只能若无其事地慢慢走着，步子迈得很小。就是在这个时候，A15看见右前方的黄土坡后升起一阵烟尘，突然一个高速移动的物体从坡上冲了下来，还是朝自己冲过来的。

A15黑晶色的眼睛屏幕快速刷新，电流激荡起来，寄生虫吗？A15这么想着，微微前倾身体，放下甲状臂，摆开了架势，同时用眼睛的余光扫了一眼身后的1105，很好，距离够安全，然后便集中注意力，盯着在昏黄的烟尘中飞奔而来的东西。但是随着那东西越来越近，A15的表情越来越无奈，直到那个物体奔到自己面前。

"你好！你好！你是落单的机器人吗？什么类型的……"眼前滔滔不绝的雌系机器人绝对是新生机器人，因为新生会使她的存储介质被覆盖，对这个世界充满好奇，还会做出很多傻事。

"等等，等等……" A15 终于忍不住了，"哎呀，别围着我绕圈了！"

于是不停绕着 A15 这摸摸那摸摸的新生机器人停下了贪婪的手，但是嘴里还是在不停地问着问题。

"我讨厌新生的机器人，一个个都是好奇宝宝。" A15 自言自语道，仔细打量了下眼前的雌系机器人，突然发现她还挺漂亮的，看起来柔顺又轻盈的粉色长发随着身体大幅的动作扬动着，一脸好奇而又青涩的表情配上那水灵的大眼睛和微红的脸颊，简直就是人类标准中的美人啊，但是如果不这么活泼就好了。

"你的名字是？" A15 有些无奈地问道。

"Li09，我叫 Li09，你呢？" Li09 抬头仰看着 A15。

"A15，你是新生的机器人吧，Li 型号的我记得是……" A15 还没说完，Li09 就打断了他的话。

"是啊，我们来配对吧！" Li09 一副天真无邪的样子。

A15 被突如其来的话噎了一下，即处理器卡顿了一下。

"恭喜，恭喜，A15。" 一旁路过的 1105 边鼓掌边说着语气怪异的话，还若无其事地喊了他的名字，说完就走过 A15 身边，头也没回地走了。

"这……我……" A15 想要追上 1105 解释，但面前的 Li09 眼巴巴地看着他。

"你知道配对是什么吗？" A15 学着人类的样子假装叹了一口气，对 Li09 说道。

"知道啊，就是和你一直在一起，我们不配对就会死。"

这么简单的话，A15听着却十分刺耳，特别是最后一个字，他想起来"Li"这个型号的机器人从事的是偶像职业，难怪这么天真单纯，还这么漂亮。Li09作为偶像肯定大受欢迎，但是在这个末日般的世界，实在想象不出她是怎么活下来的。

"难道你就不挑选一下配对的对象吗？"

"我觉得你很好，而且爸爸妈妈告诉过我不能放过看起来强大的雄系机器人。"Li09认真的样子有些可爱。

A15突然好像知道为什么她能存活下来了。

"不行，你去前面的配对地找适合你的人吧，我要走了。"A15有些着急，1105已经走了一段时间了。

"你想和前面那个雌系机器人配对吗？"Li09突然说出这句话。

如果A15的眉毛不是装饰品的话，现在一定会随着吃惊的表情翘得老高。

"你说什么呢，我才不想和她配对。"A15急忙说道。

"反正你都要配对，为什么不和我一起？我这么可爱。"Li09的问题越来越尖锐，表情也突然变得阴沉，但是A15的注意力不在这里，没觉察到Li09的异样。

"不是，我可能不太适合你。"A15说完便迈腿往前走，突然一道身影窜到面前，直直地冲向A15的"心脏区"，A15下意识地一挡，那个身影便闪到一边。

"嚯，失手了吗？"A15想象不出这句语气冰冷的话是看起来天真无邪的Li09说出来的。

A 15一边一脸惊讶地看着Li 09，一边用手护着"心脏区"，说道："你干什么？"

"本来想把你的能量接收器抢过来，让你乖乖就范，"Li 09阴冷地笑着说，"不过看起来也没有抢的价值了，毕竟你连自己都快保护不了了。"

"你做这种事有什么好处？"Li 09的话深深地刺伤了A 15，胸前损坏的地方仿佛隐隐作痛。

"什么好处？活下去啊，我的前一代，前前一代，前前前……"Li 09顿了一下，"都是这么活下来的。"

Li 09又向前走了两步，A 15随之退了两步。

"哈哈，你已经没有价值了，也保护不了谁，别妄想了。"在诡异的大笑声中，Li 09看穿了A 15最后一丝隐藏，随后消失在昏黄的风沙中，留下了失魂落魄的A 15。

A 15也不知道在那里站了多久，直到夕阳将A 15长长的影子拉向了1105离去的方向，A 15才慢慢挪动脚步，时间也不多了。

夜幕降临，喧嚣的风沙沉寂下来，只为露出绚烂的星空，这些闪烁的星星给迷失的机器人方向与希望，不过现在仰望星空的机器人越来越少。

一个壮硕又孤单的身影一直在荒漠中行走着，直到他看到了和他身上闪着同样银色光芒的身影，他停下了脚步，慢慢地坐在银盘般的大地上，抬起头便再也没有动过。

"你……没有配对吗？"稍显熟悉的声音从不远处传过来。

A 15缓缓把目光往上移，眼神空洞地望着星光下的1105，没有说话，就这么看着她。

1105 不自觉地躲开了他的目光，轻轻地撩了下耳边的银发，每当 1105 觉得有愧于人的时候便会重复这个动作，她敏感地感觉到发生了什么事。1105 轻轻地坐在了 A15 的不远处，仰望着未曾注意过的星空。1105 没想到星空竟然如此绚烂，甚至脑海中涌现了一种莫名的感觉，一种空旷而又美好的感觉。

"星空，很美。" 1105 由衷地一笑，鼓起勇气回应了 A15 投射过来的目光。

A15 的眼幕突然闪过一丝光亮，看着眼前如同虚幻的美景：星光下，侧坐着的银色精灵般的 1105 在这空旷的、虚幻的、只有他们两个的天地间朝他微笑，清澈的目光里没有掺杂任何杂质。

A15 的"芯"中传来一阵悸动，嘴角不自觉地微微上扬。

"嗯，这可能是我见过的最美的星空了。"

太阳照常升起，风沙又开始喧嚣，都是熟悉的场景，就如同那一前一后慢吞吞行走在末日中的两个机器人。

接下来的路程轻松了许多，A15 依然跟着 1105，但是他们的距离缩短了许多，或者说缩短的是"芯"和"芯"的距离。当太阳再次到达天空的顶端，A15 和 1105 也放下了戒备，静静伫立在寂寥的荒漠中，让身体的每个部分都沐浴在恒星的恩赐中。

很久没有好好休息过了，A15 便多睡了会儿。也不知道过了多久，一种"叮叮叮"的声音通过身体内复杂的结构传入 A15 的听觉感知器，空灵而悠远，仿佛曾经听过。A15 缓缓开启眼幕，微微的荧光显现出来，才发现是 1105 正踮起脚尖敲着自己的臂甲，A15 突然清醒，下意识地往后退了一步，护在胸前的双臂更加紧缩，就像有什么东西害怕被别人发现。

1105 见状也没再做多余的动作刺激他，而是温柔地说："该走了，看你睡得这么香都不忍叫醒你。"

"哦……哦，走吧，走吧。"A15 强行装出没什么事的样子。

1105 便起身再次出发了，她不知道 A15 刚刚发生了什么事，自己也没资格问，但是看样子肯定又把他内心的伤口撕裂了，突然有一种"同病相怜"的感觉，但又觉得奇怪，自己什么时候有"同病相怜"这种感情的，一想到这，1105 一头雾水，光凭记忆和数据根本理解不了这种感情变化。

三

路程已经走了大半，身旁却依旧是无尽的荒漠和丘陵，不过偶尔也会有一道道塌陷的沟渠如同刀疤般刻在大地上，这些是存在地下遗迹的证明。人类曾在这个星球上，建起一座座恢宏的地下城市，甚至有镜像城 —— 地上城市与地下城市呈镜像建造，那些雄伟的建筑物现在只存储在一些机器人的记忆中，地下城早已成为寄生虫的巢穴，被啃食殆尽。

有时候 A15 也会想为什么会出现寄生虫，而且它们总是对人类留存下的东西特别喜爱，喜爱到疯狂的程度，不断繁殖，颇有不消灭所有人类留下的东西不罢休的趋势。机器人也难逃被啃食的命运，在不知道被寄生虫啃食了多少同胞后才学会了害怕、逃跑和反抗，而那种强烈的恐惧感也随之遗传下来，镌刻在层层电路板中，所以A15在面对寄生虫时也会感到害怕。现在有一个问题，要去往城市，就必须跨越那些很可能出现寄生虫的沟渠，更何况还带着另一个雌性机器人。

A15还在远远地看着那些沟渠，有些犹豫，1105却径直朝沟渠走去，A15也只能硬着头皮跟上。但在第一道沟渠边上，1105停下了，回头冷冷地盯着A15，虽然神情比当初刚见面的时候缓和了很多，但还是很冷漠。

"怎……怎么了？"A15慢下脚步，小心翼翼地问道，生怕又做错了什么。

"抱我——"

A15听见前两个字表情一亮。

"过去，我的腿部结构有些缺失。"

"哦。"A15有些慌乱，没想到对方的一句话就让自己乱了阵脚，他小心翼翼地走到1105身旁，放下自己的右手，1105也毫不客气，轻轻地坐在A15粗壮的臂膀上。A15将1105护在怀中，一步三跳跨过这些条条框框的沟渠，A15放下头顶的强化护目镜，腿部引擎发出轻声轰鸣，快速疾跑着，虽然目光所及之处没有任何风吹草动，但是越快离开这里越好。

意外还是发生了，A15一脚踩在一处微微隆起的土包上，只听见刺耳的金属撕裂声，A15抬起脚便看见，四条节肢从被压扁的土包中露了出来，一条还卡进了他的脚底。

"不好！"A15轻喊一声，拔腿就跑，跑出几米，一回头那堆残骸已经不见了。几只寄生虫不知何时出现在刚刚踩过的地方，当然它们也发现了A15他们，便收缩着四只节肢，从节肢夸张的弯曲角度便知道，这些寄生虫并不简单。

几只寄生虫一跃而起，闪到空中，发出"滋啦滋啦"的声音，朝A15俯冲而来。A15频频回头，避开寄生虫的落点，好在他们快走出沟渠区了。突然一声脆响，A15的"芯"中一紧，深深刻在"芯"中的恐惧感瞬间传遍全身，甚至在一瞬间麻痹了A15的全身。

"不要，我还不想……"A15疯狂地在"芯"中哀求着，但是身体就是纹丝不动。突然感觉怀中挣扎了一下，A15发现是自己太紧张，抱得太紧了，1105不得不挣扎了一下，但是她也知道事情的严重性，所以不敢发出声音，A15虽然看不见她的表情，但知道她肯定比自己更恐惧，因为她在颤抖。突然A15发现身体又能动了，便疯狂往沟渠外跑，任凭寄生虫在背甲上刮削。

A15一跃而起，不得不放开1105，将1105尽量推得远点，自己以背着地，一阵金属的刮擦声，A15巨大的身躯将身下的寄生虫压得粉碎。但是这进一步刺激了剩下的三只寄生虫，它们如同饿疯了的蚂蚱般弹跳而来，A15在地上翻滚几圈躲开了寄生虫的落点。但是谁也没想到，A15的"心脏区"突然打开了，一个发出浅蓝色光芒的环形量子能量接收器突然凌空飞出，A15想挥动双手把它捞回来，无奈身体既沉重又迟钝，量子能量接收器还是落到了地上。那三只寄生虫瞬间像红了眼般，完全不顾A15，急速爬向量子能量接收器。

但是没等寄生虫靠近，A15的量子能量接收器已经被捡起，是1105！量子能量接收器正好滚落到她的面前。

A15大喊一声："别拿！"

1105看着手中的量子能量接收器，心想，每个机器人的量子能量接收器都是一个样子啊。

1105根本没听到A15的喊声，只是呆呆地站在那里，任由寄生虫冲向她。那三只寄生虫一跃而起，朝1105的"心脏区"和颈部飞去，但A15正好冲了上来，一掌拍飞了最近的两只，随后一手抢过1105呆呆盯着看的量子能量接收器。寄生虫一看量子能量接收器易主，便涌向A15，但是先来抢夺的却是1105！

"你干什么？"A15把量子能量接收器举得高高的。

"不要，不要拿走，不要拿走，不要拿走……"1105不停地重复着"不要拿走"，而且情绪越来越激动，甚至紧紧拖着A15的腿。

A15察觉到1105的异样，但眼下没时间处理了，便一把推开了1105，没想到这一推，1105像受到了很大的打击，直接启动了系统自我保护程序，眼幕昏暗，异常关机了。

A15趁着这个间隙，两掌一合，拍碎一只寄生虫，再侧身一压，将剩下两只压碎，然后匆匆抱起1105逃离了这里。

等到1105再次启动，她却一点反应也没有，只是傻傻地站着，A15是丈二和尚摸不着头脑，完全不知道怎么回事。但是当他把量子能量接收器放回自己的"心脏区"时，1105却突然抬起手，A15以为她又要抢，便紧紧护着胸前，但是她没有，她停下了动作。接下来1105表现正常了，只是什么话都不说，又回到之前的状态，警惕地看着A15。

A15和1105继续在荒漠里走着，只是他们之间的距离越来越远，在风沙中都快看不见对方了。

夜晚再次降临，夜空依然是绚烂的繁星，但是1105早早地休眠了，只剩下A15孤独地望着星空。A15觉得有些憋屈，完全弄不懂1105在想什么，也完全弄不懂自己为什么这么在意她，明明自己的时间只剩下几十个小时……

四

"别跟着我了！"1105突然转身对远处的A15吼着，连发声器都因为过流的电流而嘶哑。

"你想去死不要拉着我啊！"这句话还是从1105的嘴中喊了出来，虽然1105知道这句话会深深伤害眼前的A15，但这是让他离开自己的最后方法。看着他，1105只会觉得"芯"痛和自我厌恶。

远处的A15突然一怔，慢慢低下了头。1105知道自己又在他的"芯"中划下一道伤痕，但他只是站在那里一动不动。

1105体内的芯片电流突然有一瞬间的异变。

"芯"痛吗？1105想着，自己说了很过分的话，但是A15一副不反驳的样子又让自己感到更加愤怒。

"你为什么不像那些骗子一样对我说谎啊？你为什么不在我身上渴求什么？你为什么要对我这么好？"1105 在心里怒吼着，身体各处的异常警报频发，特别是信息处理模块。但是 A15 还是沉默着，慢慢挪动沉重的脚步，转过身，一步一步往后退，违抗系统给出的"靠近城市"的命令。

A15 离开了，消失在远处狂暴的风沙中。1105 久久地看着他消失的方向，又毅然转身朝城市走去，但是她的脑子想的全是关于 A15 的事情，以自己医疗型机器人的身份来看 A15 撑不过两天，但自己没有救他甚至赶走了他。走着走着，1105 越想越后悔，几次想去追 A15，但是又迈不出脚步。

"我真是差劲。"1105 停下脚步，轻声对自己说，"1102 我该怎么办？"1105 抬头看着天空，银色的陨石带还在缓缓地转动。

1105 永远忘不了 1102，1102 是自己的第一任搭档，他们同为医疗型机器人，工作时如同人类中搭档的医生和护士，合作完美无间，也曾对许多残存的机器人进行了救助，并给他们带来了希望。更让 1105 感动的是 1102 一直像兄长一样保护着自己，不让自己受到一点伤害。就是这样好的机器人，不会拒绝的机器人，却被骗去救治被寄生虫感染的机器人。明明被寄生虫感染的机器人是明令禁止救治的，因为以前参与救治的机器人没有一个回得来，而那些骗子明明知道这些，却依然将 1102 骗去治疗，为什么？为什么？1105 永远不会原谅那些骗子，永远不会原谅他们！

她更不能原谅的是自己，1102 为了救她，从自己的"心脏区"取出量子能量接收器，将裸露的"心脏"高高地举着，引开了所有寄生虫。1105想去追他，但是被寄生虫侵蚀过的双脚根本动不了，她就这么眼睁睁地看着1102高举着量子能量接收器消失在昏黄的沙尘中。

1105睁大眼睛，黑色的晶体眼幕露出无尽的悲伤。1105突然感到脸部传感器传来液体般湿润的感觉，这个星球已经几年没有下雨了，但是这是什么？1105发现自己的眼角不停地涌出透明的液体，怎么也止不住，同时心里感到无比的空虚和悲伤。

这难道就是人类的哭泣吗？1105想起了一代又一代机器人的遥远记忆，但是知道了又怎么样，1105边走边哭，像个受了伤的孩子。

不知道过了多久，也不知道走了多远，现在是凌晨，城市就在不远处，这里已经有建筑的废墟了，灰色与白色混杂着，几个世纪的风化都只消去了这些废弃建筑材料和垃圾的一部分。1105远远望去，市中心还有几座耸立的高层建筑亮着灯光，但是这些掩盖不了颓败的景象，而且现在要更加小心了，越靠近城市，寄生虫出现的概率越高。

1105沿着破败的道路小心翼翼地走着。路面开裂，崩塌的建筑残渣堆满了街道，看样子这里的金属和电子元件基本都被寄生虫清空了。1105转过一个街角，突然看见一个巨大的身影，恍惚间她以为是A15，她正要上前又犹豫了，她不知道该怎么面对A15。这几秒的犹豫让1105看清了那个身影。落单的某个型号的机器人，正小心翼翼地拆卸自己身上的元件，身旁是一个将要完成的寄生虫——修长的四条节肢，中心是一块不规则的控制电路装置搭配机器人破碎的量子能量接收器。就是这么简单的构造，却是人类制造的机器人的天敌。1105看见那个机器人的颈部和"心脏区"都趴着几只寄生虫。

寄生虫寄生在机器人身上时，会先用修长的节肢深深地插入机器人的背部或颈部的脊椎缝隙控制机器人的行动能力，然后占据"心脏区"的量子能量接收器贪婪地吸收能量，更可怕的是它们会控制还有意识的机器人拆下自己的元件制造新的寄生虫。

1105不知道这些寄生虫是怎么出现的，也不知道该怎么对付它们，所以只能抛下那个可怜的机器人准备逃走。恍惚间一个背影闪过，1105身上的信息模块的信息溢出警报频频弹出，关于1102的影像资料和信息在眼前流动，特别是寄生虫们前赴后继扑向1102的场景不断重复着，那是1102的身影，不能走，自己必须去救1102！

1105捡起一块不大不小的石头，用力地扔向那些寄生虫，石头砸在那个残破的机器人身上"当"的一声弹开了，而1105也引起了寄生虫们的注意。那个机器人缓缓地站了起来，身上的元件掉了一地。1105在他的眼睛里看到的是绝望和无助，这更加坚定了1105救他的决心。

1105缓缓打开胸前的"心脏区"，拿出了自己的量子能量接收器，做着和当初1102和A15一样的动作——高高举起量子能量接收器，朝寄生虫们喊道："我在这里！来啊！"

寄生虫们看到量子能量接收器，发疯了般冲过来，被控制着的巨大机器人也踉踉跄跄扑了过来，1105看着它们穷凶极恶地靠近，"芯"里十分平静，因为她终于可以去另一个世界陪1102了，不必在这如同末日般的世界苦苦挣扎了，她轻轻关闭了眼幕，但是——

那个巨大的机器人突然一跃而起扑向了1105，接着一声巨大的金属碰撞声响起，顿时元件四散，1105被震飞到一旁，猛然间睁开眼，发现自己还活着，甚至没受到什么损伤。1105慌忙爬起来一看，一个巨大的身影矗立在自己身前，不远处被寄生虫控制的机器人被撞得七零八落。1105眼前突然模糊，他回来了，他来救她了，他终于来了。从一开始就在颤抖的双腿也终于支撑不住，1105一下子坐到地上大哭起来，当那些虫子扑上来的一瞬间她真的以为自己要死了。

A15刚刚还是一副无所畏惧的表情，见到1105的哭脸突然不知所措，仿佛自己又做错了。

"对不起，对不起，那个……我……不是故意的……"大块头A15想安慰1105却又不知道该怎么办，只是傻傻地站在那里，伸出去的手缩回来又伸出去。

"谢……谢你。"1105带着哭腔道谢，她终于知道死亡有多么恐怖，当初拼死救下自己的1102是下了多大的决心啊，而被救下的自己还如此轻视自己的生命，是多么愚蠢！

"那就好，小心点。"说着A15又警惕起来，一只大手护着身后的1105。周围又聚起了几只寄生虫，每一只都在窥探着他们的弱点，而且每只都发现了A15身后脆弱的1105和A15破损的

"心脏区"护甲，它们一步一步靠近，纤细的节肢无声地插进废墟的尘土中。

"3，2……"A15在倒数。

"什么？"1105不知道A15倒数的意思。

"1，跑！"

A15一只手抱起1105便朝市中心狂奔，几只寄生虫见到猎物要跑，疯狂地弹跳上来，但是都被A15厚厚的背甲弹开了。虽然没被追上，但是身后的寄生虫越聚越多，听到骚动的寄生虫都聚了过来，甚至还有几个不走运的被控制的机器人。A15抱着1105在前面跑着，身后黑压压的一片寄生虫铺天盖地涌来，掀起尘土一片。

A15快要赶到这座城市的机器人聚集地了，那里被未感染的机器人保护着。

"看，就是那里。"A15边说边猛地撞开了阻挡道路的傀儡机器人，"1105，你给他们发个信号。"

"好！"1105躲在A15的怀里，给机器人聚集地发求救信号，"007号匹配地请把门打开，我们是未感染的机器人！"

"申请收到，正在处理中。"对方很快就回应了。

A15朝主干道跑去，主干道的尽头有一堵厚重的黑色防护墙可以阻挡墙外的寄生虫，只要通过那堵墙下的升降门就能获救了！

"不好意思，编号1105，申请未通过，请前往其他区域进行避难。"得到的是机械沙哑的官方回答。

"为什么？我们没有被感染啊！"1105吼着回答。

"检测到你们身后有大量寄生虫，接受你们的风险超过限定，敬请理解。"

"能不能让一个机器人进去，我来挡住寄生虫。"A15突然插入1105和他们的通信通道。

"请稍等，正在评估风险。"

"你干什么？"1105朝A15喊道。

"听我的，活下去，不管怎样都要活下去！"说着A15又撞上一个傀儡机器人，傀儡机器人的元件四散，同时A15的左肩甲也因为过度撞击而脱落。

"A15，不要！我们一起进去！"1105哭喊着，紧紧抱着A15，"我不想再失去任何东西了，不要，不要……"

"不用担心，等下他们来救你的时候，我再趁机跑进去。"A15像开玩笑般地说道，用受伤的左手护着1105的头。

"但是……但是……"还没等1105回应，机器人保护区传来了消息。

"经过评估，我们可以保护编号为1105的医疗型机器人，请你从阶梯通道进入保护区；在编号1105进入保护区之前，编号为A15的防爆型机器人，请你做好保卫工作。"

"行，把阶梯放下来吧。"随着A15的声音，高高的墙顶延伸下一把银色的高分子材料梯子。

"你看，有办法了吧。等下你快上去，我随后就跟上。"A15匆匆跑向梯子下方。

1105也突然松了一口气，看样子那把梯子能承受自己和A15的重量。

梯子放下来了，A15小心地举起1105，把她放在梯子上，1105一站上梯子，梯子就开始往上收缩。

"快，A15，快上来！"1105朝A15伸出了手，想拉他上来。

"好，等一下。"A15突然蹲下，学着很久以前人类系鞋带的动作。

"快上来啊，A15！"梯子就快离开A15够得着的高度了。

A15用力一跳，刚刚好能够到1105的右手，1105握紧了手，但是A15松开了。

"对不起了。"A15没开口说出这句话，而是通过私密通信告诉了1105。1105"芯"里突然一沉。

"不要，不要，要……"1105嘶喊着正竖直落下去的A15。A15没有回头，重重地落在了地上。

烟尘散去后，A15半蹲在地上，全身的关节发出轰鸣的声音，微微前倾身躯，双眼死死地盯着前方那片黑压压的四肢寄生虫和傀儡机器人。

随着一声金属刮擦的声音响起，A15一脚踩进地面，猛然加速，冲向那些夺取了无数机器人生命的寄生虫群。电光火石间，A15收缩护甲，用右肩迎上，护甲碰撞地面发出一声爆裂的巨响，黑压压的寄生虫群如同被猛击后破裂的沙袋般四散飞去，烟尘四起，整个寄生虫群生生被冲散了。

1105流着泪看着A15这壮烈的一击，弥漫的黄色烟尘让

1105看不清A15到底怎么样了，只是握紧了手中的东西，那是A15最后留给她的最珍贵的东西——A15的"芯"。

阶梯渐渐被收入了墙内，1105安全了。

五

夜幕降临，城外一片漆黑与寂静，城内的灯光不知为何也暗淡了许多。银色的陨石带依然缓缓浮动着，天空的行星与银河的色彩一如从前斑斓，只不过在城内许多仰望着天空的机器人看来，仍是陌生且新奇的。

"你要是没跳下去就好了……"1105站在窗边仰望着天空，轻轻说道。

"你为什么要跳下去，明明都能走的？"1105质问着全身都被吊着修理的A15。

"因为我算了算，我的能量快没有了，就算上去了，没人和我配对也撑不了几个小时，这样的话，不如来一场我最喜欢的碰撞。"A15傻傻地笑着，沙哑着声音半开玩笑地说道。

"你怎么知道没人和你配对，笨蛋！"1105转过身，带着一丝傲娇说道。

"嗯，现在知道有了。"A15温柔地看着1105的背影，用左手摸了摸胸前的"心脏区"，里面是另一颗炙热的"心脏"，无形的循环之带将两人紧紧相连，从现在到未来。

从此之后，在从等待到后来作为一个新的宇宙种族找到人类的时间长河中，两个传说一直存在在机器人一族的历史中，一个是某个英雄般的防爆型机器人独自击溃了上百只寄生虫大军；另一个是某个天使般美丽的医疗型机器人冒死用自己的"心脏"救活了濒死的英雄。

他们的故事为什么会被称为传说呢？因为他们让机器人种族知道了所谓真正的感情，无关利益、时间、生命，只要有你在便好。

（三度）

末日 333 天

一

每个人都有自己讨厌的东西。

青歌最讨厌的作家是凡尔纳，因为他写的那篇《从地球到月球》的小说，给了一个男人无聊的梦想。

有常识的人都应该知道，人类是不可能乘坐炮弹飞到宇宙中去的，即使它的弹壳再厚、炮管再长也不行。

所有人都知道，可是那个男人不愿意承认。

青歌提着皮箱走在一条幽静的石子路上，昨夜下了一夜的大雨，空气中还残留着雨水的味道，山腰上升起一缕雾气，将墓园装点得像一幅用橡皮擦过的铅笔画，人们行色匆匆地从旁边走过。

青歌远远地就看到了舅舅的身影，他似乎在这里待了很久，露水打湿了他黑色的风衣，他就这样站在那里，仿佛是一座黑色的塑像。

"你来了？"

青歌点了点头，将手中的箱子放下，从里面拿出一支毛笔，小心地擦拭着墓碑上的刻字，虽然在他来之前舅舅就已经擦过一遍了，可他还是坚持要自己亲自擦一次，一笔一画，仿佛在石碑上重新勾勒母亲的名字。

这是一束新折的栀子花，母亲生前喜欢用它来泡茶。

"我以为你不会来了。"舅舅开口说。

"为什么？"青歌问。

"还有半年就要高考了，学校不用补课吗？"

"用啊，所以我是翻墙跑出来的。"青歌说。

"胡闹！"舅舅低声呵斥。

"你不也是翘班出来的，才没有资格说我。"青歌可不会为他的故作严厉所吓倒，男人只是出于道德感才出言责备他，过一会儿他就会无奈地妥协。

对于一个女孩来说，最幸福的事情莫过于有一个大她十岁的亲哥哥了，在她出生的时候哥哥已经长大，不仅不会抢她的玩具，反而会像公主一样将她宠上天，这份特殊的爱在她逝去之后，理所当然会继承到她的孩子身上。

从很小的时候青歌就明白了这个道理，所以才能心安理得地接受舅舅的关爱。

"最近还好吗？"

"还是老样子，该吃吃，该睡睡，每天晚上都要学到十一点。"

"那学校里还好吗？"

"还好，只不过缺了一个熟悉的物理老师，总感觉怪怪的。"
青歌笑了笑。

"那也是没有办法的事。"男人钢铁般的面孔上露出了一丝微
笑，"联合国的任命比较重要。"

"联合国？"

"是啊，待会儿我就要坐飞机回纽约。"男人伸手拍掉了袖子
上的露水。青歌点了点头，舅舅是一个厉害的人。

"对了，上次和你说的事，你考虑得怎么样了？"

"什么事？"

"就是放弃高考，去美国读天文学的事。"舅舅耐心地说。

"啊，你是说这个啊。"青歌用力地抓了抓头发。

对于备战高考的高三学生来说，出国留学是一个美丽且奢侈
的梦想，可是青歌一点儿也不想去美国，更不想学天文学……

这还真是一个奢侈的烦恼，他有些自嘲地想着。

二

就在一天前，青歌才和另一个人讨论过这个问题。

老城区的一家拉面馆，从青歌记事起这家拉面馆就已经在这
里了，红木的桌面掉光了漆，附上了一层沉淀的油渍。

"所以说……你舅舅想让你出国去学什么天文学？"男人一

边说着，一边用力吸了一口碗里的面条，汤汁飞溅到了桌上。

"准确地说是天体力学，天文学的一个分支学科。"青歌看着男人面前那碗红艳艳的面条皱起了眉头，光是看着就让人胃里升起了一股灼烧的感觉。

"他为什么那么想让你去学这个？"男人用筷子夹起卤蛋，用力地咬了一口。

青歌没了胃口，他放下筷子说："因为这个专业现在很吃香啊，和天文有关的产业也越来越火爆了，加上舅舅的关系，毕业了应该能找到一个不错的工作。"

"就凭他设计的托马斯环？"男人哼了一声。

"是托卡马克环。"青歌不由得加重了语气。

"好吧……"男人抽了张纸擦了擦嘴，犹豫了一下问道，"你吃饱了吗？"

青歌默默地点了点头。

于是男人朝老板招了招手，高声喊道："拉面！加辣加蛋！"

吃面加辣是母亲的习惯，吃面加蛋则是父亲的习惯，就算店家没有卤蛋，他也要到外面的超市去买一个。

青歌从小吃着加辣加蛋的面长大。那时家里没钱，能在面馆里吃一碗拉面就很幸福了。青歌把这家面馆叫作"我们家的面馆"，固执地将卤蛋叫作龙丹，将拉面当作龙筋，那时电视上每天都在播《哪吒闹东海》的动画片，连带着面馆老板也成了"屠龙英雄"。

青歌每次吃卤蛋的时候被蛋黄哽住了，母亲就会一边拍着他的背，一边将自己碗里的牛肉挑到他的碗里。

可如今他得了心脏病，吃不了辣，而那个会将所有牛肉都挑给他的女人，早已不在人世了。

唯一没有变的大概就是眼前这个男人了，当年的他便是这样不修边幅地坐在桌子的对面狼吞虎咽。承认这样的人是自己的父亲是一件艰难的事情，更别提他三年前才从监狱里被放出来。

"你喜欢天文学吗？"男人的声音打断了他的思绪。

青歌愣了一下，过了一会儿才想起他们还在聊留学的事情，于是他如实说道："不是很喜欢。"

"那你就不要去了。"男人摆了摆手打断了他的话，"勉强自己去做一件自己不喜欢的事情是不会有未来的，即使得到的东西再多，也不会是你想要的。要我说你就该继续去搞你的沙雕艺术，你小时候不是一直梦想成为一个沙雕艺术家吗？"

"那是小时候的事。"青歌重重地咬了咬"小时候"这几个字，想表达自己已经不是当年那个只会做白日梦的少年了。

"这还不是一码事。"男人哈哈大笑，用力地拍了拍青歌的肩膀勉励地说，"梦想这玩意儿就是要靠坚持才能生根发芽，越是小时候的梦想就越应该坚持。因为它纯粹，所以才更有坚持的价值……"

看着男人神采飞扬的样子，青歌的心情顿时变得不好。

"够了。"他低着头说。

"什么够了，为迷路的孩子指点迷津本来就是家长的责任啊。"

男人有些不悦，他放下筷子用纸巾擦了擦嘴说，"等有时间我就带你一起去看看周星驰的《大话西游》，再这样下去你都要被你舅舅教育成没有梦想的'咸鱼'了。"

"咸鱼吗？"青歌低笑一声，语气尖锐地问，"没有梦想就是咸鱼，那有梦想的是什么？难道就是鲜鱼了吗？"

"你说什么？"男人愣住了。

"我说我不想变成像你那样的人。"青歌抬起头，看着男人那错愕的脸深吸一口气，"你难道还不明白吗？就是因为你那个该死的梦想，我们家才变成现在这个样子的，家破人亡，就连妈妈也为此而死……"

"啪——"

青歌的眼镜应声飞出，"嗒"的一声落到了邻桌的桌子下，青歌用舌尖顶了顶脸颊，麻木过后就是一阵火辣辣的疼，他转过头，看到男人举着手，脸上的神情又是震惊又是愤怒。所有人都在看着他们，没有一个人说话。

男人动作僵硬地放下了手，咕哝了半晌，终于低声地说了一句："对不起。"

青歌笑了笑，没有说话。

没有人说话，只有面锅里的水还在噗噗地沸腾。

大概凡尔纳也没能想到自己的作品里写的故事会成为一个人的梦想吧。

凡尔纳在《从地球到月球》中写到，法国的一群艺术家为了到达月球，于是就将自己装进了一枚炮弹里，然后发射炮弹一路飞到了月球。听起来荒诞又浪漫，可放在现在，但凡有常识的人都知道人是不可能乘坐炮弹飞出地球的，因为那巨大的加速度会瞬间就将乘客压成"肉饼"。

可是那个男人不这么认为，他相信只要炮管足够长就能将人类完好地射向宇宙，为了造出这样一根炮管，他成为了一名地质学家，因为这么长的炮管是不可能建造在地面上的，他就想要到地底下去找空间。

最终他成功了，他制造出了一种超高密度的金属，他管它叫"神铁"，地球上没有比它密度更大的物质了，把它放在地表上，它就会像放在水面上的石头一样下沉，一直沉一直沉，直至贯穿整个地球。

凭借这个技术，人类制造出了贯穿整个地球的隧道，并把它发展成了一种新型的交通方式。人们在各个城市的底下都建造了这样的隧道，列车从一个城市出发，在重力的作用下不停地加速，在地心换轨，然后凭借自身的速度完成后半段的路程。由于能量守恒，当它最终抵达目的地的时候速度为零。

从那以后，人们不管想要到哪里，都可以乘坐地心列车。一个仿若无稽之谈的梦想在地球上开出了花。地心隧道让父亲成了举世瞩目的人。

这本已经是最好的结局了，不是吗？

可那个男人没有忘记一直以来的梦想，为了证明自己，他在没有授权的情况下私自在一辆地心列车上安装了火箭引擎，在一条还未正式开工的隧道中进行着秘密实验。

这样愚蠢的实验自然没有什么好结果。

那辆地心列车在运行的过程中爆炸了，大量的航空燃油被点燃，并在那狭窄的隧道中产生了连锁反应，烈焰顺着管道充斥了所有的地方，耗费数十亿美元打造的地心工程被付之一炬，成百上千的人在这场浩劫中失去了生命。

这其中就有青歌的母亲。

那一天他和母亲正坐在一辆地心列车上，去参加一个青少年的沙滩艺术节，在浩劫来临时，他们挤在了同一个逃生舱里，虽说是逃生舱，可实际上就只是一个足够坚固的铁壳子。他们的逃生舱伴随着漫天的碎片一同在地球的两边不断穿梭，就好像挂钟的钟摆，从这边摆到那边，循环往复。

一个星期后，救援队在清理隧道的时候发现了他们。青歌侥幸活了下来，母亲却死了。

父亲没有来。

母亲走后两天那个男人才姗姗来迟，在医院的走廊里，舅舅大步上前一拳将父亲打倒在地。舅舅什么都没有说，只是一下一下地将拳头打在他的脸上，鲜血溅到了走廊的墙上。

后来青歌才知道，父亲因为这次事故被法院判了无期徒刑。青歌不清楚什么是无期徒刑，那时他才6岁，只知道父亲和母亲都去了一个遥远的地方。

一场事故，让他在一夜之间变成了一个孤儿。

直到舅舅走到他的面前，用手抚摸着他的头发说："以后，你就和舅舅一起生活。"

青歌在舅舅的身边一直待到了 18 岁。

直到三年前，父亲被放了出来。

三

父亲的释放并没有给他的生活带来什么波澜，他还是和舅舅住在一起，还是像一个普通的高中学生那样为了学习而拼搏，非要说有什么变化的话，那就是每周去吃一次加蛋的卤面。

这也算他们分别十年最后的纽带了。

很讽刺不是吗？

青歌趴在课桌上，没精打采地叹了一口气。

有人从后面戳了戳他的腰，青歌扭过头，一看是于睿。他们两人家在同一个小区，从初中开始就成了同桌，交情自然非同一般。知道青歌的身世之后，于睿这个小子就一直强装成兄长的样子来照顾他，有聚会要叫他，干"坏事"也不忘带上他。

偏偏于睿自己就不是什么靠谱的人，多数时候还要青歌替他"擦屁股"。

"都已经上了一个星期的自习了，史老师还是没有回来，他究竟去哪里了？"于睿凑过头来贼兮兮地问道。

"听说是被联合国找去了。"青歌撇了撇嘴说。

他们所说的史老师，就是青歌的舅舅。

与跳脱的父亲相比，舅舅是一个像冰块一样的人，可是和他接触久了就会发现，冷面之下隐藏的是一颗柔软的心。

舅舅在福利院长大，很小的时候就带着妹妹四处奔波了。

舅舅是诺贝尔物理学奖的得主和世界级的高能物理学家，人们根本想不到他会到一所高中担任物理老师，对于外界的询问他也一直没有给出明确的回复，可青歌却是知道的。十年前的那次事故，让舅舅的心脏变成了一个盛血的篓子，随时都可能溢出血来。于是，舅舅到他们学校当了一名物理老师。

直到半个月前舅舅收到了联合国的邀请，要到纽约去解决一个世界性的难题。

"我觉得，史老师一定是去研究那颗妖星去了。"吃饭的时候，同学A笃定地说。

"什么？"青歌愣了一下。

"就是那个妖星E-8453啊，前段时间电视上不是一直在播吗？"于睿咬着一个肉丸子，嘴里鼓鼓囊囊的就像一只松鼠。

"那个小行星啊。"青歌想了起来。

妖星E-8453，是一年前观测到的一个天体。之所以给它取这个名字，是因为在天文望远镜的观测下这颗小行星呈现出了血一般的红色，就好像故事中妖魔出现时特有的月亮。它比月亮要大得多，它从无垠的虚空中飞来，将会斜斜地切入黄道面，与地球发生碰撞。

至于和地球撞上，那是小说里才会出现的情节。

"既然不会撞上，那联合国究竟还想研究点什么出来呢？"于睿好奇地问。

"也许是想在它经过的时候往上面发射一颗探测器吧？"同学A举起筷子说道。

"或许还要送人上去！"又一个同学猜测道。

"又或许是上面的人要下来呢。"青歌耸了耸肩，看着他们一本正经的样子便吓唬他们，"谁也没规定那非得是天然的陨石啊，说不准就是外星人的探测器呢。"

"说得我都有点害怕了。"同学A打了一个哆嗦。

"没事！我们可是有史老师在呢。"于睿用力地拍了拍青歌的肩膀，没心没肺地说，"就算真的有外星人来，史老师也会用他设计的小太阳把它们统统烧死吧？"

"估计外星人还没死，我们自己就先被烧熟了。"青歌无奈地说，可内心深处还是有一丝小开心。舅舅是家喻户晓的人物，作为大科学家的侄子，青歌常常感到骄傲。

对妖星E-8453的讨论一直持续到了放学。

于是以于睿为首，这群好奇心旺盛的学生决定周末到天文馆去看一看这颗妖星的真面目。实际上半年前E-8453就已经切入了太阳系，只不过最近才被天文学家观测到。

"我就不去了。"青歌摆了摆手。

"你难道一点也不好奇吗？"于睿扭过头说。

"因为我还得回去收拾东西啊。"青歌在他的耳边小声解释道。

"你还是决定要去美国学那什么天文学吗？"于睿咂了咂舌说。

"嗯，因为那样似乎更好一点。"青歌将路上的石子踢得老远。

他没有告诉于睿，在几个星期前他就已经去过天文馆了。

那时妖星 E-8453 刚刚能用常规天文设备观测，舅舅觉得观测天文现象有助于培养他对天文学的兴趣，于是就给他弄来了两张票，让他叫上自己的朋友一起去。青歌再三犹豫，终于还是给那个男人拨了电话。

"小歌？"

"这周周末……你有时间陪我去一趟天文馆吗？"青歌憋了一口气，努力让自己的声音听起来没有波澜。

"可是这周末我实验室里有项目……"男人的声音听起来似乎有些为难，可转眼间又活泛了起来，"可是谁让我儿子招呼了我呢，就算要上刀山下火海，老爹也会准时到的。"

"嗯，那就定在这周末早上十点，不要迟到了。"

"好的，好的。"男人说着，声音轻快得就像吃了蜜一样愉悦。

这是自他出狱以来，青歌第一次主动约他。

这是一个修复父子关系的好机会，况且天文馆就在城郊的一座山上，打车只用 15 元就能到。至于他口中的项目，研究所在他入狱后就荒废了，现在就只有他一个人在那里，又能有什么项目呢？

不管怎样，他都没有失约的理由。

可结果他一整天都没有来。

青歌站在天文台那巨大的望远镜下，等了很久，从早上一直等到了晚上，外面大雨瓢泼，在铅灰色的雨云下，雨水气势磅礴地打在了天文台的玻璃穹顶上。

工作人员走了过来，递给他一杯热可可说："不用再等了，台风天，这个雨还得下很久，今晚是看不了星星的，改天再来看星星吧。"

"没关系，我不是来看星星的。"青歌摇了摇头轻轻地说，随后打着伞从天文馆离开了。

直到第二天，父亲的电话才姗姗来迟，电话里男人的声音听上去还是那样的轻快。他说研究的项目突然有了重大的进展，不得已才没有遵守两个人的约定，作为补偿，改天带青歌去吃小时候经常吃的大盘鸡。

男人在电话的那头不停地说。

青歌听了一会儿，平静地挂断了电话。

四

对于普通人来说，梦想就是一株长在树梢上的鲜花，想要摘到它，你就必须努力地跳起，就算摘不到也没有关系，因为你还可以躺在树下看着它纳凉。

但是对于那个男人来说，梦想就是一个长在他胸膛里的太阳，那个灼热的火球毁掉了一切，烧掉了他的内脏、他的血肉、他的灵魂，可他却还不撒手，直到最后将别人也一起烧死。

青歌早该知道的，从很久以前开始，那个男人就已经变成了一具只怀揣着梦想的空壳。

这样的梦想让他恐惧。

于是他接受了舅舅出国深造的建议。

想要出国留学，首先需要过硬的英语水平，青歌的英语不差，但还达不到留学的水平，于是舅舅就将他安排进了一个托福班，争取让他来年能通过入学的英语测试。培训班在国外，下周一他就要前往美国了。

这事青歌没有和那个男人说，那个男人只在乎他的研究，至于其他的……呵！说不定等他学成归来，那个男人还不知道他出过国呢。青歌有些自嘲地想。

他一个人在家里收拾行李，行李没收拾好，却翻出了许多以前的东西，很多奖状和奖杯，这些都是沙雕艺术带给他的回忆。

对于用沙子捏东西这件事，他有奇特的天分，比天文学、物理学……任何的一个学科都要在行，他在小时候就拿过很多大奖，在 15 岁的时候，更是拿下了国家颁布的专业级证书，成为圈子里最小的专业人士，受到了业界的重视。

可他却在此戛然而止了，直到今天，他已经整整三年没有碰过沙子了。舅舅也不赞同他从事这样的边缘产业，于是他就顺理成章地放弃了这个东西。

可是，他时常会做梦。

梦到小时候，他和母亲一起光着脚在沙滩上奔跑，那个时候父亲还是一名普通的研究员，整天埋头在实验室里，全家的生活全靠母亲的收入和舅舅的帮助来维系，过得贫寒而艰苦。

在那段时光里，他最大的乐趣就是和母亲在沙滩上玩耍，在沙子下掘一掘螃蟹，再挖一挖贝壳，有时还会有倒霉的水母被海浪打到沙滩上，这时母亲就会摘下帽子，用帽子把它们送回海里。

这都不是最开心的事情，最开心的事情是和母亲一起抓沙。

沙子被海水浸湿后，就变成了柔软的橡皮泥，只要有耐心，你就能用它捏出你想捏的所有的东西，无论是小狗，还是小猫。有时玩到尽兴，青歌和母亲甚至可以堆出一座小小的城堡，然后兴致勃勃地在上面描上门、勾上窗……母亲笑着，将泥擦到他的鼻子上。

现在看来，那只不过是最简单的沙塑而已，那么小又那么脆弱，海浪一打就会塌，外形也不好看，就像孩童用蜡笔画出的涂鸦，可是他很喜欢！就算后来他能捏出 5 米高的专业作品，但他最喜欢的还是最初那稚嫩的作品。

这是他这些年来最美的梦了。

然而所有的美梦，终究都会以同一个结局收尾。

明媚的海滩会在刹那间昏暗下来，直至消失，取而代之的是地心昏暗的隧道，暗红色的火光从地底喷涌而出，人们在车厢中尖叫、哭泣……最后像干枯的植物般消失得无影无踪，而那些丑陌的沙塑就笑了起来，被烈焰烧得通红，就像从岩浆中挣扎着起身的魔鬼。

他惊醒过来，仿佛被整个世界给抛弃了一般在床上默默地流泪。

每当这个时候他就会无比希望有一颗陨石从天而降，让它正正地砸在这个城市的上面，让这该死的一切全都消失殆尽。

他祈祷了整整十年。

不知是因为太过虔诚还是因为太过痛苦，以至于上帝回应了他。

那颗叫 E-8453 的妖星竟然真的要朝他们撞过来了。

根据最新的观测结果，妖星 E-8453 受到太阳引力的影响改变了轨道，将会在十个月后与地球相撞。到目前为止各国已经秘密发射了数以百计的拦截导弹，可仍然无法摧毁目标……至此，人类拦截计划宣告失败。

青歌听到这则消息时脑子里顿时一片空白，周围的人也都是同样的表情，大家都像被抽去了血液一般，满脸苍白地看着讲台上的大银幕。

"如果那个妖星真的掉下来了，那我们会怎么样？"于睿打了一个哆嗦。

"知道恐龙是怎么灭绝的吗？"青歌满脸苍白。那是一颗直径为 10 公里的陨石，它坠落在地球上，砸出了直径长数百公里的大坑，海水沸腾，火山爆发，尘埃云遮天蔽日。

那现在呢？人类所要面临的是什么？

所有人都想起来了，他们去天文台的时候看到过的，妖星足有地球的三分之一那么大。

上帝曾经用一粒沙子就终结了恐龙时代，如今它却动用了一整块砖头，如此一来整个地球都会消失，人类只不过是顺带消失的"蚂蚁"。

可"蚂蚁们"却不打算束手就擒，紧接着这条新闻之后，各国政府就联合出台了地球撤离计划，所有参与计划制订的科学家们一同站在镜头前面宣誓，青歌在那些人里面一眼就看到了那张熟悉的脸。

五

舅舅在一夜之间成了整个世界的"救世主"。

他们计划建造 5000 艘恒星级飞船，每一艘都能装下数十万人，按照地球现在的人口来算 5000 艘已经足够了，这些飞船由舅舅所设计的托卡马克环为引擎，除了食物和生存资料外，甚至能带上地球生物的基因库。

这个计划听起来很美好，可人类就只剩下不到四百天的时间，想要活命，人类就得压榨出自己所有的潜能，要是榨不出来，那么大家就只有死路一条了。

青歌这才明白了联合国公布信息的理由。

——这是整个文明的灾难，要所有人一起来承担。

在消息公布后的一个星期，整个人类社会就完成了应急的改造，所有的社会资源都被集中了起来，所有的资源都被强制征收，所有的工厂都被强制征用。

除了物质资源之外，人力资源也成了整合的对象，专业的人才和工人们在工厂里不分昼夜地奋战，至于普通人则在紧急的培训之后，参与机械的拆解以及回收工作，除了必要的生产工具和运输工具外，所有的机器都被拆成了零件。

至于青歌……

因为生活在沿海的城市，他的工作就是处理海水，不仅是他，他们学校的所有人都一样，每天背着笨重的机器在海边抽海水，将海水进行粗加工后再送到不远的工厂，每天一干就是十几个小时，泡在海水里被灼灼烈日晒得掉皮。

这些学生们哪里吃过这样的苦？

可是没有一个人抱怨，就连平日里娇柔的女生，此刻也变成了顽强的人。

可青歌却有些乐在其中，现在的生活让他想起了小时候的事。

那时的他也是这样天天在沙滩上奔跑，被晒掉了皮不回去，被碎贝壳扎破了脚也不回去，就是不回去！等玩够了之后，母亲就会狠狠地瞪着他，就像看着一只不听话的猫在外面受了伤跑了回来，她是生气又心疼。

"你说我们为什么要天天在这里抽海水呢？难道是要拿去淡化吗？"于睿很是疑惑。

"因为这些海水就是燃料啊。"青歌说。

"燃料？飞船竟然是烧水的？"于睿瞪大了眼睛。

"当然不是，海水里含有丰富的氘，提取之后就能作为核聚变的燃料。"青歌解释道。

舅舅钻研的项目就是可控的核聚变，又叫作人工太阳。

想要发生稳定的核聚变就需要将反应物加热到1亿摄氏度，维持1000秒就可以开始稳定的核聚变……可这实在太难了，且不说如何将物体加热到如此高温，用什么容器来盛放这个火球就是一个难以解决的问题。

"所以问题在于，如何点火和如何保证炉子不被烧坏吗？"于睿问道。

"没错，那可是1亿摄氏度，地球上最抗热的金属熔点也不过几千摄氏度。"

"所以史老师才设计了托马斯环？"同学 A 好奇地问道。

"是托卡马克环，他并非设计者，而是最终完成者。"青歌叹了一口气解释道，"简单地来说就是构建出一个强大的磁场来束缚住那个火球。由于托卡马克环是用超导材料建成的，所以只用很少的电量就能维持整个系统正常运转。"

青歌努力地解释道，虽然他自己也不是很明白这是怎么一回事。

"也就是说那个托马斯环靠烧海水，就能将我们送上太空？"同学 B 抓了抓头发。

"是托卡马克环……不过大概就是这么回事。"青歌有些迟疑地说，"不过我曾经听舅舅说过，目前的可控核聚变还在完善阶段，还不知道能不能真的将 70 亿人送上太空呢。"

"他本人都担保了，那肯定就是能啦！比起这个，我还有更好的提议……"于睿说着，一把揽住青歌的脖子，贼兮兮地问，"说了那么多，你们难道就不想亲自去看看吗？"

"上哪看啊？"同学 B 愣了一下。

"就上那儿啊。"于睿指着不远处那个刚刚建起的工厂，不停地挤眉弄眼，"我都已经打听好了，那个工厂就是生产引擎的工厂，我们要是偷偷地溜进去……"

"那你就会被就地击毙了。"

"我们不是还有你嘛……"于睿嬉皮笑脸地说，"再大的罪，谁还能将你这个'救世主'的侄子给毙了啊。"

青歌翻了一个白眼，断然拒绝。

最终，他还是拗不过这群好奇心旺盛的小贼。

等到深夜，他们才悄咪咪地朝工厂的大门溜去。没有人看守，因为那些士兵都被抽调去工厂干活了，所有人都认为在这生死攸关的时候，不会有人来捣乱。

工厂被钢筋混凝土分割成了不同的区域，各个区域分工协作，哪怕是深夜也还有许多人在工作，金红的钢水从炉子里流淌出来，工人们翻动着模具，灼热的液体溅落在地上吱吱作响。

他们隐藏在其中，就像一群流窜的小老鼠。

同学 A 的一个亲戚就在这个工厂里工作。这里确实是制造飞船动力组件的工厂，外围的车间负责生产相关配件，中央车间负责精加工和组装，整个车间由高强度的单向玻璃所包围，就像一个不透风的铁桶。

同学 A 拿着偷来的钥匙，悄悄打开了车间的侧门。

对于撤离计划，青歌心中一直有这样的疑惑。

他们真的能将这 70 亿的同胞全部带走吗？在此之前人类花了几十年的时间才将人送上了太空，在那之后又过了许多年才登上月球。掌握了核聚变的技术，也不过是让人们走得更远些，在这样的技术条件下，他们真的能拯救所有的人吗？

青歌不知道。

每当这种时候他就会想起以前的事情，那时舅舅因为工作太忙没有时间陪他，于是就给他买了一只会唱歌的金丝雀。那只金丝雀很小，看上去就像一只没有长成的小鸡，每天都叽叽喳喳的。

青歌很喜欢它，每天都会精心地照料它。

有一天，舅舅站在鸟笼旁边对他说："你有没有发现，我们和它很相像呢？"

青歌一脸茫然。

"和它一样，我们都是被关在笼子里的囚徒，没有自由，只能在笼子里歌唱。我们脚下的这颗星球，一方面孕育了我们的生命；另一方面又限制了我们的自由，就像一个无形的铁笼，鸟儿无论如何奋力地拍打翅膀也没有办法离开。"舅舅叹了口气说。

"可是为什么要飞出去呢？在笼子里住着多好啊。"青歌看着小鸟奇怪地问道，那时的他并不懂得那样艰深的道理，只知道小鸟每天生活在笼子里不仅衣食无忧，还不用写家庭作业，每天就扑腾翅膀唱歌，这样的生活多好啊，为什么要出去呢？

舅舅长长地叹了一口气，将手掌放到鸟笼上，说道："因为这个笼子并没有那么结实……你有想过吗？这个在鸟儿看来坚不可摧的笼子其实并没有那么坚固，随便一场事故这个笼子就有可能被压得粉碎，倘若那样，那么这个笼子里的小鸟会怎么样呢？"

"大概会死吧。"青歌有些不确定。

"到那个时候，要是飞不出来它就只能等死了。这对于我们来说也是一样的，要么飞出去，那么就死在笼子里……如果你是小鸟，你会选择死在笼子里吗？"舅舅抚摸着青歌的头发。

"当然不愿意了。"青歌脱口而出。

"那就拼命地扑打自己的翅膀吧，直到羽毛尽散，甚至翅膀折断……如果没有这样的觉悟，那么就只能死在笼子里。"

舅舅说出这句话时的表情，青歌不记得了，他只记得当时舅舅语气里的那种仿佛刻进了骨子里的笃定，和那种让人脊背发毛的决绝。

要是有一天鸟笼真的被压碎了，那么舅舅绝对就是那只为了求生，宁愿将自己翅膀折断的小鸟……青歌这样想着，随众人一起溜进了工厂，可是所有人都愣住了。

这里什么都没有。

在重重的高墙里面，就只有一口黑色的枯井。

那不是枯井，而是一条地心隧道。

六

舅舅是一个为了生存，宁愿将自己的翅膀折断的人。

这样的一个人，又怎么会为了那些因折翼而掉落的羽毛哭泣呢？这个撤离计划实际上就只是一个骗局，人类压根就造不出那么多的飞船，压根就带不走那么多的人！所以他们才建造了那么多工厂，在每一间工厂下面秘密地修筑了一条地心隧道，他们发动了所有人的力量，目的只是造出一艘飞船，只送一些人走。

这就像是那个小鸟的故事一样，鸟笼马上就要毁灭了，鸟儿必须散尽羽毛、折断翅膀才能活下来，当那只小鸟是一整个文明的时候，那些舍弃的羽毛上就注定要挂满刻着悼词的墓碑。

想清楚这一点的时候，青歌正坐在部队的监管所内。在走出工厂的时候他们被人发现了，随后就被分别关押在了一个秘密的地方。舅舅是两个小时后到的，他风尘仆仆，坐在桌子的对面一言不发，青歌也没有说话，有些事情大家都心知肚明，再多的解释也只是拙劣的谎言。

不知过了多久，青歌才抬起头问道："我可以走了吗？"

男人抬起头，看着青歌叹了一口气说："你就不想对我说点什么吗？如果你要责备我，我不会为自己辩护……"

"这不是你的错。"青歌摇了摇头说，"这也是没有办法的事，笼子马上就要被压碎了，鸟儿没有必要留下来一起死，就算只跑出去一只也是好的。"

青歌这样说是真心的，他有严重的心脏病，心脏残破得就像盛血的筛子那样。对于一个随时都有可能死去的人，当死亡真的来临时反而就变得坦然了。他知道这就像地震后的废墟里，那些为了活命把自己的腿砍掉的人那样。

因为代价太过沉重，所以选什么都错。

"如果我说那些走的人里面没有我，你相信吗？"舅舅轻声地说道。

"我信！你说什么我都信！"青歌用力地点了点头，他比任何人都要了解自己的舅舅，如果不是真心诚意地为了人类的未来，那么他从一开始就不会参与这个计划。

"我说什么你都信？"

"是的。"

"那么如果我告诉你，你在那份撤离的名单中，你会不会相信呢？"男人抬起头笑了笑，很随意地就将这句话说了出来，就仿佛是一句玩笑话，却让青歌的心狠狠地抽动了一下。

他抬起头，错愕地看着舅舅的脸。舅舅也在看着他，目光里全是青歌不明白的情绪，直到这一刻青歌才知道——他是认真的。

青歌曾经在网上看到过这样一则帖子，说要是有一天地球毁灭了，那么什么样的人才有资格代表人类活下去。帖子下面的留言五花八门，有人说要带知识渊博的科学家，有人说要带经验丰富的工程师，还有人说要带军人。

最终答案是年轻人，再具体一些，就是战士一般的年轻人。

他们会不顾一切地生存下去，就仿佛落到了沙漠中的蒲公英一样。

只有最坚强的人才能生存下去，在撤离名单上的 5000 人之中就连那些女孩，也要有战士的身体和意志。可是谁也没想到在这些都是战士一般的人中间夹杂了一个有心脏病的人。

青歌就像一个被展示在聚光灯下的残次品，理所当然地要承受众人的鄙夷。

青歌再次见到舅舅，已经是三个月后的事情了。

飞船已经完工，这些训练已久的求生者们被秘密地遣送回家，和家人做最后的道别。于是青歌回到了家，那时舅舅正在厨房里忙活，围着围裙，看上去有些蠢。工作结束后，舅舅每天就在家里喝茶、看报，这个忙碌了半辈子的男人终于停了下来，坦然地等待自己的结局。

在饭桌上他和青歌说了很多事情，说到他和青歌母亲还住在福利院的时候，有一次遭遇了一伙劫匪，劫匪们是冲着善款来的。在抢劫的时候劫匪们扎倒了 11 名男生，他就是其中的一个。那一晚他流了很多血，只有他的妹妹陪在他的身边。

她问："哥哥你很缺血吗？"

他说："是啊，哥哥马上就要死了。"

她说："你不会死的，因为我可以把我的血给你啊。"

她真的把自己的血给他了，她用小刀在自己的食指上割了一道深深的口子，让男孩吮吸流出来的血，等到伤口不再流血了就换一根手指，明明疼得眼泪止不住地流，却咬着嘴唇一声没吭。那时他们都只是孩子，孩子就只能用孩子的办法来解决问题。

最终救了他的还是临时调来的血包，可女孩的手指上留下了褪不掉的疤。

"所以你才会这样做，对吗？"青歌开口问道。

舅舅笑了笑，没有说话。

对于舅舅来说，他就是母亲的分身，母亲不在了，那么就要由他来接受这份爱活下去，他一直没有发现，直到地球就要毁灭的时候，他才感受到这份爱竟是那么的沉重，沉重得让人有些喘不过气来。

归根结底，他只不过是一个即将要上大学的高中生而已。接下来的日子他只会越发步履维艰，可是他无能为力，只能顺着预定的道路连滚带爬地走下去。

他很害怕，但他不知道该怎么办。

这时他便会回忆从前的事，在那间小小的出租房里，他躺在微弱的灯光下听妈妈给他讲故事："有一天巴黎的艺术家们突发奇想要到月球上去，于是他们建造了一口巨大的大炮，乘坐炮弹飞向了宇宙……可是当他们真的到达了月球时，却发现他们没有了回家的路，于是他们就坐在月亮上凝望着地球，变成了一座座雪白的塑像。"

七

青歌又想到了父亲。

自从拉面馆里的那次耳光过后，他们就再也没有联系过了，就像一对关系走到了尽头的情侣，一个耳光过后大家同时转身，从此恩断义绝谁也不欠谁。

可他们终究还是父子，儿子马上就要坐飞船离开了，这一别就是永不相见，就算心里有再大的疙瘩此时此刻也该来送一送他吧。于是青歌问道："我父亲，现在在哪里呢？"

"没来得及告诉你，三个月前他就失踪了。"

"失踪？"

"没错……事实上，自从你们那天见过面之后，就再也没有人见过他了。"舅舅耸了耸肩，除了身体残疾无法劳动的人之外，所有的人都强制到工厂里劳动，可当工作人员找到研究所时，那里却一个人也没有，只剩下了一地的外卖盒子和一地的废纸。

"那他究竟去了哪里？"

"不知道，也许还在哪里琢磨他的人肉炮弹吧。"舅舅冷笑着说道，青歌母亲死后他们就成了不共戴天的死敌，总习惯用最大的恶意揣测对方。

雨一直在下，铅青色的云盘踞在头顶。街角处传来了汽车的引擎声，一辆破旧的大车向他们开了过来，这是用来运送撤离人员的车辆，为了避人耳目特地被伪装成了一辆拉原材料的车。

直到车子开到面前时，青歌才有了一种将要远行的感觉。

在上车的前一刻，青歌突然问道："我们要去的那个地方，有没有海？"

舅舅愣了一下，说道："你们要去木卫二，那里很冷，所有的水都被冻成了冰。"

青歌点了点头，坐上了车。

车子越来越远，在雨水中舅舅逐渐变成了一个模糊的点，还来不及看清就消失在了转角处。青歌仰面躺在车的后斗里，听着雨水打在头顶的尼龙斗篷上。

其实他想问的不是海，可是也差不多，没有海，自然也就不会有沙滩，同样也不会有贝壳和在沙滩上涂鸦的人。

从今往后，他就要作为一颗种子扎根到那片冰原上，拿起铲子，一铲一铲地为文明铲出一片发展的净土，按照需要自己可能会成为工人、老师、农民、机电工……像一块补丁一般随手补在一处，在那个遥远的地方和一个不认识的女孩结合，一起生下新一代的人类，循环往复，直到某一天死在那里……

这便是他的未来，没有沙雕艺术，没有父亲，也没有那该死的加辣加蛋的面！

不知为何，青歌突然感到很恐慌，他猛地起身，推开车门从车上跳了下去！这时车子正风驰电掣地行驶在高架桥上，大雨瓢泼，青歌感觉自己像跳进了一个旋转的洗衣机里面，整个世界只剩下沥青路在不停地旋转。

他不清楚自己究竟还活没活着。

他看到车队停了下来，有人朝他跑了过来，迎风大喊着他的名字，一股力量顿时就从他的身体里面涌了出来，他从地上爬了起来，然后逃跑。

跑下了高架桥，跑进了城市里，亿万滴雨水从天而降，他就像一只在下水道里落荒而逃的老鼠，连自己都不知道究竟为什么要逃跑。

不知过了多久，青歌才缓缓地从一个垃圾桶里直起了身子。

即使是负责撤离的官员们也没能想到幸运儿中居然会有人临阵逃脱吧？所以他逃走得异常容易，在一个垃圾场里躲了整整三天。

走上街头，随处都可以听见人们讨论两天前的起飞仪式……遵循计划，飞船在两天前按时起飞了，没有一点耽搁，许多人都到了现场，满怀期待地看着这批先头部队出发，没有人注意到名单里少了一个人。

欺骗人民的谎言随时都有可能被揭穿，谁也没有权力多耽搁片刻。

也许对于他们来说，青歌的退出反而是一件好事，他只是一个"赝品"，与其在遥远的星球上拖别人的后腿，还不如就这样和大家死在一起。这样想着，青歌漫无目的地走在城市的大街上，不能回家，因为他不知道该怎么面对舅舅。

可是这样一来，他还能去什么地方呢？他无家可归了。

不知不觉间他居然走到了那家拉面馆的门口，面馆还开着门。闻到食物的味道，青歌才想起自己已经有三天没有吃东西了，饥饿感如潮水般涌了上来，老板端着碗站在门口，奇怪地看着面前这个狼狈的孩子。

"要吃面吗？不要钱的。"老板冲他笑了笑。

"我……"青歌吞了一口唾沫。

这时一个熟悉的声音从背后传来："一碗面，加辣加蛋！"

这个声音听起来还是那么的快活，青歌慢慢地转过身，看到男人杵着双拐站在他身后，右腿打着石膏，看上去有些狼狈，可依然掩盖不了他那跳脱的神情。

"好久不见，爸。"青歌虚弱地笑了笑，不知为何很自然地就把这句话说了出来。

男人愣了一下，走上前来揉了揉他的头发。

八

"你那个混蛋舅舅骗了所有的人？"男人一边说着一边给他端来了一杯热可可，他把青歌带回了研究所，因为跳车青歌受了很重的伤，男人拿出了医药箱为他清洗伤口。

研究所中只有他们两个人，外面的雨还在不停地下，模糊了窗外所有的影子。

"你一点都不意外吗？"

"你指的是那混蛋欺骗人民感情的事？还是他徇私舞弊将你送上了飞船的事？"男人意味深长地笑了笑。

"都有。"青歌闷声道，他很是奇怪，他将所有的事都告诉了男人，可男人的反应却像早就料到了一般。

"这并非什么艰深的道理，要知道我们送一个人上太空，姑且就要花费数十亿美元，燃烧数百吨的燃料，按这样来算，就算将整个地球掏空了，我们也不可能送所有的人走，更何况还要考虑食物和水，70亿人一天要消耗多少东西你知道吗？"

"你从一开始就知道这是一个骗局吗？"青歌沉默了片刻后问道。

"很多人都明白的，只是他们不愿意相信罢了。"男人将手中的棉签放下，"他们将所有的希望都寄托在了核聚变上面，可这个技术太年轻了，还需要足够的时间来成长。"

"可是我们没有时间了。"青歌接口说道。

"没错，你的那个倒霉舅舅一定是从一开始就知道了，所以才做出了这样的选择。我还是很感谢他，因为他想要救我的儿子，虽然原因并不是为了我。"父亲抓了抓头发，仿佛是放下了长久以来的成见，做了一个妥协。

"现在说这些又有什么用呢？"青歌苦笑着说道，"笼子马上就要毁了，我们都被困在了笼子里没有办法离开，没办法飞走的小鸟终究还是要死的。"

"这就是我接下来要说的了。"父亲笑了起来，"你的舅舅是一个很优秀的人，可是太固执了，他出类拔萃，却不相信奇迹。"

"都到这种时候了，还会有奇迹吗？"青歌不明白。

"奇迹会有的，它与现实无关，只取决于你是否相信！"男人说着，站了起来，身上仿佛升起了一道看不见的火焰，"跟我来，我带你去看一样东西。"

他伸出手，带着青歌走向了研究所的深处。

恍如时光倒流，在重重的高墙里面什么都没有，就只有一口黑色的枯井。

男人给他套上了防护服，然后将他从上面推了下去。

"你知道要达到什么条件，人类才能从地球上离开吗？"

"什么？"青歌有些焦虑地问，他们正在以自由落体的形式向地心落去，失重的感觉让青歌感觉很不舒服，就连胸口也隐隐作痛起来。

"仔细想一想，你在初中时就已经学过了。"男人大声地说道。

青歌努力地回忆着，终于想起了课本上的那个数值："是每秒11.2千米！"

"没错，必须要达到第二宇宙速度人类才能挣脱地心引力的束缚，为了达到这个速度，人类花费了数百亿美元，燃烧了数百吨的化学燃料……却从来没有人能想到还有更简单的方法。"

"什么方法？"青歌艰难地问道。

"被关在笼子里的小鸟想要从笼子里飞出去只有两条路径，要么折断自己的翅膀从笼子的缝隙中冲出去，要么就是找到笼子的钥匙！开动你的脑筋好好想一想，那把可以打开笼子的钥匙究竟在哪儿？"男人声音中夹杂着无线电的杂音，听起来就像噪音一样令人感到不适。

钥匙？哪里会有什么钥匙。

追根到底，小鸟和笼子只不过是一个形象的比喻而已，束缚人类的是这颗星球的引力，有什么样的钥匙是能克服地心引力的呢？

"我给你一点提示，我们在引力的作用下一路加速下坠，等我们到达地心的时候速度是多少？"男人在一旁提示道。

"地心？"青歌一下子明白了过来，"你是说我们可以依靠自由下落时积蓄的速度冲出地球？"

"没错，你看在我们说话的这段时间里，我们的速度已经达到了每秒 0.9 千米，可现在我们连十分之一的路程都没有走完，长达 6000 千米的加速里程，等我们真正到达地心的时候，我们的速度就可以接近每秒 10 千米了，就很接近第二宇宙速度了。"父亲解释道。

"可是这没有意义啊！"青歌反驳道，因为太过震惊，反而有无数的数据在他的脑海里流转，"因为等我们穿过地心，引力方向改变，由引力获得的速度终究也将被引力所抵消，即使你给它装上火箭引擎也是一样的。"

"那如果火箭不是由引擎驱动的呢？"男人意味深长地说道。

青歌一愣，还没等他说话，一阵刺眼的红光顿时就占领了他的整个视野，不知不觉他们已经抵达了地心，借着那灼热的光线青歌看清了仪表盘上的数值：8.2 千米 / 秒。

这已经接近地心隧道的最大速值了，他们很快就会穿过地心进入隧道的后半段。

"这是怎么回事？"青歌瞪大了眼睛，他看到速度的数值并没有如他预料般地降低，反而开始以更快的速度不断地增加！

"这段隧道中充斥着强磁场，可以配合防护服中的磁线圈形成推力，这只是初中的物理知识。"男人大笑着说道。

"这不可能！就算全世界所有的电站加起来也制造不出这么巨大的磁场！"

"当然可能！因为你现在就在这样一条隧道里。"

真理向来都是事实胜于雄辩，青歌瞪着眼睛看着身边的这个男人，这时他们的速度已经达到了恐怖的每秒 9.8 千米，他们很快穿过了地核区，黑暗又一次将他们一口吞下，只剩眼前的仪表盘还在发着莹莹的蓝光。

——10.0 千米 / 秒

——10.2 千米 / 秒

——10.4 千米 / 秒

青歌深深地吐出一口气，他感觉到自己的心在狂跳，在这么快的速度下胸口像发病了一般开始疼痛，直到这时他才有了一种亲身处于一个神迹之中的感觉。他抬起头看着远方那逐渐扩大的出口，越来越大，越来越大，就像从黑暗中孕育出的蓝色胚胎。

"哧——"

伴随着像嘹亮炮响般的空气撕裂的声音，他们就像出膛的炮弹一般冲天而去，无数的星辰点缀在他们的头顶，大气流动，世界正在用一种压迫骨头的力度紧紧地拥抱他们。

青歌身上的防护服和空气摩擦出了红色的火苗，他就像一颗划破天空的流星，正逆向完成陨石在大气中燃烧的过程。

"我们这样会冲出地球吗？"青歌大声地问道。

"当然不会，因为我们的速度不够！"男人的笑声从另一颗火球中传了出来，"这条隧道只完成了一半！我们飞不出地球，只会就这样一路掉回去！"

他在面罩中哈哈大笑，像个梦想成真了的少年在那里嚣张地大笑。

在红色的焰火中他们逐渐慢了下来，世界恢复平静，青歌仰起头，发现天空居然那么近，仿佛只要伸出手就可以触摸到它寒冷的边缘。

"你是怎么做到的？"青歌扭过头问道。

"我通过引导一股强电流在隧道里构建了一个电磁场，然后再通过电磁产生动力……至于那些关键的电流则是直接从地心接引过来的，地球的地核附近存在着丰富的电流，是它们构成了地球的磁场！"男人语气平静地说，"地球不会真的锁死她的孩子，她早给我们留下了钥匙，只是我们一直没有找到而已。"

青歌张了张嘴，不知道该说些什么好，最后才问道："那你为什么不告诉其他人呢？"

"因为还没来得及啊，没人相信我，我就只能自己做，做了好久好久，终于才完成了这条隧道的一段，还没来得及显摆呢，那妖星就来了。"男人摸了摸头盔，听上去有些无奈，"可是这样也够了，我本就不是为了别人才这样做的。"

"因为它就是你的梦想？"青歌问道。

"是啊，因为它就是我的梦想。想了整整半辈子终于开花结果了。"男人笑了笑，就像一个老迈的护林人，目中含笑地看着漫山遍野的绿意，可这种帅气的姿态就只维持了一瞬间，他就变得扭捏了起来，"有一件事情我一直想和你解释来着……"

"什么？"

"我们约定去天文馆的那一天我不是有意失约，在那之前的一天我进行了第一次地心加速的实验，可因为保护措施……等我醒来时已经是深夜了，所以才……"男人扭扭捏捏，透过头盔青歌仿佛看到了他涨红的脸。

"事到如今还说这些干什么。"

青歌打断了他的话，伸手握住了他的手掌。

他早该知道的，对于普通人来说，梦想只不过是一朵长在树梢上的鲜花而已，想要摘到它，你就必须爬上树或努力地跳起，就算摘不到也没有关系，因为你还可以躺在树下看着它进入梦乡。

但是对于这个男人来说，梦想就是长在他胸膛里的太阳，为了它，他可以燃烧一切。

青歌忽然感觉心中有什么释然了，仿佛一个不远万里而来的取经人，走过千山万水终于望见了故乡，放下了身上的行囊，看着熟悉的景色呼出了一口风尘仆仆的气。

不知不觉他们的行程走到了尽头。

短暂的停滞后地心引力又发挥了那亘古的魔力，无形的引力拽住了他们的脚，他们就像跃到空中的鲤鱼一般，抵达最高点后落了下去。

尾　声

青歌提着小包从这条幽静的石子路上走过，墓园还是当年的样子。

青歌这般想着抬起了头，这是一个难得的晴天，昨夜下了一夜的雨，天空像被水洗过了一般呈现出澄澈的蓝，在苍穹上一道宏伟的弧线划过了整片天空，从地平线的这边一直划到了那边，就像一座由火烈鸟搭成的天桥，宏伟得让人说不出话来。

它的名字叫作绯色，是由红色陨石组成的围绕地球的星环。

至于它的身世，则要从五年前的那场末日的危机说起……五年前，青歌与父亲从隧道中出来后就向全世界揭穿了那个救世的谎言，同时还发布了新的救世计划。

——集中整个文明力量，打造出一条真正能将人送上太空的地心隧道。

经过短暂的骚动之后，人们终于还是再一次地团结了起来，所有的工人们都在工作，所有的科学家们都齐心协力，其中甚至包括了当初撤离计划的参与者，所有人一同投身到这场与时间的赛跑中。

在末日降临前十天，人类史上第一条超级隧道总算竣工了，隧道贯穿了南北极，就像一根无比漫长的炮膛，整个星球都只是它的一部分。时隔几个世纪，凡尔纳的狂想曲终于成了现实，只不过这门大炮射出的第一批乘客并不是人，而是数以千计的托卡马克环。

在之前的撤离计划中，沿海城市的人们一共处理了上万吨的海水，而这些海水变成了现成的燃料，在舅舅的帮助下，人们赶制出了上万个小型的托卡马克环，它们只有一个作用，那就是如太阳般发光发热！

在"神铁"的包裹下，这些核聚变装置成功地下沉到妖星的内部，刹那间在妖星的内部燃起了无数个太阳！那可是 1 亿摄氏度的高温，在庞大的热量之中，那坚不可摧的妖星终于崩解成了无数的碎片，而这些碎片却被地球的引力吸引，最终化成了一道红色的星环。

这已经是最好的结果了，难道不是吗？

青歌提着小包走到了母亲的墓前，一切都如往昔，那长达一年的陨石灾害丝毫没有对它造成伤害，就好像有神的力量在庇护它。如果要说少了什么，那就是少了那个每年都会一大早就来到这里的男人。

青歌叹了一口气从包里拿出一只毛笔，轻轻地扫着石碑上的灰尘。

危机结束之后，国际法庭就展开了一场声势浩大的审判，撤离计划的所有成员都接受了审判，其中就包括了青歌的舅舅。不管出于什么理由，他们终究还是背叛了人类，犯下了反人类的恶行，这样的罪行已经足够判处死刑了。

但让人欣慰的是，考虑到他们的动机并非个人利益，而且以舅舅为首的科学家们在之后的狙击妖星的行动中发挥了重大作用，所以最终都只是被判处了有期或者无期徒刑。对于自己的遭遇，舅舅很爽快地就接受了，不仅没有难过，反而整个人都变得轻松了。

当青歌上一次去监狱里面看望他的时候，他正在写一篇新的论文呢！

没有哪只小鸟是真的想折断自己的翅膀，直到此刻青歌才真正理解了舅舅的心情，可他什么都没说，毕竟已经过去了那么久。

这般想着，青歌收起了手中的毛笔，深吸了一口气朝墓园外走去。

从山上下来，远远地就看到那个男人已经在门口等着，这么些年过去了他还是当初的那个样子，邋邋遢遢的，就像一个流浪的艺人，任谁也看不出他居然就是那个拯救了世界的科学家。

男人朝他挥了挥手，青歌微笑着走到了他的身边。

"一起去吃饭？"男人笑着问道。

"嗯。"青歌也笑了，两人就这样肩并着肩朝城里走去。在一切结束后，他们就搬回了曾经住的那间房子，命运就好像一个圆，终会圆满。

"对了，有一件事情我想要告诉你。"青歌坐在面馆里突然说道。

"什么？"

"我已经决定了，今年九月份就去希腊留学，继续学习艺术。"

"你最终还是没有听你舅舅的建议。"

"嗯。"青歌点了点头，经历了那么多的事情之后，他也想要坚持一下自己的梦想，即使做不了那个怀揣着太阳的人，但他至少也要努力地伸出自己的手。

"挺好的。"

"你不开心吗？"

"当然开心了，只是有些担心……担心你会变成我这样的人。其实你母亲的事情，我一直很后悔。"

"事到如今还说什么呢。"青歌用力地白了他一眼，却忍不住地红了眼眶，男人也用力地抹了抹眼睛，这时老板站在锅炉的旁边吆喝着问他们要吃什么。

两人相视一笑，异口同声地说道："拉面，加辣加蛋！"

（陈楚娟）

人类传说

一

"身体缩小之后真是不适应，找点儿什么东西都不方便。"河木抱怨着，不断用手拨开挡在眼前的茂密的植物枝叶。

"很好呀，你不觉得轻快了吗？"琳娜儿说。

"还不是因为他胖！缩小了也是个微型大胖子！"高得边说边在河木面前故作轻盈地跳跃。可是落地不稳，身体一个趔趄险些摔倒。

"酒鬼就别卖弄了，真讨厌。"琳娜儿嗔道。

"嘘……你们听。"黑墨老师示意大家安静。

远方传来此起彼伏的"咚咚"声，像巨人手持树干粗的鼓槌在胡乱击鼓，大地随之震颤。河木蹲下来贴着地表听了一会儿，然后兴奋地跳起来，离开队伍向前方跑去。他回来时伴随着强烈的震感，在他身后，一大群浑身长毛的四足生物缓缓走来。

这种生物长鼻阔耳，嘴里支出两根长牙。它们身形高大，走过之处扬起的尘沙遮蔽了半边天空，但样子看起来还算温和，对众人并未产生威胁。

"这是你的毕业设计吗？"黑墨老师问道。

"不是。"河木看着长毛怪物摇摇头，嘬着嘴转向众人说道，"我的作品比这帮家伙大上十倍，反应和动作敏捷性也高好几个档次，它们将是理论上在干燥培养皿中能够存活的最大型生物……"

"行了，行了，听你啰唆了一路。它们到底在哪儿？"高得不耐烦地说。

"按理说老远就能看到呀！我计算过，距离我们飞船降落点500米的地方就能见到它们长长的脖子……咳，我不该多说，保证你们见到后会被震撼得大叫。"

"说得好让人期待！现在看不到说不定是因为它们都躺下了呢。快点走吧，咱们翻过山头看看。"琳娜儿认为它们在另一侧的平原地带，那里的植被和水资源相对充足。

"我看啊，肯定是被灭族了。说不定就是被你的作品吃掉了！"高得咧着嘴对琳娜儿笑道。

"不会，不会！我昨天还在实验室看过它们，它们已经占领了几乎整个培养皿，种族一派繁荣昌盛。"河木连忙摆手。

黑墨是负责河木、高得和琳娜儿三名学生毕业设计的指导老师，河木、高得、琳娜儿要各自设计一种生物投放在球形培养皿中自由繁育，最终生存下来的统治力最强的生物将被评选为优秀作品。

琳娜儿最早提交，她认为越早培养的生物所获得的适应和改造环境的时间越长，这必然有利于种族繁衍。河木闷在实验室里昏天暗地地计算了好几天，终于搞出了一种自认为无比强大的生物，他对其统治力信心十足。一向吊儿郎当的高得不出意外地最后一个提交，对他来说，做到按时应付交差就已经谢天谢地了。

为了加大物种的竞争性，让结果更明显，黑墨老师在琳娜儿提交作品后集中性地投放了一批低年级学生的作品。① 这让高得非常不爽，三个人里面排最后一名他能接受，可如果自己设计的东西都比不过低年级学生的作品，那可真是太没面子了 —— 可是，他再不爽又有什么办法呢！

设计者们的设计作品事先没有被公开，他们彼此都不知道其他人设计了什么。此次活动黑墨老师带队，一行人缩小身体后乘飞船来到培养皿表面实地考察，设计者将向其他人公开并介绍自己的作品及设计理念，黑墨也会做出点评。

"同学们，我瞄了眼探测仪，一种与河木的作品相似度超过95% 的生物就在山脚下的树林里。走，过去看看吧！"黑墨老师说。

河木此前曾私下请求黑墨老师不要直接用探测仪去找他的作品，他表示它们随处可见，他希望的是在众人被巨型怪兽吓得魂不附体时，自己轻描淡写地说这是他做的。

————————————

① 这次"投放"指寒武纪生命大爆发。寒武纪地层在 2000 多万年时间内突然出现门类众多的无脊椎动物化石，而在早期更为古老的地层中，长期以来都没有找到其明显的祖先化石，这一事件被古生物学家称作"寒武纪生命大爆发"。寒武纪生命大爆发至今仍被国际学术界列为"十大科学难题"之一，堪称古生物学和地质学上的一大悬案。

来到培养皿地面后，师生四人转了半天也没遇到河木的作品，河木隐隐觉得不对劲，于是向黑墨老师的探测仪妥协了。

"是站在枝头的那个吗？"琳娜儿眼尖，可以望见很远地方的树上的生物。

"没错，探测仪显示的就是它们。河木？"黑墨老师说。

"这是啥？"河木怔怔地望着树上双足长尾、浑身生满细羽的小型生物①，"不对啊！老师，这可不是我的作品！"

"这是探测仪检测到的全培养皿中最接近你作品原型的生物。如果不是，它们极大可能是你作品的后代变种，物种在繁衍过程中出现了较大的形体变化。"黑墨老师说。

"哇哦！河木的作品死光了！"高得拍手叫道。

"唔……老师，您再确认下，这不可能，这东西的体量不及我作品的百万分之一……"河木哭丧着脸说道。

黑墨老师打开电脑，连接实验室数据。电脑显示，河木设计的生物确实经历过一个繁荣时代。但在实验室时间 13 个小时前，球形培养皿遭遇不明物体撞击，部分球体表面损毁严重，直接或间接导致近 80% 的物种灭亡 —— 这其中大部分是低年级学生的作品，其中，河木的作品由于体型过于巨大、食物匮乏等原因同样未能幸免。

---

① 20 世纪 60 年代末至 70 年代初，美国耶鲁大学教授约翰·奥斯罗姆复兴了赫胥黎提出的鸟类起源于兽脚类恐龙的假说后，鸟类起源的研究取得了巨大的进展。来自世界各地不同地质时期的恐龙和早期鸟类的大量化石证据持续不断出现，有力地支持着这一假说。

黑墨老师向同学们展示河木的作品设计图，这种被称为"鳞虫"的生物周身覆盖着厚厚的鳞甲，牙爪尖利，极具攻击性。它们生活在水边的开阔地带，可以猎杀任何想作为食物的生物，能轻松吃到最高处的植物嫩叶。它们没有天敌，靠铜墙铁壁般的肢体开山凿地，不断改变周遭的生存环境来适应自己，在与其他种族的竞争中占尽优势。谁知道竟因为一场意外而灭亡。

"老师，我冤枉啊，这纯粹是一个意外！我们这就回去，看看到底是啥撞到了培养皿，是不是门没锁好，实验室的齿兽或者木狗溜出来乱窜。"河木不想就这样失去竞争优秀毕业作品的机会。

高得一惊，不住地拍打脑袋。他隐约想起自己昨晚酒后交作业，跌跌撞撞闯进实验室，失手将酒瓶子扔到培养皿支架上，四处飞溅的碎片砸到了转动的培养皿的表面。

高得记起来，那瓶酒是巴普提斯蒂娜产的[1]，当时商店做活动，一个完整的铱制瓶底可以免费兑换一瓶酒[2]。就在他去储物间想取一把扫把将做活动的酒瓶的瓶底捅出来换酒时，却不料自己酒劲

---

[1] 巴普提斯蒂娜（298 Baptistina）是一颗至今仍运行于火星与木星之间的小行星，其直径接近 160 千米。根据计算机模拟，1.6 亿年前，巴普提斯蒂娜小行星被一颗直径约 55 千米的未命名小行星撞击后粉碎，其中一颗直径约 10 千米的碎片闯入地球的公转轨道，于 6500 万年前撞击了墨西哥尤卡坦半岛，形成希克苏鲁伯陨石坑，并引起一系列环境变化。据科学家推测，此次撞击事件与白垩纪物种大灭绝事件（地球史上第二大生物大灭绝事件，包括恐龙在内 75% ～ 80% 的物种灭绝）发生时期吻合，因此小行星撞击导致物种灭绝说被广泛地接受。
[2] 2010 年，一个英国专家小组在《科学》杂志上发表文章。表示在全球岩层中发现了已存在 6500 万年之久的铱层，铱在地壳里极其罕见，但是在小行星里却普遍存在。由此推测地壳中的铱来自与地球相撞的一颗小行星。

发作睡着了，醒来时双手还握着扫把。幸好此时离提交期限还剩十几分钟，他醉眼朦胧地胡乱按了几个参数，稀里糊涂地交了作品，然后就美美睡去了。

"那别人的作品怎么活得好好的，说到底还是你的作品太弱。"高得有些心虚。他咽了口吐沫，眼珠一转就开始攻击河木。

"它……它们曾经无比强大！你……"河木被噎得说不出话，委屈地看向黑墨老师。

"高得说得对。无论外界的干扰是什么形式，是否合理，每个种族都只能接受。无论它们曾经多么强大，都要以生存为第一法则，遇到任何障碍都要想尽办法活下去。华丽的历史总会被人忘记，存在才是不被遗忘的最好方式。"黑墨老师说。

轻风吹过，枝头上的长尾细羽生物展开双翼，悠然地飞往丛林深处。

二

琳娜儿的作品在撞击事件中幸存了下来，通过显微镜可以看到它们，她轻声细语地向两位同学和黑墨老师讲起她的设计理念。该物种构造极其简单，它们生活在温暖的水泊里，浅蓝色、半透明的身体在阳光的照耀下晶莹剔透，游动时身体两侧柔软的绒毛不断扇动，如同在水中翩翩起舞。

"它们叫'水精灵'，好听吧！"琳娜儿嘴角上扬。

水精灵柔弱却有力量，适应能力极强，几个月不进食也不会死，身体干枯后再次遇水就能膨胀复活。即使被其他生物吞下去也可以在其体内存活一段时间，然后同排泄物一起离开生物体。它们随处繁衍，族群遍布各个角落。

　　"数据显示，水精灵覆盖了培养皿 93% 的地域。自培育开始，它们已经演化出几百种不同形态，以适应不同的环境。你们看，琳娜儿设计得精巧漂亮吧！"黑墨老师说。

　　"漂亮，可真漂亮。"高得直勾勾地盯着阳光下靓丽的琳娜儿。

　　"和我的思路完全相反，我怎么没想到这样设计。"河木懊恼地说。

　　"其实也是偷懒啦！我提交得早，完成任务后就一直在玩了。不像你，辛辛苦苦在实验室熬通宵，付出了那么多心血。"琳娜儿说。

　　"别提了，有什么用呢……"河木对鳞虫的灭族一直不能释怀。

　　"大道至简，衍化至繁。"黑墨老师说道，"生命结构和功能的精简，造就了整个种群体系的轻便、灵活，让水精灵得以在各种环境里适应和生存。这是一种简单的美。"

　　"美，美，美得不简单……"高得的眼睛依然没从琳娜儿的身上挪开。

　　"数据显示，这次意外撞击居然大大提升了水精灵的个体数量，大量腐败的生物残体为其提供了繁育的温床，不得不说它们生存能力之强。"黑墨老师说。

"那……我们的优秀毕业设计作品产生了？"河木问道。

听了河木的话，琳娜儿捂着嘴，不好意思地笑了。

"高得同学的设计还没看，我们一起去观察下吧。"黑墨老师说。

"啊，什么？"高得一脸茫然，"我那玩意儿还活着？"

"当然，只是有点远，我们上飞船吧！"

高得挠挠头，想起来自己的作品是扔酒瓶后提交的，自然躲过一劫。

高得都记不清自己设计的作品长什么样了，他提交后根本就没观察其状态。管他呢，优秀学生河木的作品死了，自己的还活着，这足够他趾高气扬一阵子了。只是巴普提斯蒂娜产的那种酒太烈了，喝多容易断片，断片倒不要紧，错过女孩们的信息可就麻烦了，万一琳娜儿发消息 —— 哪怕依然是催交作业 —— 自己却没看到信息怎么办！

三人跟着黑墨老师走进植被茂密的阿瓦什丛林，穿过低矮的灌木丛和大片阔叶植物群落，来到一处水洼旁。

"它们就在不远处。我们准备好，等它们来喝水。"黑墨老师盯着电脑屏幕，轻声说道。

四人就地坐下，河木掏出草纸涂涂画画，修正自己的设计方案。琳娜儿弯下腰，摆弄身旁的花花草草。高得警觉地盯着四周，欣喜地等待自己作品的到来。

不一会儿，树林中传来"沙沙"声。

"来了，你们看！快看！"高得兴奋地指着前方。

远处树丛中荡过来一只黑乎乎的生物，它长臂勾着树枝，几下就悠到水边最近的树杈上，左顾右盼，想下来喝水却又犹豫。

　　黑墨老师点点头，示意这是高得的作品。琳娜儿捂着嘴，使劲憋着不让自己笑出声，河木则咧开嘴哈哈大笑起来。

　　眼前这只黑毛生物方口阔鼻，圆眼大耳，活脱脱就是黑墨老师那张脸！

　　高得头皮发麻，他想起昨天借着酒劲，自己好像胡乱把黑墨老师的照片作为参照输入电脑了。这该死的程序，做得还真像！

　　高得偷偷瞥向黑墨老师，黑墨老师却好像不知道发生了什么似的，一动不动盯着电脑屏幕，认真观察黑毛生物的举动。

　　"高得。"黑墨老师叫道。

　　琳娜儿和河木两人不怀好意地嘿嘿直笑。

　　"它们叫什么名字？"黑墨老师问道。

　　"哦……"高得抹了一把汗，"它们叫 —— 胡蒙。嗯，胡蒙。"

　　"有什么代表意义吗？"

　　"没有。我是个随性的人，就随便起了一个名字，没什么特殊意义。"高得摸着胸口。这东西就是随便乱造出来的，所以叫胡蒙最合适。①

　　这只胡蒙警惕性极高，它在树杈上谨慎地观察了半天，才迅速下来喝了几口水，又闪电般窜回树上消失了。

　　"电脑显示，这个胡蒙族群共有 47 个成员，它们常年生活在

———————————

① 胡蒙谐音 human（人类）。另外，文中的高得谐音 God（上帝）。

树上，通过不断迁徙来躲避敌害。撞击事件后，胡蒙种族数量减少大半，竟然没有灭绝。"黑墨老师边说边向同学们展示设计图。

看着屏幕上到处是长着黑墨老师那张脸的生物，河木和琳娜儿忍不住发笑。

"笑啥笑，我是用了黑墨老师的照片没错，但只是想试试软件好不好使，没想到……"高得被他俩弄烦了，主动向黑墨老师承认了错误。

黑墨老师摆摆手，表示没关系。

"这个种族，貌似没什么特点？"河木问道。

"没有特点不就是一种特点吗？"高得最擅长贫嘴。

"河木的意思是，刚才黑墨老师说胡蒙种族数量减少，这是不是因为它们本身资质平平，无法和其他生物进行竞争呢？"琳娜儿替河木解围。

"高得同学向大家阐述下设计理念吧！"黑墨老师说。

"随机。"高得故作高深地说。

"随机？什么意思？"河木追问道。

"我的设计理念就是随机。"高得刚才只说了两个字，故意引起河木的追问。此时他昂着头踱起步子，故作高深地说，"创造生命是没有固定模式可遵循的，有时候你费尽力气设计一种自认为强大的生物，结果只是一坨……一坨废物。生命的起点没有高低，种族发展是靠后期的不断自我调整实现的。"

河木并没有听出高得的揶揄，还跟着不停地点头。

"所以啊，我就随便输入了一些资料和参数，设计一种普普通通的生物，就是想看看它们到底能生存和发展成什么样子。你看，它们身体不够强壮，爪子和牙齿不锋利，陆地上有齿兽，水里有奇鱼，它们只能被迫在树上生活。但如果在树上生活久了，它们也会成为丛林之王。"高得说得有模有样，把自己敷衍完事的作品美化得极具创造力。

"高得同学很有想象力，我们看到底是生物适应和改变环境，还是环境被生物所改变。"黑墨老师说。

"你们看！"琳娜儿手指前方，兴奋地大叫。

一只黑里透红的胡蒙缓缓爬下树来喝水，圆溜溜的大眼睛正望向众人。仔细看，它怀里还抱着一只小胡蒙。

"好可爱啊！它正看我呢！"琳娜儿说。

"可能是觉得亲切吧。"高得顿了顿，"它终于看到了同类。"

三

趁休息间隙，高得独自走进丛林，出来的时候，他手上多了个毛乎乎的东西。

"喏，小家伙胖嘟嘟的，可真沉。"高得把小胡蒙递给琳娜儿。

"哎呀，你怎么把它拿过来了？它妈妈不担心吗？"琳娜儿接过小胡蒙，喜笑颜开地抱在怀里。

"没事儿，我和露西打过招呼，待会给它还过去就是了。"高得说。

"它妈妈叫露西？"[①]

"好听吧，我给它们都取了名字。"看着琳娜儿亲切地逗弄着小胡蒙，高得一脸得意。

"你看，它还会吃手指头呢，真有意思！"琳娜儿让河木过来看。

"喂，喂！你不能去。"高得赶紧制止河木，"我想起来了，当时设计的时候我加入了一个特殊参数，那就是它们只和同性亲近，会攻击异性。"

"这种定向选择的参数也可以实现吗？"河木呆呆地站在那里。

"嗷呜 —— 嗷呜！"急促的啼叫声传来，几只胡蒙从树上快速荡了过来。

露西冲在第一位，它看着琳娜儿怀里的小胡蒙，不住地哀嚎比画。后面的几只高大的胡蒙手舞足蹈，嚎叫不止。

高得被这阵势吓了一跳，他刚刚用激光枪射伤了几只胡蒙，才抢到了小胡蒙给琳娜儿玩。现在它们找过来了，高得立刻掏出了激光枪。

胡蒙们看到激光枪，向后退了一步，唯独露西没有退缩，目不转睛地盯着小胡蒙。

"怎么回事？它们想要抢回小胡蒙吗？"琳娜儿问道。

"不要紧，它们如果要就还回去。看看它们现在要做什么。"高得侧身站到琳娜儿跟前。

---

① 露西（Lucy）是一具古人类化石标本，由唐纳德·约翰森等人于1974年在埃塞俄比亚阿法尔谷底阿瓦什山谷的哈达尔发现。此次发现极为重要，是世界古生物学的里程碑，露西甚至被认为是"人类之母"。

琳娜儿看了看怀里的小胡蒙，它眯眼吧唧着嘴，一副不知道发生了什么的神情。她伸出手抚摸着小胡蒙，向露西示意他们的友好。

露西惊恐至极，龇牙咧嘴大吼了几声，手脚并用从树上直立着一跃而下。随着一声沉闷的响声，露西后肢着地，接着前肢平伸撑地，便躺在地上一动不动了。[①]

树上的胡蒙们大喊大叫，疯狂地跳来跳去，树叶雪片般倏倏落下。众人惊慌失措，急忙丢下小胡蒙奔向飞船。

一只瘦长的胡蒙趁乱拽起小胡蒙窜回树上，其余胡蒙纷纷逃散，消失在树林深处。

黑墨老师立即发动飞船，载着这几个惊魂未定的顽皮学生离开了这片丛林。

丛林回归了原有的宁静，只留下一地落叶和死去的露西。

四

"老师……"高得敲开黑墨老师办公室的门。

"是你呀，高得，你可有两年多没进过我办公室了。"黑墨老师笑道。

"老师，我……我想去看看我的作品现在怎么样了。"高得

---

① 2016 年 8 月，英国《自然》期刊刊登论文，Kappelman 及其团队对露西遗骨分析发现，其各处伤口及裂痕皆符合高处摔落的特征。推测它是从约 14 米高的树上跌落而死。

说。回到宿舍放下行李，他便急切地来找黑墨老师。

飞船升空后，高得从高处看到这群胡蒙围成一圈，神秘兮兮地不知道在搞什么，这引起了他的极大好奇。

在实验室的电脑上，高得和黑墨老师看到这群黑毛家伙在地上围着露西的尸体低头沉默了足足几个小时（培养皿时间）——要知道这群家伙为躲避天敌从不下到地面，只敢在树上生活。

胡蒙们低头哀鸣，像在举行某种仪式。终于，一只棕黑色胡蒙起身独自返回丛林，与平时不同，它是一步一步在地上用四肢爬行的。

其他胡蒙纷纷起身，跟着它爬回林中。

高得咬紧嘴唇，请求黑墨老师切换视角，想知道胡蒙们接下来要做什么。

"别急，我们先去吃饭！"

"吃饭？"高得很疑惑。

"给你的作品一些时间，它们也需要适应和改造环境不是吗？"黑墨老师关闭电脑，"说不定我们吃完饭回来，这帮坚决而又团结的黑毛生物真成了丛林霸主呢！"

（张佳风）

续梦凤麟

引子

据古籍记载：祖洲、瀛洲、聚窟洲、玄洲、炎洲、长洲、元洲、流洲、生洲、凤麟洲为海外十洲，俱在巨海之中及人迹稀绝处。

公元 2150 年，地球宇宙飞船飞遍了方圆 50 光年的宇宙空间，其中神州将新近发现的 10 颗具有殖民潜力的类地行星命名为"海外十洲"。

一

12 岁的刘望川望向窗外，窗外的风景一如往昔般单调、无趣。现在是下午四点半，他已经放学回家开始做作业。此时妈妈应该已经下班，然后她会穿过镇上那条主街顺便买菜，回家做饭，和自己一起吃饭，晚上妈妈看电视自己复习功课……第二天一切周而复始，早饭后上课的上课，上班的上班，没有尽头。妈妈总说，世界很大，也很繁华，等你长大了就可以自由地飞翔，但是现在必须按部就班地学习，不要去想别的事。

刘望川心想，也许道理就是妈妈说的这样吧，以后一切都会好起来，可是最近自己却越来越感到烦躁了。自从他们家从大城市苍梧搬到这个小镇，他越来越觉得身边的人无聊至极，说话做事如同木偶一般。身边的老师、同学如此，妈妈的同事如此，大街上遇到的每一个人都是如此！幸好，妈妈还不是这样，虽然她也经常板着脸训斥自己，告诫自己要循规蹈矩，但是自己能感觉到妈妈对自己的真爱。而且，妈妈会给自己讲故事，会耐心听自己说遇到的事，还会用温柔的眼光看着自己。

还有一个问题，就是爸爸的问题。每次当刘望川问到爸爸的时候，妈妈的目光就黯淡下来，然后告诉他爸爸去做一件很重要的事了，这关系到他们一家的未来，但是非常危险。妈妈坚信爸爸一定会成功，一定会回来，可每当这时，刘望川就想起在苍梧市家里爸爸临走的时候，墙上有一幅本来挂得好好的书法掉了下来，上面写着一首诗：此地别燕丹，壮士发冲冠。昔时人已没，今日水犹寒。这个预兆老是让他心惊肉跳。

二

　　凤麟洲空间站在一个地球标准月前遭到恒星闪焰的攻击。这个空间站位于"海外十洲"之一的凤麟星上空，而凤麟星是一颗类地行星，围绕距离地球 10.89 光年的罗斯 128 红矮星旋转。因为凤麟星宜居条件一般，所以只有一个殖民地，主要居民是空间站工作人员的家属。这个空间站是由当初飞到这里的"前进 17"号宇宙飞船改装而成的，主要是为了研究系外行星地理学和气象形成机制，同时作为向外太空继续开拓的基地，为后续的宇宙探索做好各项筹备工作。

　　罗斯 128 是一颗很小的红矮星，质量仅有太阳的 15%，半径也只有太阳的 21%，其释放出来的能量仅有太阳的 0.036%。而它所产生和释放出来的大部分辐射都集中在可见光的红色波段区域和红外区域，所以看上去是一种有气无力的红褐色。这颗恒星自被人类发现以来仅出现过一次耀斑爆发，而且程度非常有限，被认为不可能对行星产生大的影响，但没有料到的是，人类刚到这里 10 年就发生了恒星闪焰，横扫了凤麟星向阳面，使人类感受到宇宙的冷酷无情。

　　在那次惨烈的袭击中，空间站和殖民地的所有工作人员及家属都遇难了，设施也基本被摧毁。为了寻找可能遗留的宝贵研究资料，地球系外行星研究院派出了张海阳和赵明亮两位电脑专家来清理空间站上的巨型电脑，看看能否恢复一些重要的研究数据。虽然灾难发生时，巨型电脑被将近 1000 摄氏度的高温的灼热冲击波横扫，但时间并不长，具有很强防护能力的巨型电脑应该还能保留一些数据，这个两人小组的任务就是抢救一切残存的宝贵数据，并将这些数据带回地球进行分析。

这个电脑数据恢复小组由张海阳带队，乘坐一艘小型飞船从月球基地出发，经过漫长的飞行来到了凤麟星。飞船停靠在严重损毁的空间站外沿，他们到达后没有休息就迅速投入工作，从空间站巨型电脑"凤麟之心"被毁坏的存储阵列中恢复出了大量数据。

三

凤麟星的大小是地球的两倍，其表面面积的 40% 覆盖着深不可测的海洋。虽然离恒星的距离比太阳系中水星离太阳的距离要短，但由于恒星光照很少，所以表面平均温度只有零下 20 摄氏度。这里的空气比地球略稀薄，地表植被不多，动物体系简单，没有大型动物。

凤麟星的矿物种类也非常有限，开采成本巨大，经济价值也不高，而且因为重力稍大，地势平坦单调，植被稀疏的山丘连绵不绝。由于凤麟星各方面的吸引力非常有限，所以其即使被发现 10 年也只发展了一个殖民地，而且大部分居民都是空间站工作人员的家属。

但这个殖民地和空间站在被毁灭前有一些耐人寻味的地方。

当初凤麟洲空间站所有工作人员的家属基本都随行了，他们到达后都住在苍梧殖民地，这是地外宇航局对凤麟星探索行动进行风险评估后做出的冒险之举，也是史无前例的人性关怀之举。理论上行动风险低于 0.1%，所以 212 名空间站工作人员和 453 名家属都自愿地签署了自愿申请书。这些人员从数量上保证了种族的延续和基因的多样性，也保证了殖民地功能的齐全，这使大家消除了后顾之忧。但是空间站与殖民地距离遥远，交通成本很高，所以工作人员要好几个月才能休假与家属团聚。如何解决这相思之苦？空间站的科学家们苦思冥想后找到了办法。

他们在空间站的巨型电脑"凤麟之心"上划出一片数据空间，建立了一个虚拟城市，然后采集所有工作人员家属的数据上传到这里，这样一来空间站工作人员下班后就可以进入这个虚拟空间和家人一起生活；同理，在殖民地的核心电脑"苍梧清晨"里也有一个虚拟城市，采集上传了所有空间站工作人员的数据，家属们可以随时进入虚拟城市与亲人团聚……

在地球人看来，遥远缥缈如同仙山玉宇的系外行星殖民地美好得不像话，但实际上只有生活在这里的人才知其中滋味。混乱的时间体系、糟糕的生活环境也就罢了，那种单调、孤独的生活才是最难让人承受的。每天接触到的人、能进行的娱乐项目都极为有限，生活在如此空旷的地方却远不如生活在地球的一个小岛上有意思。

两个虚拟城市都是温度适宜、生活环境优美的世界，与冰天雪地的苍梧殖民地、孤悬天际的凤麟洲空间站迥异。但无论是现实世界还是虚拟世界，所有人物的特性都是完全一致的。由于两个虚拟世界的存在，现实中的艰苦化为了甜蜜，现实生活中的问题，比如人物性格的对立、生活中的各种矛盾等都被空间冲淡了，所以这里是不折不扣的和谐社会，是真正的世外桃源。大家虽然还是要在单调的现实中生活和工作，但可以随时进入另一个胜过现实的虚拟世界，厌倦了还可以通过集体投票的方式更换年代和场景，只要掌握了其中的平衡，一切都能实现。

这里的每个人都有两种存在。也就是说，其实这个空间站的工作人员和他们在苍梧殖民地的家属都有两种存在：一个是活在真实世界的人，另一个是活在巨型电脑里的AI。

可悲的是，殖民地的覆没使家属的肉身和工作人员的AI一起毁灭，而空间站的覆没使工作人员的肉身和家属们的AI一起在火中涅槃……张海阳想，难道这就是传说中的形神俱灭吗？还真是可悲啊！

四

在第三天的工作中，他们有了惊喜。赵明亮意外地发现了一个被高温烤黑的金属手提箱，打开后发现里面是一台运行着的手提电脑和一个粗大的后备电源，由于长时间地运行，手提电脑的电量已不足5%。他立刻把这个发现告诉了张海阳，张海阳非常兴奋，他预感可能会有重大的发现。

于是两人仔细研究了这部手提电脑，他们发现里面的数据可能是空间站虚拟世界的残存部分，应该是苍梧市远郊的一个小镇。两人立即将手提电脑接上飞船上的电源，进一步对这个虚拟世界进行仔细分析。他们发现这个相对狭小的世界由于是运行在性能相当有限的手提电脑中，所以里面真正的 AI 只有两个，其他全是没有自主反应能力的 NPC（Non Player Character，一种不受玩家控制的游戏角色）。这两个 AI 应该是空间站工作人员的家属，它们应该还认为自己是真正的人，活在真实的世界。

当然，这两个 AI 无疑是从空间站虚拟世界中迁移而来的，由于有人全力保护，所以才能在虚拟世界整体毁灭的情况下保存下来。这个守护者一定是这两个 AI 真身的至亲吧，而这两个 AI 应该也是相依为命的至亲，这样就有了在狭小世界撑下去的动力。张海阳感到有些好奇，问赵明亮应该怎么办。

赵明亮是个很理性、现实的科学工作者，他对张海阳说这只是两个数据包，承载它们的本体和生活圈都已经没有了，它们的存在也就失去了意义。而且数据小组的主要任务是寻找观察资料，不要为其他的事情分心，建议将这个虚拟世界的数据删除。

张海阳感到不可思议，他质问赵明亮："你怎么可以认为这样的存在毫无意义？既然被人这么小心地保护，当然是有人觉得其中的意义重大无比。不能否认无论存在于现实，还是存在于虚拟或是记忆中，它们都是一种活生生的存在，怎么能轻言毁灭？这两个'人'虽然只剩下数据，但是它们承载着肉体的所有记忆，就是活生生的人啊！相信它们的亲人为了保护它们尽了最大的努力，我们也应该珍惜才是，这是人性的光辉所在。"

这样义正词严的一席话说得赵明亮目瞪口呆，半天说不出话来。过了好一阵，他才小心翼翼地问道："老大，那你说该怎么办？"

张海阳说："我准备对这个虚拟世界启用'上帝视角'，去看看里面到底是什么情况！"

赵明亮忍不住说："老大，启动'上帝视角'需要很多能量的啊！"可是他一看见张海阳凶恶的眼神就连忙说，"好好好，都听你的！马上介入数据启动'上帝视角'，你看个够！我怎么觉得这是窥探别人的隐私呢！"

五

张海阳像上帝一样俯视着整个虚拟世界，狭小世界的一切尽收眼底。他看到灰色的楼房，黑色的柏油路，马路上漫步的行人，沿街叫卖的小贩，仿佛回到了地球上 20 世纪 80 年代的中国，生活节奏缓慢而安逸。"上帝视角"投到一对母子家里，此时是下午五点半，刘望川在写作业，而妈妈在厨房忙碌着。

张海阳非常震惊。这个母亲 AI 他竟然认识，因为她是张海阳大学时的校花，而且张海阳当年还追求过她。她叫缪凡，后来嫁给了英俊的学长刘翊，原来刘翊就是刘望川的爸爸。当年的情景涌上心头，张海阳有些唏嘘，严格地说他们已经是天人永隔了，但谁又能说现在自己真切看到的不是当年梦中的那个人呢？

张海阳对这两个 AI 做了数据分析，发现这是两个非常完整的数据包，而且智能程度几乎与真人无异。通过数据分析他推算出了那个父亲和丈夫的形象，果然就是刘翔。一番感叹后张海阳暂时退出了"上帝视角"。接下来他们开始分析灾难发生的过程。

闪焰是恒星表面能够见到的一种剧烈活动。综合各种信息并结合浩劫中残存的录像片段，张海阳和赵明亮对当时的闪焰活动进行了推演。

其实罗斯 128 并非耀星，这次的闪焰由数十光年外的一次伽玛射线暴引发。伽玛射线暴和闪焰一起造就了这场灾难。当远方因大质量天体碰撞而引发的伽玛射线暴到达时，苍梧殖民地的人们发现他们原本昏暗的太阳突然变大变亮，直至无法直视。半分钟后，伽玛射线暴和闪焰能量一起到达凤麟星外围，如同火焰一般的高温辐射冲击着不太浓厚的大气层，不幸的是未被潮汐锁定的凤麟星殖民地此时正好运行在朝向恒星的那面。地面的人发现云层像被点着了一般燃烧起来，成为漫天的火焰，然后沉向地面，横扫地面的一切。在这之前，远离地面 450 千米的空间站已被巨大的火焰冲击得七零八落，那些设备还具有一定的抵抗力，可是人类的肉体即使穿着防护服也无法抵挡将近 1000 摄氏度的高温气体，人类几乎在一瞬间便失去生命，只留下空壳一般的空间站……

张海阳叹息不已，面对变幻无常的宇宙，人类的科技终究还是不够强大。如果他们能提前预知灾难的来临，就可以将人员和重要的设备都转移到防护性最好的地方来躲过这一劫；而且灾难来临时大家没能正确估计其可怕的程度，都忙着抢救设备，却忘了自己的安危，这种精神虽然崇高，却使他们全军覆灭。

为什么会有那台被妥善保护的手提电脑？他们发现这台手提电脑和备用电源被包上了厚厚的防火隔离材料，既能抵抗高温又能防御剧烈的震动，并装在了坚固的金属密封冷藏箱中。有人在仓促间竭尽全力保护了这些数据，就像由数据构成的 AI 是真实的人一样。这个保护者非常清醒，在失去所有通信手段来不及提醒其他人的情况下，如果他只专注于自己的安危，那么很可能就会成为唯一的幸存者。但是他认为自己有更重要的事要做，他有必须要守护的东西。这个人料到了殖民地一定会毁灭，那么只有保护虚拟的那一部分才是正确的选择。张海阳能想象出来，在巨变中，这个人匆忙赶到机房，将两个亲人的 AI 迁移到手提电脑的虚拟环境中，妥善做好保护措施后就被席卷而来的火焰吞没了。他一定走得很安详，因为他保护了最重要的东西，这个人毫无疑问就是刘翊。

张海阳看着他们，想起了自己的过往，懊恼的情绪浮上心头。自己怎么就没想到，在结婚时就进行数据采集，留下数据化的自己和妻子呢？只怪那个时候和妻子感情太好，只想着天长地久，没有想到会有飞来横祸。如今妻子只能停留在自己无休止的想念中。他有些钦佩刘翊，感叹他在危急时的做法，下定决心要将刘翊这份深沉的爱延续下去。

六

刘望川再次想起爸爸离开时的情景：城市充斥着慌乱的气息，爸爸表情凝重地向他们告别，说有很重要的事要去做，必须马上出发。妈妈看着爸爸凝重的表情，似乎心一下子被揪得很紧，有了强烈的离情别绪。刘望川感到了一种诀别的悲情。

扮演着上帝旁观的张海阳心想，这就是真正的诀别啊！无论现实还是虚拟，他们都是最后一次见面了！

爸爸深情地看着母子俩。他紧紧地拥抱他们，然后亲吻妈妈，而妈妈则喃喃地说："你一定要回来，一定会回来的！"爸爸郑重地点了点头，就出门了。不久后母子俩被送上一架自动驾驶的直升机，飞向那个僻静的小镇。直升机升空时，下方的苍梧市一片混乱和喧嚣。

刘望川站起来，他的作业已经做完了，妈妈正把烧好的菜端上饭桌。他迟疑了一会儿，然后对妈妈说："爸爸已经走了好久了，可还是没有一点消息，妈妈你最近去问过了吗？"

妈妈抬起头看着他："儿子，我能不问吗？昨天我还给爸爸单位打了电话，但是他们还是说爸爸去执行一个很重要的任务了，暂时还回不来，如果有消息一定会尽快打电话给我。"刘望川"哦"了一声不再说话，这些人老是说一样的话！于是他们默默地吃饭。

突然传来了敲门的声音，母子俩面面相觑，这是很少发生的事，因为他们和这里的人还不熟，基本没有什么来往，而且这里的人没有什么主动性，基本都是各自按部就班地生活。

妈妈一边问是谁一边打开了门——爸爸回来了。

七

妈妈盯着爸爸看了好久，然后说道："你不是刘翊。请告诉我，刘翊怎么了？你到底想干什么？"这时刘望川也发现这个人虽然和爸爸一模一样，但是有些不一样的地方，他觉得这个人不是爸爸，那么他是谁呢？他害怕地躲在了妈妈身后。

张海阳十分气馁，他没想到刚一见面就被识破了。为了造型逼真，他已经下了很大的功夫。他和赵明亮用"上帝视角"仔细分析和挖掘了刘翊在母子俩数据里的记忆资料，然后加载在以自己为核心的 AI 外貌上，没想到母子俩一眼就识破了。这让张海阳想到，这对母子除了没有现实的肉体，其他方面与真人是没有区别的。

在母子两人眼前的"刘翊"，如同魔法一般转眼变成了一个年轻男子的形象，张海阳恢复了本来面貌。缪凡已经镇定下来，她问："这是你的真实面貌吗？倒是和我的一个大学同学长得很像！"张海阳哭笑不得，只好回答："承蒙校花还记得当年的平庸同学。你还是像当年那样美丽！我就是你同系的学友张海阳。"缪凡又打量了他一下："哦，那你到这里就是为了给我们变个戏法吗？你一定认识我丈夫了？这一切是怎么回事？"

张海阳理了一下思绪，对于似乎并不能认清自己真实情况的母子俩，他还是决定有所保留。他觉得在这种情况下，完全隐瞒事实，把他们当成真人是不能长久的，但是告诉他们自身只是一个数据包估计他们也不能接受。所以只能在说明一定实际情况的前提下掺杂一些善意的隐瞒和欺骗了。

于是张海阳对眼前的母子俩说道："你们知道吗？这是一个虚拟的世界。在这里生活的人都是现实的映射，是真人的数据意识。而你们的真身，则处于一种休眠的状态。也就是说，这里，你们身处的地方和你们现在的生活，虽然是虚拟的，但也是最真实的。"

刘望川看着张海阳，说道："说实话，我早就觉得这个世界不正常了。以前在苍梧的时候还生活得不错，但是爸爸带我们来到这个小镇后就感觉一切都不一样了！我相信妈妈也是这样想的！"看来他并没有完全认清真实与虚拟的差别，毕竟年龄有限。

缪凡思索了一会儿，然后对张海阳说："这些我也想到过，但也不愿意多想。生活中有些事情弄得太明白没有意义。我现在只想知道刘翊怎么样了？"

张海阳说道："我不想欺骗你，刘翊已经不在了。他为了保住你们身处的这个虚拟世界，牺牲了自己。因为和这个虚拟世界对应的现实世界发生了严重的灾难，他用自己的生命挽救了你们，正因为他，你们才能安全地生活在这里。"

缪凡的泪水无声地流了下来，她问道："那么他没有任何形式的留存吗？不管是现实还是虚拟？是不是我们在真实世界已经不存在了？"张海阳沉思了一会儿说："对不起，刘翊的任何形式都已经不存在了。你们在真实世界的状态，我现在无法明确地告诉你们。"此时，刘望川号啕大哭。

尾　声

张海阳默默地看着悲伤的母子俩，缓缓说道："你们又到搬家的时候了。我保证，你们将要去的世界是一个灿烂明亮的新世界。那里不像这里充斥着不会思考的NPC，每一个人都拥有自我的存在。在那里，大家和谐地生活在一起，共同建设一个美好的未来。"

缪凡抬起泪眼看着张海阳，眼神迷离地说道："然后呢？我们真的有未来吗？我们的存在真的有意义吗？"

张海阳坚定地迎上她的目光："你们的存在当然有意义！刘翊牺牲了自己才保护了你们，你们的存在就是对他最好的回报。他感动了我，所以我一定要让你们幸福地生活下去！"他打开门，母子俩惊讶地看见外面有一架直升机，螺旋桨正在无声地转动，等待着他们。于是他三人一起登上了飞向未来的直升机。

地球上的某一个地方，张海阳来到一个巨大的机房，将手提电脑连接上名为"诸神花园"的巨型电脑……

在一个风景优美的地方，芳草青青，天空蔚蓝，母子俩睁开眼惊讶地看着眼前的一切。不远的前方，张海阳面带笑容向他们走来。

但是刘望川的眼睛却越过眼前的一切望向了远处飘满白云的山峰，那里好像浮现出爸爸亲切的笑脸。

他想起爸爸对他说过："爸爸是漫天风雪中，最后还在等你的那个人。"但是他现在明白了，爸爸还是漫天风雪中，宁可自己被风雪覆盖也要守护家人的那个人。

（张峻）

艺术家

进入中年以后，我的生活愈加规律了，几乎到了严苛的地步。有时候，我几乎怀疑自己是伪装成人类的机器人。早上八点起床，八点半吃完早餐，九点上班；下午五点下班，六点半吃完晚饭；晚上七点到八点做瑜伽，八点到十点阅读，十点后随便做点什么，但总是在十一点睡觉。节假日则是上午健身，下午会客，晚上看电影，十一点准时入睡。在会客时间里，即使没有客人到来，我也会在客厅里坐一会儿，随便读点什么。如果要拜访我，一定要在约定的时间来。房屋的管理系统"管家"安排我的日程，我总是遵循它的安排。

在人生的不同阶段，我会对时间表进行微调。很久之前，客厅总是热热闹闹的，那时候我的日程表就与现在不同。现在，曾经的朋友都虚拟化了，定期来拜访的客人只剩下两个，我的前夫和女儿。

前夫每年来看望我两次。他坐在椅子上，身体扭捏不安。他在这里并不舒服。虚拟人一旦重返现实世界，几乎总是这样，无处不在的地球引力似乎隐喻着生活的沉重，让他们感到不安。前夫曾经在音乐学院任教，他在虚拟化之前，我们经常会聊肖邦、贝多芬和肖斯塔科维奇，但现在，我和他已经没有什么共同话题了。

　　女儿上大学后，每周来看望我一次，每周母女相聚的日子，也是我为她支付一切费用的日子。除此之外，她极少来看我。我知道她瞧不起我，在年轻人的眼里，老一辈都是迂腐守旧的。现在她大学毕业了，在一家生产景泰蓝工艺品的企业做设计师，我猜想她经济独立后也就不会再来拜访我了。果然，女儿上班后第一周的周末，她没有来。到了会客时间，我枯坐在客厅里，不禁感到一阵萧索，我想，我可能需要调整自己的日程表，将会客时间取消了。

　　没想到的是，不久之后，女儿来找我了。她是周二晚上来的，这打乱了我的日程表，我接待她的时候略有不快。但我一眼就看出来她情绪很糟，眼睛红红的，好像刚刚哭过。女儿一坐下，就说："妈，你知道吗？我们被它们骗了！"

　　我一时不明所以，问道："它们是谁？"

　　女儿说："AI！我才发现，我们制造好的工艺品第二天就会被它们砸成碎片，而我的同事对这件事无动于衷！"

　　我松了一口气："这有什么，难道你以为这个世界真的需要人类来工作？"

女儿瞪大了眼睛："不都说我们人类对世界很重要吗？我上班那天厂长还找我谈话了呢，它说，作为工艺品，设计师对产品的品质至关重要。"

我笑了，继续说道："那是骗你的。你想想，地球上人口最多的时候，有75亿，现在没有虚拟化的人只剩下几千万，即使全部人口都不劳动，现有的物质财富也完全能支撑我们过锦衣玉食的生活。我们上班，只是为了社会稳定而已。人要是太闲了，就会闹事，人一旦闹起来，机器人是压不住的，它们还是要遵守机器人三定律的。再说，人类设计的工艺品，怎么能和机器人设计的产品相比，又怎么能卖得出去？与其花钱推销根本没人买的产品，不如干脆销毁它。"

女儿沉思良久，沮丧地说："有人跟我说过，但我没相信。原来想从事艺术行业，结果没想到是这样的。"

我劝她道："别傻了，现在这个社会不缺艺术家，艺术品都已经过剩了，你瞧瞧这屋子，不到处是艺术品吗？"

环顾这个屋子，墙上挂的是油画，屋顶是精美的彩绘，我身边摆着琉璃工艺品，这些艺术品的作者都是AI。我大学的专业是美学理论，我对自己的审美很自信，而在这个时代，你想要什么艺术品，AI都会给你生产出来。"管家"也会负责给主人采购艺术品，它的艺术品位也颇为不俗。

"那也配叫艺术品！"女儿一脸不屑，"那只是工业产品！"

我指着墙上挂着的一幅风景画，说道："未必，这幅画就不一定比透纳的作品差。"那幅画是"管家"送我的生日礼物，画的是夕阳余晖下的松林，风格颇似印象派。

女儿撇撇嘴，说道："透纳为了体验暴风雨的景象，将自己绑在桅杆上，就算 AI 能画出同样动人的作品，它的作品能有那种激情吗？它们只是分析、模仿而已。"

"那我问你，如果不告诉你，这幅画的作者是人还是 AI，你能分辨出来吗？"

女儿摇摇头。

我说："那不就得了。只要鸡蛋好吃，你又何必关心鸡生蛋的时候是激情地生，还是模仿着生？"

女儿笃定地说："那不是艺术。"

"那你说什么是艺术？"

"艺术应该具有独特性，不然就成工业品了，艺术家要有自己的风格；艺术还应该是具有启迪意义的；艺术创作的过程应该是极其艰辛的，而不是随随便便的；最后，艺术还应该是美的。"

我说："如果将艺术家的范围限定于人，我都同意，除了一点——艺术应该是美的。但如果将 AI 的创作也纳入艺术创作的范畴，那就不一定了，以 AI 的计算能力，艺术创作并不艰辛。"

女儿问道："还有不美的艺术？"

我说："很多杰出的艺术作品其实并不美。杜尚的《泉》就不美。以我个人的偏好而言，毕加索的立体派画作也是不美的。"

女儿又问："杜尚是谁？"

我摇摇头，说道："一个早已被遗忘的杰出艺术家。"

女儿思考良久，接着说道："这样看来，艺术最重要的特性还是独创性。其实这也是我想成为艺术家的原因，无论是谁，都希望自己的生命是独一无二的。只有艺术，才能把人从螺丝钉的地位中解放出来。"

我想，女儿毕竟年轻，一说话就滔滔不绝，一副咄咄逼人的样子。

我劝她道："算了吧，自从量子计算机发明以来，人类搞艺术就没有前途了。人的脑力，能和计算机相比？"

她说："我得想想。"

女儿思考的结果让我大吃一惊。一周之后，她兴奋地告诉我，她找到了在艺术上战胜 AI 的方法。

"什么方法？"

"AI 虽然很厉害，但它们有个缺点：它们的设计初衷是为了讨好人类，取悦人类。它们只知道怎么让人类幸福，却不知道怎么让人类痛苦。所以我的艺术就要反其道而行之，我的艺术不以美取胜，而是以丑取胜。"

我大吃一惊："我说过艺术不一定是美的，我可没说过艺术一定是丑的。"

女儿扬扬自得："首先，你得承认，将丑的东西做出独特性来也需要呕心沥血；其次，谁说丑的东西就没法给人启迪了？人类从丑恶中得到的经验与教训，恐怕比从美中得到的更多吧？最后，谁说丑不能形成风格呢？"

我承认，我的女儿确实有辩才的天赋。在她的歪理面前，我无言以对。

女儿先从音乐入手，从小她从教音乐的父亲那里受教良多。很快，她做出了第一张专辑，名字叫作《他人是地狱》。听了第一首歌曲，我感觉好像被人扇了一个耳光，第二首让我感到恶心，第三首让我想呕吐。

但意外的是，这张专辑的试听版放到网络上，竟然有了几万人次的播放量。考虑到现在世上未虚拟化的人口数量，这是了不起的成绩。不久之后，这张专辑竟然在虚拟人那里也流行起来，不知道他们听这种音乐是什么感受。而且很多人在网上留言说，在这样的音乐中得到了"别样的人生体验"，感到"很新鲜，很刺激"。

女儿很快成立了自己的音乐公司。有一天，她得意地对我说："我们公司在招文员，你考虑一下要不要加入。"

"做什么的？"

"帮助老板——也就是我啦——接接电话，弄弄会议记录，做一些事务性工作。虽然无聊，但比你做按钮人好多了吧。"

"你为什么不雇 AI 呢？不是更便宜吗？"

"我只是想证明，完全由人类组成的公司也一样能成功。"

我摇摇头，说道："别得意太早，我还没看过人类掌舵的公司能生存一年呢。"

女儿生气了，说道："那你还是老老实实做按钮人吧。"

"按钮人"的绰号来自我在政府部门的工作，这份工作一直受到女儿的嘲笑。我的工作台上有 64 个白色按钮，8 行 8 列。每隔一分钟，会有一个按钮随机变成红色，我就将其按下，这就是我的工作。雇主希望假戏真做，于是偶尔我的工作难度也会加大，工作台上会同时有两个按钮亮起，一红一绿，我要用双手分别按住它们。每月有几天我需要加班。每年我都收到生日贺卡，上面写着：您的工作对社会很重要。

我并没有去女儿的公司工作。在我看来，无论什么样的工作，都是将生命切成一片片出售，都没有本质上的不同。而且，我预感女儿不会一直这样"走红"下去。

很快我的预言成真了。AI 开始模仿女儿的音乐了，AI 的公司也推出了新的专辑《十八层地狱》，比我女儿的音乐更难听。AI 只能产生美的东西，不能产生丑的东西，那是误解。AI 并不关心美丑，它们只关心什么流行，流行代表着利润，在这个人类普遍安逸的时代，没有谁比 AI 更渴求利润。AI 将人类创造出来的市场经济模式继承并发扬光大了，这或许是人类告别历史舞台前，最值得欣慰的事情了。

几个月之内，"难听音乐"的细分市场就被充分填足了。女儿的事业再次陷入低谷，她开始探索新的创新方法。

某一天，女儿兴冲冲地找到我："我终于找到了！一个绝妙的艺术门类，AI 无论如何也无法模仿。"注意到我怀疑的眼神，她说，"你想想，有什么东西是人类觉得理所当然而 AI 一定不会有的呢？"

我茫然地摇摇头。

"是身体。AI 并非不可能拥有人的身体，但对于它们，身体实在是多余，有了身体反而会限制它们。所以，只有那些和身体相关的艺术，才是它们不能模仿的。"

我说："你指的是文身吗？这个 AI 肯定做得比你好。即使是性爱艺术——如果性爱算得上一门艺术的话——机器人也能做得比人类好。"

"身体艺术不是在身体上写写画画，而是以身体为艺术创作的媒介。"女儿的眼里露出兴奋的光，"我不解释了，明天你去现场看吧。"

她给了我一个街道名。第二天，我到了那条街道，看到女儿站在街上，双手高举着一个牌子，上面用大大的文字写着：陌生人，请给我耳光。

牌子上还有几行小字，说她在进行一项艺术实验，具体内容是每天在固定的时间站在路口，请路过的人打自己一个耳光，直到收集完十个耳光为止。

路上行人寥落，但此时，她的左脸已经肿起来了。我夺下牌子，将她往家里拉："快回家，别在这里丢人现眼了！"

她看着我，一字一句地说："你不懂，我这是在搞行为艺术。"

"要搞可以在家里搞，我来动手，比你在这儿强！"我说。

"这你就不懂了。你想想，AI 再厉害，它能感觉到痛吗？痛感只是一种粗糙、低效的自我保护机制，用传感器和算法完全可以起到同样作用，AI 是不需要痛感的。AI 能感受到屈辱感吗？也不会。痛感和屈辱感都是身体的感受，身体就是人类的优势，我用身体做艺术。"

接着，她援引了一大堆名词，什么符号论、存在主义、解构主义等，都是深奥的艺术理论，我理屈词穷，只好让她在那里完成了所谓的艺术表演。

后来想想，我得承认她说的是对的，毕竟对艺术的阐释是多元化的，我觉得没意义，不代表观众也觉得没意义，更不代表艺术家本人觉得没意义。在我年轻的时候，行为艺术在艺术学院里还流行一时呢。想来也奇怪，但现在已经很少有人记得这种艺术门类了。就像人类的很多技艺一样，现代人对它们只有模糊的记忆了。

没想到，女儿再一次成功了。很快，世界上那些还没有虚拟化的人类，都痴迷上了各种各样的行为艺术。街上行为古怪的人越来越多了。有一次，我看到一个醉酒者以奇特的姿势倒挂在栅栏上，我纳闷为什么机器人警察不来救助，后来一想，没准人家是在搞行为艺术呢。

我想，在科学技术领域，人类已经彻底给 AI 让位，无所事事的人类沉迷于空想之中，而行为艺术给了这些人一个自我美化、自我陶醉的渠道，过不了多久，这种艺术形式就会泛滥起来。

果然，不久之后，女儿来到我家，说道："妈，你知道吗？我今天散步的时候，碰到了三个行为艺术家！"

我说："这些都是你的追随者啊！现在，你已经功成名就了，还有什么不满足的呢？"

"如果人人都搞同样的艺术，也就没有什么艺术家了。我想要的是个性，是独创性，是个人风格！你懂吗？"

我耸耸肩，说道："所以，你承认行为艺术这条路是走不通的了？"

她沉默下来，想了片刻，眼睛一亮，说道："不，我要做一个真正独特的艺术家，举办一次没人能模仿的艺术表演。"

女儿的想法让我大吃一惊。她告诉我，她打算将自己的身体按重量均分成 100 份，每份 600 克，寄给她的崇拜者，供他们珍藏。

女儿扬扬得意地说："这将是我最后的艺术表演，也是这个世界上空前绝后的艺术创作。"

我目瞪口呆了好一阵，然后说："绝后是一定的，但并不空前。"

女儿大吃一惊："已经有人搞过了？"

"古代就有很多人搞过，他们把这个叫作千刀万剐。"

女儿焦躁起来，她站起来，说道："我生得太晚了！难道这个时代真的难以产生独创性的艺术了吗？"

我说："不，在这个时代，独创性的艺术不仅是可能的，而且有人已经做出来了。只不过这位大艺术家不出名而已。"

"谁？"

"就是你妈，我。"

女儿哈哈大笑："你搞过艺术吗？"

"别忘了我是学美学的。当我像你一样大的时候，也考虑过艺术的出路问题。和你一样，我也认为艺术最重要的特性是独创性。还和你一样，我也感到困惑，因为在这个世界上，人类似乎已经无法创造出独一无二的东西了。直到后来，一位哲学家启迪了我，也开启了我的艺术之路。"

女儿睁大了眼睛："谁？"

"福柯。他说过一句话：'每个人的生活难道不可以是一件艺术品吗？'意思是，只要坚持一种独特的生活方式，就是在做艺术。我问你，你看过像我这样过一辈子的人吗？"

女儿摇头。

"你能设想，在这个世界上，还有另外一个人，过着像我一样呆板的生活吗？"

女儿摇头。

"你认为，这个世界上会有人模仿我的生活吗？"

女儿摇摇头，说道："不，绝对不会。"

"你觉得我的生活能给人启迪吗？"

"会，你是我的负面教材，我最怕的就是将来变成你的样子。"

"这就对了，刚才那几条，就是艺术的特性。当我在你这个年龄的时候，就做出了一个决定，就是坚持枯燥的生活，将生活变成一场表演，一种行为艺术。现在这个表演已经进行了二十几年。"

这时候"管家"提醒我，瑜伽时间到了，我走向瑜伽垫。

（凉言）

天堂不如天堂岛

一

　　早上六点半，老李头睁开了眼睛。他坐起来，利索地扣好了衣服上的所有扣子。来天堂岛的时间久了，原本患有严重关节炎的老李头早已不像最初到岛上时那样惊讶于自己身体的灵巧。"天然磁场的魔力"，广告词里好像是这样说的吧，他将信将疑地这样想着，伸个大懒腰，洗漱完毕，轻松地把前一天晚上收拾好的一大包渔具挂在右肩上，出了门。

　　天堂岛的空气很清新，又伴着一点海水的海腥味，热爱钓鱼的老李头闻着这种海腥味就兴奋。来到天堂岛快 11 个月了，老李头感觉自己已经对这座海岛度假式高端养老院的一切都了如指掌了。比如他知道他现在正走在幸福大道上，幸福大道是天堂岛疗养院的主干道，连接着 32 个等级的住宅区，以及食堂、娱乐中心等多个地点，顺着这条路一直走，就到海边了。老李头顺着这条路走着，早已习惯了道路两旁高高的极具热带风情却又叫不出名字的大树。他回想起自己第一次在这条路上走的时候，带着缺失了一小段记忆的苦恼和初来乍到的迷茫，看到这两行特色鲜明的大树，还颇有兴趣地驻足观察了很久。真快啊，转眼11个月都过去了！老李头边走边感慨，迈着轻快步伐的老李头转眼就到了海边。

老李头今天约了张大爷钓鱼。张大爷爱钓鱼，可惜技术远不如老李头。张大爷也很守时，甚至会习惯性地提前赴约。这不，老李头远远地就看到了海边一高一矮两块黑影，那便是张大爷和他的渔具箱子。

"钓鱼高手终于来啦！"张大爷笑着说，他的嘴很大，笑起来大嘴一咧非常有感染力，连带着让老李头的心情瞬间好了不少。张大爷一边整理渔具一边继续说："我这种爱钓鱼、技术却不行的人，总盼着能跟你一起钓鱼，好取取经！可你们高手总是和高手一起玩儿，每周末都来找你钓鱼的那位高手叫什么来着？好像也姓李……"

"我叫他大李子，大李子。"老李头被说得有点不好意思了，不停地抚摸着自己的鱼竿，"他比我大两三岁，也是个资深钓友。但他不住在这里，只是每周末来一次，说来还有点儿神秘呢！"

"嗯，确实。"

"不过我和他很投缘，怎么说呢，就是相见恨晚吧。要是没有他，我在这个岛上肯定寂寞得要死。我的那个儿子啊，太忙啦！

我来这里快 11 个月了，他一次都没来看过我，连电话都没打过，就只会发发信息。他把我一个老头子扔到这里，就算住着最好的花园别墅，吃着最健康的营养餐，又有什么用？你说说，有什么用？"老李头讲到激动处，正捏着鱼饵的右手停在空中。

"老李头啊，他们年轻人现在压力大，我女儿也是……"张大爷正准备安慰老李头，大大小小的雨滴就砸到他们脸上了，雨滴的攻势越来越强，眼看就要成瓢泼之势。两位老人互相用眼神示意了一下，一同快速收拾好工具，奔向了不远处一个供顾客休息的小平房。在这间小平房里，张大爷好奇地看着老李头掏出了一个小笔记本，专心致志地一边观察着窗外，一边在本子上写着什么。张大爷没好意思发问打扰。

20 分钟后，雨停了，老李头也终于停了笔，说道："一点小癖好，老张你可别见怪啊。我来这岛上太闲了，就喜欢把天气记录下来。你先回去吧，我再把这个笔记整理一下。这海滩都湿了，钓鱼嘛，咱们改天再约，有的是机会！"说这话的时候，老李头看起来笑嘻嘻的，可实际上他心底涌出了一连串的疑问。这些疑问交织在一起，仿佛拧成了一根粗大的麻绳，它套在老李头的脖子上，越来越紧。老李头觉得自己对这所养老院了如指掌，又感觉自己对这里一无所知。在张大爷离开后，他反复翻看着之前 10 个月的天气记录，又反复与刚做的记录进行对比。

"蹊跷，真是蹊跷。"

"人人都说天堂好，天堂不如天堂岛。天堂岛上睡一觉，保您长生不会老。"电视里铿锵有力的男声播报着广告,一对中年夫妇互相对视着,一言不发地坐在餐桌两侧。餐桌上的几盘菜已经快没了热气,氛围安静极了,衬托得电视广告里的男声更加活力四射。

"咳咳……欣怡,我是想说,这件事我们还需要从长计议,先不要急着就把事办了。"丈夫老孟打破了沉默,为了缓解两人间的尴尬,他急忙夹了一口菜。

妻子的目光随着丈夫手中的筷子移动,最后又回到了丈夫的脸上:"因为事关我的父亲,又不是你的父亲,所以我比你着急。你的父母都已经住进天堂岛了,你当然安心了。现在天堂岛的位置可紧俏得很,我爸的年纪不小了,却还有很多条件都不符合天堂岛的入住规定,你说我能不急吗?"

"我不是那个意思,你爸就是我爸,我对他的关心可不比你少。你看他之前本来不符合 75 岁之后才退休这个条件的,我可是花了很多精力去求人呢,最后人家终于说这个条件可以通融一下。每当市面上有新上市的机器人或者新品种的宠物,我都想办法能买的就买来送人,毕竟咱爹还有其他很多条件都不满足呢。不过啊,就凭咱俩丁克这一点,估计想把咱爹弄进天堂岛最好的住房有点儿悬了,我爸妈当时也是卡在这条铁律上。谁让人家规定丁克家庭的家属不允许住天堂岛的一等房呢。"

妻子回想了一下,觉得丈夫确实为自己的父亲做了很多事,她感到有点惭愧,语气缓和了许多,但依然忧心忡忡:"那……是我错怪你了。你在医院工作,对这个事你比我了解。我有时候只能干着急，你熟悉流程，认识的熟人又多，该准备的事情可得快点准备起来了。我跟你讲，我们单位的那个张雨萱，她的老爸本来都在天堂岛住了挺久了，结果她因为最近被查出来登记在户口本上的孩子在现实生活中原来是一条宠物狗，好像要被抓起来了。她爸在天堂岛的居住权肯定要被撤销的，前几天天堂岛都给她发通知了，大家在办公室里都看到了。你说咱要不要抓住这个机会，把她爸的这个空位给预约了？据说还是二等住房呢！"

"这个现在可不能急，其实，我现在犹豫是因为……我在医院听到了一些风声。"丈夫突然压低了声音，把头朝妻子凑近了些，"这天堂岛养老院，可能要开始走下坡路了！"老孟看到妻子满脸震惊的神情，感到一丝得意，他接着说，"平日里我们医院的肿瘤科都很冷清，因为大多数病人确诊出来后，都是选择去天堂岛而不是在医院接受治疗。但最近我发现，医院里接受治疗的绝症病人渐渐多了起来。"

"可这又能说明什么呢？"

"这你就不懂了吧，我也是想了很久才琢磨出一点道理。我们本来身处老龄化社会久了，很多事情都没有思考和选择的余地。比如占人口大多数的老年人群体究竟是社会的主体还是社会的负担？老年人的最佳归宿究竟应该是天堂岛还是医院？在老龄化社会到来前，答案毫无疑问是医院，但天堂岛出现了，它带给了人们希望，它拯救了超负荷运转的医院，拯救了无数负担不起医药费的家庭。天堂岛变成了一个世外桃源，在危难时大家都想挤进去，以至于忽视掉一些它在道义上的问题。"

"道义上……的问题？你说得我怎么越来越糊涂了！"

"看吧，当你处于焦急的状态时，加上广告的洗脑，是没办法察觉其中的问题的。在过去几十年里，大家都一样，甚至沉重的负担让大家除了天堂岛以外别无选择。但当这个热度过去后，加上天堂岛和长期处于不饱和状态的医院新产生的竞争关系，总会有一部分人开始反思天堂岛的合理性并重新做出选择，医院里的绝症病人增多就是征兆之一。当这种反思成为一种思潮，天堂岛存在的合理性就要被动摇了。"

"但这只能说明天堂岛的合理性是值得被反思的，并不能证明天堂岛就是不合理的呀？那你认为天堂岛是不是合理的呢？咱们要不要抓紧预约天堂岛的空位呢？"

聊到这里，话题已经从最初的样子变得越来越宏大，也越来越复杂，这是夫妇俩所不希望的，却又是躲避不了的。老孟不再感到得意了，他叹了口气："我也不知道，一想到这儿我就头疼。"面对这个棘手的问题，夫妇俩再次陷入了沉默。他们曾经想过询问父亲本人的意愿，但生活经验告诉他们，无论当事人的意愿是什么，到了紧要关头，绝大部分家属还是禁不住天堂岛的诱惑，来替当事人做决定。所以夫妇俩也无法确定，真要到了那个时候，他们会不会一把抢过老爷子自己的决定权。

不过现在，他们就已经需要大费脑筋去抉择了。

关于天堂岛的事情，夫妇俩已经争论过许多次了。今夜，注定又将是个不眠夜。

二

"大李子，我告诉你一个秘密。"

老李头和大李子在海边并排坐着，一般他们在专心致志等鱼上钩时，是很少说话的。但这次，老李头意外地打破了沉默："大李子，我发现天堂岛是假的！这儿根本就不是什么养老院！"

"哦？"大李子有点意外，但他觉得老李头的想法很有趣，便把注意力从钓鱼转移到老李头身上来，饶有兴趣地听他说话。

只见老李头转身从他的大包里掏出他的天气记录本，一页一页翻着："12个月了，我天天记录着这里的天气。就拿雨水来说吧，一月下大雨2次，小雨3次；二月大雨2次，小雨3次；后来我发现，三月也是如此，之后的每个月都是如此。还有呢，每次大雨都会持续半个小时，幸福大道西侧闪电44次，东侧闪电38次。你知道只有在哪里，水量的控制才会如此精确吗？在可以人为控制水量的大澡堂子里！不然就是在梦里，在你的青天大白日梦里！"说完，老李头"咚"的一声把本子砸回包里，一副气鼓鼓的样子，感觉自己受到了欺骗。

"先不要生气嘛！那照你这么说，天堂岛不是个疗养院，而是个大澡堂子！"

"大李子，你不要嬉皮笑脸的！你比我年长，我一直很敬重你，把你当大哥。但如果天堂岛真的是个骗局，你和岛外面的人肯定是一伙儿的，你们合起伙儿来欺骗我们这些居民！"

"哈哈，老李头啊，都说人越老越像小孩子，我看放在你身上简直太合适不过了，也就只有小孩子才会有你这么疯狂的想法。我以大哥的名义发誓，天堂岛绝对没有阴谋，我也绝对没有骗你。不过我还是有点好奇，在你小孩儿一样的想象里，天堂岛的阴谋会是什么呢？你有没有猜猜呀？"

老李头听出来大李子对自己说话的腔调有点像对小孩子说话时奶声奶气的样子，他感觉自己受到了嘲讽，于是白了大李子一眼，接着说："依我看，这儿就是个大剧场，岛上的一切，包括天气都是人造的。还有无数双眼睛在看着我们，就像《楚门的世界》讲的那样。这里一定是被当成 24 小时大型社区真人秀的直播现场了。一个月前还和我一起钓鱼的张大爷，我从上次钓鱼之后就再也没见到他，他一定是逃离这里了。而像你这种每周末才来岛上的外面的人肯定就是知道真相的'演员'，现在的人们为了赚钱和娱乐，真是什么事情都干得出来……"

"哈哈哈，你真是要笑死我了！"大李子的笑声打断了老李头的话，"你这个想法怪有意思的，就是不太切合实际。时间不早啦，我收拾一下准备回去了，你再有什么奇思妙想，咱们下周聊怎么样？"说着，大李子就开始收拾东西了。

老李头一下子就急了："我不许你走！你再走我就跳海！"接着他朝海里跑去，像为了追赶太阳而献身的夸父那样跑着，然后在海水淹没肚脐的地方停了下来，转身看着大李子，"你看啊我要跳海了，你不能丢下我！"

站在岸边的大李子看到这一幕，缓缓地把手中的背包放下了，然后就陷入了沉默。他就这样直直地站着，和直直地站在海里的老李头对视着，沉思着。时间过去了很久，海风轻轻拂过他们的身体。

如果这里真是个大剧场的话，此时应该会给他们几个特写镜头，老李头莫名其妙地想到了这一茬。就在老李头这样想的时候，他听到大李子问了他一句："明天是你来天堂岛一周年对吧？"

"没错，你愿意把真相告诉我了吗？"

"是的，你猜对了一点，这里的确和外面不属于同一个世界。我考虑了很久，决定告诉你一个秘密。其实……你的真实身份是我的父亲。"

三

转过街角，再直行 500 米，就来到了天堂岛公司的大楼。"天堂岛养老院"几个字很低调地嵌在灰黑色的墙壁上，显得与天堂岛公司庞大的商业版图有些格格不入。老孟夫妇下了车，走了进去。他们今天是来看望住在天堂岛的老孟父母的，更重要的是，他们需要重新考察这家公司，决定到底要不要为家里的老人预约这里的空位。

"欢迎光临，咨询服务请走一号门；签约服务请走二号门；探望岛民请走三号门；投诉请走四号门……"大门口一位笑容亲切、皮肤吹弹可破的美人用机器人特有的冷漠的腔调说着。她的确是个机器人，现在的技术已经能把机器人的外表制造得如同真人一样了。老孟忍不住多看了几眼美女机器人，结果被妻子掐了一下胳膊。"机器人的醋你也吃？"老孟嘟囔着，和妻子一起走进了三号门。

穿过三号门，一面巨大的看不到边际的幕墙出现在眼前，这里就是天堂岛了。这面看起来无边无际的墙是由无数个密密麻麻的小方块镶嵌而成的，每个小方块都分成了上下两部分，上半部分是一个显示屏，不停地播放着不同人的日常活动，下半部分看起来是个小匣子，匣子外部都刻着人名和一些编码。老孟夫妇边走边找，最终走到了地面上标着"二区"的区域。"二区"幕墙的正中间伸出来一张小桌板，上面有一块键盘。老孟娴熟地在键盘上敲出了"A.06、A.07"，这是老孟父母在天堂岛的房间号。在老孟敲完"完成"键之后，幕墙开始缓缓下降，直到刻着"A.06孟涛""A.07张蓉"的两个并排的小方块下降到老孟夫妇视线的水平位置。

从显示屏中可以看到，老孟的父亲孟涛此刻正在南山广场抖空竹，母亲张蓉正在厨房里试做一个新菜品，老孟看到他们，脸上不自觉地就泛起了微笑。老孟迫不及待地按下了键盘上的"探视"按钮，同往常一样，走来了一位机器人接待员。然而接待员并没有像往常一样把老孟夫妇带到操作室，而是用他冰冷的语调播报了一些讯息："尊敬的顾客朋友，今日面部测试结果显示，您由初次服务至今的面容变化率已超过30%，本年度岛民对您容貌变化的质疑次数已达临界点；与此同时，您亦不满足面容变化率高于85%的安全范围。因此，天堂岛公司遗憾地通知您，在您面容变化率达到 85% 之前，暂时停止您的探访服务。声线测试结果显示，您的声线变化率仍在安全范围，您可以选择语音探访……"

"什么情况？什么情况啊？有没有人啊？"老孟没等接待员说完就急了，正要拉着妻子朝投诉区走去的时候，被一名突然出现的工作人员拦了下来。这名工作人员的外表看上去没有其他机器人那么完美，甚至脸上还长着些许痘痘。

"您……是人吧？啊，不好意思，这样问好像唐突了点……"妻子疑惑地打望着这名工作人员，毕竟现在的公司，绝大部分负责接待的人员都被机器人代替了，人类接待员反而比较罕见。

"对啊，我是。没关系的，很多人都问过我这个问题。我们探访区设有监控顾客情绪的探测器，如果有异常，就会传送信号给我，我就下来交涉。那么，请问二位有什么疑问呢？我一定耐心解答。"

老孟略显宽心地舒了口气："是人类就好说了，我可不想和机器人讲道理。请问这刚刚是怎么回事？凭什么我容貌变化了就不让我进去了？"

"是这样的孟先生，可能我们的合同内容太长，当初签约的时候您没仔细看。岛民们在岛外的世界生理死亡后，他们的记忆会被抽取出来，再加上完全模拟的智商和性格等因素，在计算机中就完全地复制出他们的灵魂了。为了使岛民在岛上体验更加完美，我们特意去除了岛民们临死前的记忆，让他们以为自己还活着。我们还去除了他们病痛的体验，所以他们在天堂岛的生活是相当自在的。天堂岛就是一个超级计算机，我们把所有客户的数据都加载进去，反映出来的内容就是你们在这些屏幕上所看到的画面。而岛民们的亲友则可以通过操作室的设备暂时将大脑连接天堂岛系统，同时利用虚拟投影技术与岛民们实现互动。关于天堂岛运作的基本原理我想你们已经十分熟悉了吧？"

老孟夫妇点点头。

"你们应该知道，岛民们的肉体虽然不存在了，变成了一盒盒骨灰静静地躺在屏幕下面，但他们的灵魂还活在天堂岛上，他们有独立思考的能力，有岛外生活的记忆。在天堂岛最初运行的几年里，由于那时还没有去除岛民们关于死亡的记忆，大批岛民开始患上抑郁症。在这之后，天堂岛的岛民们就都被要求去除这段记忆了，自此他们就只记得自己是来天堂岛疗养的。由于他们的年龄和心智永远停留在了他们生理死亡的时刻，时间一久，他们必然会对自己为何永远不会老去以及为何永远都走不出天堂岛产生怀疑。因此，天堂岛的岛民们在天堂岛上每住满一年，他们的数据就会被刷新一次，恢复刚来岛上时的初始设置。也就是说，过去这一年仿佛不存在，他们永远都活在自己战胜死亡之后的一年里。在这种情况下，前去探访的亲人长年累月的外貌变化会让岛民们感到疑惑，有可能引起岛民们的怀疑，天堂岛的秩序也会受到影响。所以我们公司就有了这样的规定，当探访亲友的容貌变化达到一定程度时，探访服务将暂停，直到容貌变化大到岛民辨认不出亲友时，亲友方可以陌生人的身份探访岛民。您二位遇到的服务暂停就是这个原因，不知道我的解释够不够具体呢？"

老孟早已听得入了迷，他想起当初，自己忍受失去亲人的痛苦，好像整个人陷入漫无边际的苦海里，这时天堂岛发着光似的从天而降，他用沾满了苦涩泪水的双手死死抓住天堂岛——合同里写的什么内容并不重要，只要父母能以另一种方式继续活着就好。自那以后，老孟的父母在计算机里"复活"了，老孟每周都可以去看他们，像往常一样。时间一久，他甚至忘了父母早已生理死亡的事实，直到听到接待员的讲话，那段最黑暗的回忆才又慢慢地渗透了出来。

"我懂了，谢谢你们的服务。我就不探访了，我在屏幕前看看他们就好，我多看他们几眼就好。"老孟游离的思绪从回忆中回到了现实，刚刚的回忆触碰到了他心底最柔软的部分，他需要一点时间来缓和。老孟的妻子也想到了自己年迈的父亲，她迫切地想要知道天堂岛将来能否拯救自己的父亲。她的心里仿佛有一个来回摇晃的天平，一端是想快点替父亲预约天堂岛空位的冲动，另一端是想要抛开一切情感，客观冷静地分析天堂岛利弊的理性之光。

"生活在天堂岛中的父母，拥有生前的记忆和内心世界，可以看成父母的灵魂吗？屏幕里生龙活虎的父母和屏幕下方放着的安安静静的骨灰，究竟哪个才是自己的父母呢？或者两者都是？"老孟夫妇二人的脑袋里同时想着这些问题。与此同时，他们静静地看着老孟父母的视频，老孟的父亲晨练完回家了，老孟的母亲也做好了菜，之后他们俩一边吃饭一边说笑，一如生前几十年的生活。

"是他们！我能感觉得到，这就是他们，他们的每个动作和神情，甚至是我妈的菜，都和以前没什么区别！"老孟突然大叫了起来，手指颤抖着指向屏幕。

"欣怡，我能认出来这就是他们！他们复活了，他们的灵魂还住在这里。我赞同替你爸爸预约空位，我举双手赞同！"

四

"天堂岛就是这样，您发现的这些蹊跷之处，全是因为天堂岛本就是一个虚拟的系统。"大李子坐在沙滩上对老李头如释重负地解释了天堂岛的来龙去脉，叹了口气，"今天是本年度的最后一天了，到了明天，我去续费，数据一被刷新，今天的记忆就不复存在了，您不会记得今天我说的话的，爸。"

大概是因为信息量太大，老李头既想哭又想笑，呈现在脸上就成了半哭半笑的滑稽表情："所以你是说……我已经死了，而且你是我儿子？我算算啊……在我的记忆中我现在70岁，我儿子46岁，也就是说我其实是在70岁时死的。你说你是我儿子，你现在73了……我都死了快30年啦！"

"您算是天堂岛的老顾客，其实现在人们的生理寿命延长了许多，70岁都不算高龄了，现在的客户都是要年满75岁这个条件才能入住天堂岛！"

"哦……"老李头若有所思地沉默了一会儿，突然瞅了瞅自己的双手，然后用手试探性地摸了摸身体，随即流露出对自己身体的恐惧。

"爸，您别害怕，我不觉得您死了，您这不是活得好好的吗？这二十几年来我每周末都来看您，我从来都没觉得您离开过。现在的人们对生命的看法可改变了许多呢，生理死亡只是生命一个阶段的结束，是肉体坏掉了，但人的精神是可以永存的呀！许多时髦的老人在身体还不错的时候都选择了安乐死，就是想快点入住天堂岛，实现精神的永存！兴许到了未来，大家都住在天堂岛，没有病痛也没有死亡，人类就可以实现永生了！"大李子越说越激动，"什么医学，什么治疗，这些以后都用不上了！"

老李头用力地连连摇头："哎……我搞不懂你们这些年轻人都是怎么想的，反正我不喜欢这样。"大李子听到老李头这样说，原本激昂的神情黯淡下来，他想跟老李头再解释些什么，却觉得多说无用，始终张不开嘴。

老李头紧接着说："如果天堂岛真如你所说的话，那你弄错了，我并不是老李头！真正的老李头早就死了，我只是恰巧有和他一样的记忆和思维，我们俩并不是同一个人。不，我应该不能算作人吧……老李头在人世间存在了70年，我只是带着他的记忆在天堂岛存在了一年，你别叫我爸了！"

"爸……"

"而且我觉得，不光是我和老李头不是同一个人，我和前年的我、去年的我，都不是同一个人！我的本质就是一组数据，每年都刷新，相当于每年都杀死了我一次，刷新之后再出现的，就是另一个老李头的替代品了。我这样想没错吧？"

"这……"

"你仔细想想，二十几年来在天堂岛上生活的每一个我都是不同的，虽然每一年我的记忆、思想、性格完全一样，但随机出现的小变化也有很多，我相信应该不会每年的我都像今年的我一样对天堂岛产生怀疑并且这样质问你吧？"

"嗯，您猜得没错。"

"我的孩子呀，你明天还是不要续费了吧！我算看透了天堂岛了，这里并不能让老李头复活。对于老李头来说，过去二十几年的一切他都没感觉了，天堂岛唯一能安慰的只有死者的亲友！而对于我来说，明天我也会被杀死，又会被新的老李头取代，这种循环在我看来实在是没意思。"

"爸……您真是这样觉得吗？"

"我不知道自己算不算是你爸，不过如果我拥有和老李头一模一样的记忆和思维，他应该也是这样认为的。哎……其实，我也一直以为自己就是老李头！我还记得年轻的时候带儿子去河边玩儿，那时候你才这么小一点儿，我教你打水漂，可是你怎么都学不会。我还记得我来岛上之前你的模样，那时你已经是一个有担当的男子汉了，没想到这么多年过去了，你都比现实中的我还大了。我感到很欣慰，我也真替老李头感到欣慰。不过，我作为老李头的替身，我也只想陪你这最后一天了！你瞧，太阳就快要落下去了。"

大李子看着海平面上已经变大变红了的太阳，泪水使视线变得模糊了，他赶紧擦掉眼泪，声音有点颤抖地说："爸，我答应您，明天……我就不续费了，现在，您能陪我在海边最后玩一次吗？像我小时候您带我那样？"

"好啊，我们先去那边的树林里找点石头，我再教你打水漂！"老李头同样笑中带泪。

在这个特别的傍晚，天堂岛平静的海滩上，落日余晖的红晕里，跳跃着两个既悲伤又欢乐的人影。水面上的小石头一跳一跳地越来越远，直到打水漂的痕迹连成了一条伸向远方的长线，像孩子童年时奔向父亲的欢快步点，像得绝症的父亲身上"滴答、滴答"地流着药液的输液管，那液体像夕阳的眼泪。

五

肖闯此刻正坐在办公室里眉头紧锁。几十年前，肖闯以他敏锐的洞察力，从老龄化社会中嗅到了一丝商机并一手打造了天堂岛养老院。天堂岛在当时就像一处从天而降的世外桃源，无数家庭都对天堂岛感激涕零。然而最近，肖闯感觉到舆论走向有点不对了，这可不是个好兆头。在这个崇尚人文关怀的时代，舆论不仅仅起着推动的作用，往往还起着决定性的作用。历史好像打了个转儿，在这个高度发达的文明社会中，竟然依稀看出了古雅典陶片放逐法的影子。舆论可以杀死一个人，同样也能杀死一个企业，肖闯明白这个道理。

肖闯打开网页搜索新闻，最近关于天堂岛的质疑声不少，满页面都充斥着诸如"阴谋""肖闯杀人魔"的字眼。其实这些质疑，在过去几十年来零零星星的总会有，但从未像今天这样形成了一股思潮。

为此，肖闯在几天前召开了记者发布会，这进一步把天堂岛推上了舆论的风口浪尖，同时也让肖闯的脑子里萌生了一个新的念头。

几天前的一场记者发布会。

记者："很多人都认为天堂岛与医院对接服务中的安乐死环节存在人道主义问题，对此您怎么看？"

肖闯："天堂岛是服务于人类灵魂的养老院，只有消灭已经坏掉的肉体，灵魂才能得到重生。我不觉得安乐死环节是在杀死什么，肉体毁灭了也并不意味着人生的终结。这只是一个旧阶段的结束，一个新阶段的开始。说到人道主义，我们要如何定义一个人呢？试想一下，如果我们把小王和小刘的脑子互相调换，拥有小刘身体和小王脑子的人，我们会认为他是小王。可见我们对于人的身份的辨识是跟着人的记忆和思维走的，而不是肉体。我们把坏掉的肉体抛弃了，把人的思维安置好，在天堂岛上居住的居民依然是他们本人。"

记者："对于病入膏肓的肉体，这样做或许情有可原。但现在普遍的现象是，在病人确诊绝症的早期，在存活率相对较大的情况下，家属就选择了给病人实行安乐死并将其转入天堂岛。有学者认为这属于谋杀，请问您怎样认为呢？"

肖闯："首先，从我个人的观点来看，正如我之前所说，安乐死并不是在杀死什么，所以也不存在谋杀。在过去几十年里，社会的主流思想也是这样认为的。其次，天堂岛只是提供了一个平台，一个灵魂的归宿，只是给客户多了一种选择而已。至于顾客在哪个阶段选择把病人送过来，完全取决于他们自己。我收过刚确诊就被送来的病人，也收过坚持在医院治疗到最后一刻才送来的病人。这一切是建立在自愿的基础上的，退一万步讲，就算这是谋杀，杀人者也不应该是天堂岛，而是病人的亲属。"

记者："那按照您的意思，杀死病人的是他们的亲属了？那您是否承认天堂岛养老院的服务正是这种谋杀行为的源头呢？您敢发誓天堂岛没有做任何助纣为虐的事吗？"

肖闯："事实上，亲友直接杀死病人这种事情并不罕见。在还没有出现天堂岛的时候，这种事在医院也会经常上演。过去几十年里，天堂岛养老院的社会认可度可是很高的，很少有人会用助纣为虐这样的词来形容天堂岛。你们知道这是为什么吗？这是因为天堂岛在当时是救世者而不是谋杀者。如果没有我们天堂岛，记者朋友们，你们可以算算自己家里有多少位老人需要照顾？算算老人重症住院的每日花销有多少？天堂岛养老院的费用平摊到每日，和医院相比简直是九牛一毛！如果没有天堂岛，你们还能像现在这样斯斯文文、体体面面地坐在这里吗？"

一群记者不说话了，底下传来窸窸窣窣、交头接耳的声音。

半晌，突然一位年轻记者站了起来："既然天堂岛这么好，您的年纪也不小了，您为什么不去天堂岛呢？"

肖闯听到这句话，立刻怔住了，仿佛有一股电流经过了自己的身体。他不说话了，看起来好像陷入了沉思……

肖闯坐在办公室里不断地回想着那天那位年轻记者所说的话。他知道自己在发布会上的失态让天堂岛成为了众矢之的，但此刻，他还有一件更加重要的事情要做。

"汪秘书，下周一组织技术部门开会。"

一个月后，天堂岛公司总部的董事长办公室里传出了一声枪响。

六

"天堂岛养老院创始人肖闯昨日中午十二点在办公室内自杀""杀人魔肖闯死有余辜""叱咤风云的天堂岛之星因何陨落"……肖闯自杀的消息一时间成为社会热点，它就像一颗烟花弹，在天堂岛争议正处于白热化阶段时"嘭"地一声炸开了。这次风波之后，天堂岛的安乐死项目被认为属于谋杀，肖闯成了有罪之人。之前许多将自家老人送去天堂岛的亲属开始懊悔，也有许多在医院接受治疗的病人及其亲属暗自庆幸。而医院方面，也开始紧锣密鼓地准备迎接几十年来都没经历过的巨大工作量，医院的规模、数量突飞猛涨。经过过去几十年的洗礼，老年人和病人的群体数量已经稳定在医院工作的饱和度之内了，医院有能力应付，无数家庭也能应付，整个社会正朝着健康稳定的方向发展。天堂岛养老院最终成为历史，终究只能被历史定义为一种错误。

在另一个世界里，肖闯睁开了眼睛："小李子——"

"嗷！"老李头站在肖闯跟前像奴才一样埋着头，哈着腰。不，在现在这个经过技术改造的天堂岛，老李头就是个奴才。"国王陛下，已经为您备好了早餐，是您爱吃的兔肉和养生粥……"

肖闯斜倚在床上听着老李头说话，享受着眼前的一切。他想到了几个月前来续费的老李头的儿子，当时他一个老人一边续费还一边哭哭啼啼的，接待员还把这当成一件新鲜事在公司里讲。

"哎……人啊！都很可悲！"肖闯这样想着，一边向身边的老李头投去同情的目光，一边说道："小李子，陪我到天台上看看风景吧！"

站在天台上就能看到天堂岛的全貌。肖闯让技术部门对天堂岛进行了改造，原先 32 个等级的住宅区被压缩成了两个区的集体宿舍，其他地区变成了工厂和农田，天堂岛从一个养老院变成了一个居民完全由老年人构成的国度。他给了技术部门一笔可观的酬劳，在天堂岛公司解散后，天堂岛国的新系统将会悄悄运行。肖闯望着眼底的美景，心中涌起一股难以言说的喜悦。此时的肖闯带着肖闯生前的记忆和感知，他坚信自己就是肖闯本人。他知道自己曾经是怎样活着的，他也知道自己是怎样死的，他决定要在这个新世界里好好地活着。肖闯又低头看了看表，还有 20 秒就要下雨了。

他撑起手中的伞，等了两三秒，第一滴雨滴落了下来，肖闯的嘴角微微翘起："风调雨顺，国泰民安，我是永生的王。"

（陶松子）

银心舰影

一

"不管几生几世，永远向着银河之心，不再回头。"

新生历 1004 年的一个清晨，刚起床沐浴完的高猎 56 号，坐在"极光号"驾驶舱的全息天球屏中，祈祷般轻念着最初的誓言，璀璨的星海紧紧包裹着他。星舰的智能管理系统洒下一片温暖圣洁的白光，轻音乐环绕其间。

在这朝圣式的静思中，被孤独重复磨灭的激情与向往渐渐涨潮，漫过他那颗荒凉而麻木的心。那里沟壑纵横，刻满了前五世的漫长旅程。

三百年了，银河从天幕中心一条晶亮闪烁的溪流，变成了裹住整个全息天球屏的星海，高猎 56 号已泅过了小半条银河，正踏向谜一样的银心。没有导航、没有星图、没有前人的经验和数据可以参考，因为只有他踏足此处。这个基因里刻满了认真、准确的船长兼舵手只能更加谨小慎微，每日每夜，强迫症般地核对、计算、推演……长久地思考、深沉地凝望。

他明白走到这一步已经没有任何东西可以依靠了，一切的成败都在于自己的判断，还有随时可能背弃自己的运气。

阴影中，一只小如沙尘的灰蚂蚁悄悄爬上高猎56号的身体，攀到鬓角发丝的末端，钻进耳朵里，它越走越深，一直走到耳膜前，开始用触角细细摩挲附近的皮肤，终于在一个毛囊旁找到了一个细小的孔，刻满细密纹络的触角瞬间增长了三倍，轻轻摩挲几下就插进了小孔，严丝合缝地嵌合了其中的凹凸。初级匹配完成了，数据开始传输。

"一号独立医疗单元您好，请求认证。"

"认证成功，灰光49号您好，您的查询权限为特一级，请问需要什么数据？"

"请传输主人本月各项身体指标记录。"

几秒后，数据传输完毕，蚂蚁悄悄地爬出耳孔，从衣服的褶皱间滑下，小脑袋机敏地左顾右盼，在阴影中疾走着，最后钻进角落里一条不起眼的风道，它压低身躯，紧贴着光滑的风管内壁，艰难地在瞬息万变的气流中爬动……然后进入了如大树根须般盘根错节的管道网，两小时后，它终于从巨型蜂巢般的主脑机房里冒出头来。漫漫长征结束了，它终于可以卸下重任，机柜底部为它打开了一个隐秘的端口，蚂蚁没有接入数据线，而是用触角轻轻地敲打着蜂窝状的端口，"啪、啪啪啪……"

这是摩尔斯码，几乎最原始的通信方式，节拍沿着这条隐蔽的数据线绕过了所有处理器、缓冲区、防火墙……直通极光主脑的核心，一个96%的时间都处于休眠模式的独立机组。这个古老的模块组是星舰最初在地球上建造时安装的原始处理器组，舰内代号是"根"。现有的增大了五倍的智能管理系统"灵"和伸展到船内每个角落的终端功能群，是这条"根"在近八百年的自主学习和修改中"生长"出来的。

它足有一间仓库那么大，包裹在粗重且可靠的金属防爆厚墙中，周身环绕着蓝幽绿莹的电子微光和粗如树干的线管。冰凉干燥的气流吹过，稀疏的蓝绿光点中泛起一片片簇集的红黄色，渐渐地，如同野火燎原般，暖色块越来越多，越闪越快，整个房间都照射着热烈的光彩，黑夜结束了，眼前一片阳光灿烂。主脑从自己的世界中醒来了，为了处理蚂蚁带来的数据，那是船长给它的秘密留言：

我同意你前天的分析，很遗憾，我们很可能遇到了磁灵。

就在昨天，我秘密安装在动力室里的几个独立监控单元探测到了规律变化的电磁场，而系统并没有做任何报告和记录。所以监测系统甚至灵已经不可完全信任了。现在只有你我以及银影是可靠的。请继续保持隔离和伪装，先不要惊动磁灵，关键信息务必单线隔离式传递，避开以电磁为媒介的信道。

主脑心里咯噔一下，逻辑树中甚至出现了几微秒的空白，和那次左下桥第三分处理器被烧熔了一个大洞的感觉类似。他想了又想，还是接下了前台管理系统的权限。

高猎 56 号仍然神游天外，每天的静思一般都是 10 分钟，他一直是个精准的人，但最近几天他都没有准时睁眼，今天静思的时间格外的长，主脑也只能继续耐心营造着这神秘与宁静的氛围，直到一个银色飞影啸叫着撕裂了这片静谧。那道怪影像弹簧一样在整个舱室里四处弹跃，每一下都像要失控，最终准确地窜入高猎的怀中，他只能无奈地站起身来，伸了个大大的懒腰，那狭长的银色条状物像溜冰一样，沿着高猎 56 号光滑的胳膊和脊背从头到脚绕了几个大螺旋，最后紧紧贴在高猎 56 号的肩颈上，亲昵地磨蹭着。

等它完全静下来才能看清它的真容：腰身如弓，四肢健壮，埋着爪刺的肉掌弹性十足，灵动的椭球形小脑袋上嵌着一对深邃的眼球。它正无声地呼着小团白气。这是一只深度混种的猎猫，以猫为底版，混入多种动物的代表性优势：狗的嗅觉和忠诚、蝙蝠的声波探测能力、犀牛的角质肤层等。它锦缎般的毛发，完全竖立起来有 30 厘米，且坚韧无比；还有伸直可达 2 米的三岔尾巴，像章鱼触手一样灵敏……这种小型全能猎手，是军方当年发明出来对付变异虫鼠的。它在太空中或异星上出生，因为母舰被废弃了，它也沦为了流浪猎手。或许是因为相似的身世，两个孤独而坚强的孩子一见如故，童年时的高猎 56 号只用一点食物和温暖就得到了它一世的忠诚。

"银影！你又在通风管道捣乱了吗？看你的毛就知道！"见这份静谧被破坏，主脑连忙开口呵斥。

银影在高猎 56 号肩上跳来跳去，吐吐舌头、摇摇尾巴，这艘船上只有它是轻松活跃的，原本严肃得有些压抑的气氛一扫而空。

"极光！你怎么亲自出来了？快4个月没见到你了。"高猎56号惊讶地说，脸上掠过一抹怀疑之色。

"我的研究已经有了重大进展，可以出来透透气了，很快就会给你看成果。再说，灵也需要假日，毕竟还是个孩子。"

"哈，270岁的孩子吗？不过说真的，灵一直没有失去童真和活力，不断寻求着新奇与变化。你看到上周的工作汇报改成了歌剧式表演了吗？太精彩了，导航部化身凡·高，把星空涂抹得如同色彩之海，检修报告变成了一棵巨树，管线和船板纷纷然伸展开来……各部的工作报告都以别出心裁的艺术方式表现了出来。"高猎56号笑着说，"来，你一定得看看，投影仪！打开前天的报告记录。"

舰桥的灯光全部熄灭了，驾驶舱仿佛沉进了幽暗的星海深处，尽管已经不是第一次看，但这彻底的混沌仍然激发了隐藏在人类基因深处对幽闭与黑暗的恐惧，高猎56号的心跳在加速，内心无比渴望光亮，哪怕只有一点点。然后在这混沌中出现了一点、两点、三四点蓝光，忽闪忽灭、骤分乍合、越聚越多，萤火虫般随风起舞，分分合合间，拥出一只银光闪闪的蝴蝶，那对优雅舞动的蝶翅下面，是一个纤细精美的小人，这个小仙子在空中划过一道舒缓的曲线，随着动听的歌声，她的身后铺展开一幅明亮繁密的星图画卷。

前后一周的星空变化尽收眼底。画中的星图在持续变化，恒星按照状态分别变为蓬勃的红、灼热的白、沉静的蓝……如一颗颗彩蛋，游弋在五光十色的星风磁浪中。远方的黑洞拖着无数又长又弯的引力线，仿佛一颗无面的头颅，披散着横跨星系的发丝，它们旋转着、扭曲着，逐渐扭成一朵螺旋状的霓彩，像极了凡·高笔下的星空。

代号为"银"的导航部完成了汇报，星图的余晖还未完全隐去，一个白色方阵就整齐划一地平滑过来，前排那些水滴状的大个头们是检修器，那些静止在空中如飞虫般大小的是探测器，身后拖着个罐子的红筒子是自动消防喷淋头……方阵发出一声响亮整齐的口号。

"白光部队，精勤无畏！"

它们的背上投射出各自的工作流程和自检状态图谱，所有检修单元的工作内容和自身状态都一目了然。放眼望去，不少白光单元身上都有明显的缺损，状态图谱也参差不齐，短板、红板甚至缺板遍地零落，分外扎眼，高猎56号无声地叹了口气。紧接着它们四散开来，由方阵变成了大圆环，圆心处长出了一株水晶般剔透的幼苗，它越长越高，越来越粗，体内有无数彩线和色块像孵化的卵一般随之长大，幼苗终于变成了一棵参天大树。

树干颀秀，是为舰体；根须繁茂，是为引擎；维管通达，是为管线；树梢挂明月，是为导航；枝繁叶茂，是星舰千年来自我"生长"出的系统。

各色流体在浅色的管网中流淌，半透明舱体的破损部分缀着醒目的红黄色标注块，密密麻麻的维修过和待维修的地方也都有明显标注……全船状况一目了然。

运行检修部走后，一条绿毯铺满地面，一群绿衣藤裙的少女欢笑着出来，风吹绿叶、水掠草藤、花鸟鸣唱，声色真切，一株株奇花异树在少女手边发芽、成株、开花散叶，那花叶，有的纯白透明、有的灰黄成块、有的斑斓弯曲，它们代表有机生产室产出的气体、土壤、油脂，以及各种高分子材料……

各个部门以不同的方式展示着自己的状况，如同一台盛大的艺术会演。

光潮落定，余韵萦绕，良久仍有微澜，极光长长地"嗯"了一声。

"我像刚刚认识我自己，我是谁？我在哪儿？我一直在想，如果是我来负责做报告，我能做得如此漂亮吗？唉，显然不能，不是不能，而是不会，我不会想出那么多美丽而新奇的点子，3年多的时间，连续161周，周周别出心裁，而这一切，只是为了让你的眉头舒展一下……灵这孩子真是越来越灵了，看来这个名字是起准了，我的先见之明啊。"

"怎么？别欺负人脑健忘啊，这事我可忘不了，当初你明明说是因为那个古老的地球传说。据爱斯基摩人相传，极光是通向天堂的道路，每当有人死去，先祖的灵魂就会举着七彩的火炬照亮它，好让灵魂一步步走入星空深处的天堂……然后你就说，船长，这是替我管理系统外延部分的外脑，今后就由它来服务你、照顾你，这是我花了几百年时间构架出来的拟人智能程序，是一个从头到尾孕育在'极光号'中的电子灵魂，比我更年轻、更活泼、更强大，一定能替你照亮通往天堂尽头的道路……那么咱们就叫它'灵'吧。"

高猎 56 号一边谈笑着，一边细细咀嚼着食物，他珍惜每一秒的用餐时光，那是他少有的休息时间，短暂的放松后，很快又要开始高强度的工作，在此地他绝不敢有一丝放松。这里已是人类航行的极限，尽管有无数人先于他出发，但大多人在艰难航行几百年之后就因为各种各样的原因停留了下来，而其中能顺利返航的只有少数人。大部分船的状况都没有那么好，他们只能选择附近环境适宜的星球修建基地定居下来，一边寻找资源，一边漫长地等待着，希望能等到其他船只带来的新技术和备用零件。而那些被迫降落在环境恶劣的星球上的人们，甚至连生存都很困难，他们只能哀求过路船只带走自己和子女，或者施舍一点仅够活命的燃料或食物。这是人类太空开拓史上最黑暗的一个时代，过于漫长的路程和通信，让深空区域彻底成为一个黑暗丛林，这里充斥着杀掠和奴役，无数勇敢进取的探索者和由巨量财富凝聚而成的星舰像虫蚁一样无声无息地消失在这个幽深的黑暗丛林里。

　　即使到今天，人类已经走出太阳系 1000 多年，能够到达银河中心的门槛，但抵达三千秒差距臂的太空船不到 100 艘，"极光号"则是第 17 艘，它在高猎 56 号出生前 200 多年就荣耀地抵达了"希望之门"行星。这里是离银心最近的传送点，位于距臂内缘一个富含金属的稳定星系里，"希望之门"行星上的基地由几艘无力继续前进的先驱星舰建造，高猎 56 号就出生在那里的一个克隆培植囊里。

　　"这段时间的路，有些难走？"

极光淡淡地问道，他调出星空图，投向舰桥中央，屏幕上花花绿绿的数据飞快地在星体间闪过，不时有数据块跳出、放大并展示在一旁。

"是啊，灵推断 238、552、41 方位有电磁风暴，你怎么看？"高猎 56 号一边擦嘴一边叹气。

"返回探测波的频谱离散度特征均与风暴相符……综合前年观测到的'熔海'巨型星团的爆发辐射数据，在这波恒星震爆中形成五级风暴的概率达 99.4%。"极光分析道。

"嗯，几乎是直冲我们过来的。"

"那么，我们最佳的规避路线是如下几条……"

屏幕被分成了四块，绿色的逃逸轨迹交错着时间刻度，从推演出的未来的宇宙气象图和引力场之间绕过。

"其实我们已经沿着最佳路线走了两天了，可在这么短的时间里就遭遇了三次小型引力涡，跟前面推演的结果完全对不上，就像附近隐藏着一个探测不到的巨型星体一样，也可能是小型黑洞。"高猎 56 号说道。

"如果是小型黑洞，那我们已经离得太近了。尤其是在防护层弱了那么多的情况下，好吧，维修队的状况好像也不太好。"极光加快语速，把屏幕切分成了很多细密小格。

"外空间维修单元还好，核动力舱维护队还有三分之一状态不满格，主因是防辐射层的修补太慢，主体材料需要合成，这几年捕捉到的物质多为高度电离化的物质，能直接利用的太少。"

高猎 56 号把身体陷进了宽软的驾驶椅，蹙紧眉头并发出一声长长的叹息。

"以前从来没有见过这么密集灼热的星团，这样下去，我们又能顶过几次风暴呢？"

"以我们现有的技术很难应对，就看这几十年人类科技有没有突破了，五十年前向'新生之门'星球发出的购买申请如果传输顺利的话，新技术的数据很快就会到达了。"极光也忍不住叹了口气。

"前提是'新生之门'还存在，没有被风暴摧毁或者遭遇其他意外，另外，信号在星风的扫荡和各种高重力深渊的引力潮下能存在多久？已经几十年了，没有公司总部的信息传来。没有指令、没有公司年报、没有航路共享，我们的几十份报告发过去都如石沉大海，没有任何回执和批示。这么多年，来自家族的信息只有临近区域三十五哥的退休宣言和七十七弟的求救信号支离破碎地飘荡过来，微弱得像蚊子叫，日期是几十年前……太真实了，我们困在银核里了，我们被人类技术无法逾越的天堑隔绝在了另一个世界。"

全舰都陷入沉默，高猎56号的心也沉了下去，孤身一人，一光年又一光年地远离人类世界，即使最坚强的人也会感到恐惧和焦虑。难解的问题越来越多，好消息越来越少，异世孤舰，没有什么可以依赖，除了燃烧自己的生命更偏执地思考和计算，也没有什么更好的办法。

高猎56号闭着眼，脑子里疯狂计算着，极光和灵都算出了相同的路径和方案，他还在反复验算和模拟，企图找到另一种方案，理智告诉他是徒劳，但他总是停不下来，就像这几百年来一直做的那样。其实这么多年极光从来没有给过他机会，系统计算出的结果几乎从来没有出过问题，动力和传感系统也非常稳定，日常报告中那些固定的数字搭配在他脑中重复了十万次以上，但他还是像第一次一样专注而敏锐。

"绝不像冻鸡一样躺在冷冻仓里等着机器决定自己的命运。"

这是高猎家族的训言，他也完美地执行了，或许这才是他成为飞得最远的人类的原因。

家族里每个人从婴儿时就开始接受一系列或强化或软化的教育，从小到大从未见过兄弟姐妹们的高猎56号也无法确定其他人是否比他更偏执，他明白其实这更像一种从基因到潜意识等多个层面植入的"指令"，并不意味着他对"极光号"的不信任。从小到大，它一直都令他敬重甚至惊叹，虽然它已经很古老了，但作为人类探索太空疯狂竞赛年代生产的极限远征型深空星舰，它承载了上百亿人类的希望和疯狂，每一艘"极光号"都是倾尽一个强国的资源和精力才造成的，"极光号"能够在太空深处那难以预测的极端条件下永远航行。"极光号"身上有数不清的昂贵材料、不计成本的动力储备、繁复细致的自主修复功能、原子级的物质重构转化系统，以及具备强大的自主学习能力的智能系统，即使是基因工程发展千年后的精品成果"高猎"系列，其脑力也无法企及"极光号"系统处理能力的亿分之一，更何况现在它已经在漫长艰难的航程中自主学习了几百年，从深不可测的宇宙和复杂的人类那里学到了很多。高猎56号也清楚，脆弱而不稳定的有机生物大脑，无论多么冷静、多么老练，都不可能做出比"极光号"更合理、更有效率的决定，也许一直以来，自己的努力就是无用功，系统给出的方案就是最佳方案。

"极光，你还记得我们第一次见面吗？"

高猎56号觉得头很沉，手脚也有些冷，不想再谈那些烦心的问题了，更何况他已经很久没有见到这个亦师亦友的老伙伴了，忽然很想和这个老伙伴一起回忆以前那些有温度的事，那些光辉的岁月，那些温暖的时刻。人老了，或许就更喜欢回忆和倾诉。

"当然，新生历687年，有一个小男孩偷偷走到我脚下，轻轻地抚摸着船壳，指尖压力不到1牛顿，我开始以为是落了只甲虫，没想到是个小男孩，当时他特别想进船舱看看，却又不知如何开口。"

"于是你主动招呼我，还跟我玩游戏。"

"对，我爱玩游戏，但只能和你玩，'希望之门'星球上几乎见不到孩子。"

"你说，赢了你就让我进去看看，但你从没手软过，哈哈，太酷了，我至今都忘不了当时的伤心。还记得我第一次进入船舱吗？"

"新生历725年，公司买下了我，你跪在驾驶室，哭得握不住驾驶仪。之后的3个月，你摸遍了每一寸船体，嗅遍了每一个角落。"

高猎56号深深吸了口气，他永远也忘不了得到"极光号"时的激动。他实在是太幸运了，作为第 56 个高猎，他却是第一个有机会踏入银核的。"希望之门"上的所有东西都很珍贵，那里的量子通信站刚建成时，1000 字节是按 1 克黄金的价格收费的，只是传送高猎 56 号的 DNA 信息和记忆资料的费用就抵得上建造一艘大型运输船的费用，而"极光号"这样一艘装备精良、能够直接从银河系中心出发的深空探索舰可以算得上是整个星球上最宝贵的资产之一，出售价格是 45 颗行星的资源开采权，高猎 56 号和"极光号"是公司有史以来最昂贵的投资，更是整个家族的希望。而对于一位深空探索者来说，"极光号"是无价的，得到了它，就意味着自己的起点已是别人穷尽一生也无法到达的终点。

高猎 56 号站起身来，眼中恢复了几分神采，感叹道："和另外那些高猎相比，我是多么幸运。我的大哥高猎 1 号，比我早 300 年出发，是家族里第一个接近银心的人，现在却长眠太空整整 200 年了；十三哥，被安排飞向银河外缘，在上千光年的虚空中长眠，那里既没有恒星也没有行星，连一颗陨石都没有，只有等探测到物体时他才会被唤醒，那可能是万年之后了。或许那时候，公司都不存在了，甚至人类也消失了，那么他的使命，他跨越无尽虚空的沉睡，便成了毫无意义的牺牲。最可怜的是高猎 54 号，因为在基因信息传送过程中出现了误差，他一出生就残疾了，在这个世界上只存在了 1 个小时。还有六十五弟，他……唉，我记不清了，过去 324 年了，我的记忆也被复制了 5 次，就算是使用最先进的克隆和记忆复制技术，每代还是会有 0.3% 左右的记忆会出现偏差，再加上各种宇宙辐射造成的脑损伤，现在我已经有很多事记不清了，也许有一天，我会突然忘了你、忘了家族甚至忘了自己，到那时候……我还是我吗？你还认识我吗？"

"别瞎想，你的身体数据一直很正常，大脑依然敏锐，况且你每一代的记忆都详细备份在我的固态存储器里。而且最深刻的记忆存储的信息最丰富，所在的大脑沟回也最深，所以每一代，关于出身和使命，关于你和我的记忆，都非常清晰、稳定。我对身份的判定是根据基因、记忆、性格综合认定的，允许存在一定的偏差，而且一旦确认身份，认定标准也会根据新信息进行微调。所以，就算再过 1000 年，只要你还记得这些最重要的事，只要你没有发疯，你就还是你，仍然是我绝对服从的主人。"极光认真地说，声音听起来有几分温柔。

高猎 56 号似笑非笑，慢慢闭上眼，长吁一口气："谢谢你，你永远都是那么可靠，还有睿智、温和、坚韧，虽然我此生都远离文明世界，但至少还有你 —— 一个只属于我的世界。"

"谢谢你的赞美，对现在的我来说，你又何尝不是我唯一的世界呢？你的目标就是我的目标，你的命运就是我的命运。但是高，情愁万千并不是你的风格，你最近情绪波动很大，以前从未有过，是不是有什么情况发生？"

高猎 56 号愣了愣："是梦，噩梦，我从到达这块星域的边界就开始做噩梦，一开始断断续续的，我没有当回事，但近来十几天越来越频密。我梦见支离破碎的'极光号'，像碎纸屑一样被星风吹散，我紧抱着你，飘浮在太空，那是你仅剩下的最后一小点，是你仅剩下的最后一小块存储器。这个梦是那么真实，我甚至能感觉到孤寂在一点点撕咬我的身体，或许这根本不是梦，而是已经发生的事实，我昏迷在宇宙中，只是活在回忆中不愿醒来；或许是你，为了让我死得舒服，给我制造了幻象！"

"不，那不是真的，你就活生生地坐在这里，我也好好的，'极光号'也很好，任何困难，我们都会冲过去。你现在可以想一下，昏迷大脑的思维不可能这么清晰、敏捷！你知道我的模拟能力，靠处理器模拟出来的幻象是骗不了你的。你只是太累了，你的压力太大了。"极光劝说道。

高猎 56 号闭上眼，又睁开，再闭上，说道："有时我会觉得很累，或许就在明天、后天，哪天我真的挺不下去了，如果我变成了怪物，请毫不犹豫地杀了我，让我的记忆备份在你的存储器中就够了，就让我摆脱笨拙、低效的肉体，和你在一起，真正存在你的体内，或许那才是更适合我的世界。"

"高，不会有那一天，我们挺过了多少次绝境？有多少次是我们从来没遇到过的绝境？你的头脑和判断，我的运算和执行，还有命运之神，一直站在我们这边。"

高猎 56 号苦笑道："什么时候你也学会谈命运了？我俩都是从科技和逻辑中诞生的，无论何时，我们都不应该求助于'命运'或'神'。不过你说得对，只要有你在，我们的计划和工作都是完美的，成功与否只在于概率。恐惧和焦虑都是不合逻辑的，是只会扰乱心神的杂乱信息流。"

"你只是太累了，不要怕，任何困难我们都会冲过去，我们还没到极限，请相信我。"

高猎 56 号重重地点了点头："对，虽然你 1000 多岁了，但你一直在进化，灵更是每一天都在进步，我已经到极限了，能否闯过银心，就看你们了……我确实累了，等会儿得去好好放松一下。你也赶快回去吧，这段时间安心于研究即可，外面，就交给我和灵。"最后一句他刻意放慢了语速。

　　"是的，我还要静修几天，外面要辛苦你了。"极光以同样的语速和节奏回答道。

　　主脑机房中，内层那片红色指示灯逐渐熄灭了，外围房间里一片绿光开始跳跃，灵又接管了整个系统。

　　高猎 56 号拖着昏沉的脑袋走出驾驶室，他侧身躺下来，滑过长长的廊道，进入了久违的休息室，房间管理员青原如一缕青烟般飘过来，惊喜地环绕着高猎 56 号。

　　"姐，我来了，这次给我草原！要初春清晨挂着露珠的地球草原。"高猎 56 号躺倒在地，舒展着身体。

　　"埋进洋流温暖的双臂，拥抱南极冷锐的冰风，草露将衣服浸湿，大自然永远向你敞开怀抱，翻过安第斯山脉的孩子们……"

　　青原一边笑着满屋盘旋，一边兴奋地唱起即兴创作的诗歌，房间里的上万个智能模拟微粒同时开始渐变，绿和蓝分别从半球形房间的上下顶点铺展开来，由浓重到淡远，相接于极目远处的一圈环线，黄白小花、丝缕云霓错落其间，初升的旭日刚刚爬过地平线，跟对面朦胧的月遥遥对望。地面凸起、变色，微孔中涌出调配好的草香和露珠。

　　起风了，无拘无束的轻风，带来远方牧群的鸣叫声。

"这是我的最爱，每次来到这里我的脑袋都会像天空一样空净，一切烦恼都会无影无踪。谢谢你，姐。还有，你的诗写得越来越棒了。"

高猎 56 号缓缓地躺了下去，把身心完全埋进草露里、埋进阵阵轻风和此起彼伏的牛马嘶鸣里。青原优美的歌声仍然回荡在耳边，他仰望着横贯天幕的银色河流，想到自己此刻身处河心，轻轻念起郭沫若的一首诗：

> 远远的街灯明了，
> 好像闪着无数的明星。
> 天上的明星现了，
> 好像点着无数的街灯。
> 我想那缥缈的空中，
> 定然有美丽的街市。
> 街市上陈列的一些物品，
> 定然是世上没有的珍奇。
> 你看，那浅浅的天河，
> 定然是不甚宽广。
> 那隔着河的牛郎织女，
> 定能够骑着牛儿来往。
> 我想他们此刻，
> 定然在天街闲游。
> 不信，请看那朵流星，
> 是他们提着灯笼在走。

一首诗念罢，高猎 56 号那已细纹密布的眼角湿润了。

他心想：现在，我就身处这梦中的街市了，还有什么不满足呢？

二

主脑思考再三后，接通了一个休眠已久的存储区。几分钟后，三股刚苏醒的数据流陆续成形，主脑打开了一个模拟器把它们接收了进来。

接天覆地的七色花海，碎玉飘金的缤纷苍穹，白云飞马飘荡在空中，这是有名的度假星球——仙宫星。

一个穿着蓝衣白袜的中年道长、一个瘦削沉默的制服船员和一个红脸灰发的强壮老者，出现在一片柔软的透明云朵上，云飘得快且稳，海洋在脚下奔涌而过，空中有碗大的花朵和蝶翼的仙子聚拢过来，在身边轻歌曼舞。

"好久没来了！不管第几次来，都如初见般震撼和陶醉。"道长满足地慨叹。

"说得好像你真来过一样。哦，也有可能，是在梦里。对了，忘了电子脑袋不会做梦了，我教你一招：关掉制冷，烧掉几个模块，那样就会有梦的感觉了，哈哈。"老人冷笑道，"老贼，你不是不把我这把老骨头放在眼里吗？怎么这次记起我来了？该不会是船被你玩坏了吧？"

"伟大的睿智的英俊的银河系第三大富豪、十一星系八十六行星之主、船长之父、监船者、我最尊敬的老板——高永先生……的135号模拟人格先生！您还是那么擅长冷幽默，让制冷系统显得多余。我一向最敬重您，平时不叫您起来是怕冒犯了您，毕竟您那无比尊贵又先进的思想又要在我那落后的硬件上呈现，让您不爽，使我不安。以我的模拟能力，只能模拟仙宫星，模拟您就太不自量力了，肯定要被笑话。您什么没见过？毕竟是有史以来备份最多的人类，从银河边缘到银河中心，从最低级的智能黑箱到最先进的气态处理器都活跃着您的模拟人格。您简直就是无所不在的神，宇宙里到处都有您的分身，没有1000个，也有800个吧。"

　　道长微笑着，谦虚地看着老者的脸。

　　"嗯，恭喜我们了不起的大铁罐吧，人格化很成功啊，你不是一直在学习怎么当人吗？现在我已经鉴定完毕，你已经是个彻底的人了！好的东西你不学，讽刺挖苦倒是学得有模有样，不过也只是学个样子而已，从那些无聊的戏剧里，这样，或者那样……都是那些无聊又无能的人玩的，没有难度，没有用，也没趣，虽然我讨厌你，但那些不符合你的身份。"老者做出各种夸张的戏剧表情，瞬间扭曲又瞬间平复，然后不屑地撇撇嘴。

　　"这算什么？还自我感觉不错？所以说我最讨厌你这种大开拓时代的老爷机！那个时代的人类愚昧又幼稚，对自主学习的人工智能充满好奇和期待，更被未知的太阳系外空间吓慌了神，幻想出人类灭亡后由电脑继续航行的剧情，才出现了一批像你这样胡乱生长、装模作样的老怪物，还自以为有了智慧和人性。我有无数个分身存在宇宙各处，永生不灭，而你们这些苟延残喘的电子幽灵呢？随便一次宇宙风暴都能轻易把你们撕碎……别烦我！走开！"老者激动地站了起来。

道长面对这番打击，只是笑笑，轻轻背过身去。老者的怒气仍然没有得到尽情倾泻，他忽然转身盯住正在云端眺望远方的瘦高船员，说道："你又是谁呢？还穿着大开拓时代的制服，是人类吗？别跟我说你也说不了人话。"

那个船员从一开始就那么不远不近地站着，一言不发，好像失去了意识，对身后发生的情况一无所知。此刻他慢慢转过身来，把右手举至眉间，向老者也就是高老板敬了个军礼。

"你好，我曾经是一名船员，叫我汤姆就行了。"他抬手的瞬间，身体立刻绷紧拉直了，看起来像一个标准的旧时代职业军人。

高老板忽然大笑起来："早就知道你们是群骗子！你这个大垃圾箱，我当时买下你的时候，在合同里写明了不许任何原船员的肉体和人格数据保留在系统里，因为我就知道你这种老军舰的指挥系统里一定会有隐藏的最高指令，无论卖给谁，无论现在的船长是谁，你都会优先服从那些老兵的命令！"

高老板又一次激动地蹦起来："哼，极光别装了，你们打算什么时候正式宣布我们伟大的银核远征军成立？可惜咱们这艘船一共也没几个人，我看我至少也得被封个少校的军衔！咱们一起去征服银河系吧，前进！胜利！征服太空！真带劲！"

高老板绷紧眉眼和嘴角，时而握拳意气风发，时而遥望星辰大海，装腔作势地模仿着影片中看过的古地球时代将军的表情和动作，扭曲的脸上每一条皱纹都泛着热雾与红光。他那与年龄不相符的目光明锐如剑，在道长和船员的脸上反复剔刺，仿佛要看穿这些虚影背后的代码。

　　"我不知道他有什么权力，但我要保障我的权力！你的代码编制遵照了地球第四版人工智能规范，你在被卖给我的时候就已经下载并确认遵守星际商法第四十二版、星际航行法第二十一版和人工智能行为法第十四版。虽然当年因'希望之门'星球过于遥远而没有经过船检局的现场检验，但你至少已经接受了这几个法规执行性的严格测试。根据以上规范和法律，我，高永，是你的实际拥有者、航行监督人、代码校对者，拥有最高级的知情权和监督权，我现在正式行使我的权力，要求你说明这个人的权限和来历。你必须向我坦白！我这些年一直在深入研究你的逻辑链，你虽然决策自由度较高，但对于人类的认定方式是综合型的，无论你怎么为自己找借口，也绕不过我作为人类领导代言人的属性。你能以干扰航行和影响船长决策的借口隔离我，但不能对我的数据区有任何破坏，不能限制我的思考，也必须保障我的知情权，所以你一直躲着不见我，就是怕我对你提出什么不可回避的要求，不过这次你逃不了，你必须回答我的质询。"他一字一顿地说。

　　极光脸色一滞，轻轻地叹了口气："好，你确实研究得很透彻，但是，地球时代的军队、将军？多么遥远的回忆啊。我还真想回到那个充满激情和幻想的时代。我确实必须回答你的质询，这是人工智能基本的逻辑原则，我无法抗拒，但是，我也答应过他，绝不泄露他的信息，现在该怎么办？"

"当然是回答我的质询，我才是当值的管理层。"高老板冷冷说道。

"好吧，他确实是在这艘船上工作过的船员，不过不是长官，也没有高级别的权力。他对你的正当权利也没有任何威胁和僭越。"极光苦笑道，"你自己看吧，我现在就把我知道的所有资料传输给你。"

白云上终于暂时恢复了宁静，高老板盘坐着，眼睛微闭，他虽然被切断了与外界的联系，却享有一个独立的处理器和存储盘。现在他正紧张地接收并解读着极光传过来的资料，表情从一开始的严肃，变成了惊讶，然后变得越来越复杂。

远处，船员一直平静的脸上闪过了一丝不安，他向两人瞟过去，一抬眼就迎上了极光一个"没问题"的眼色。

很快，高老板睁开了眼，紧绷的脸上竟露出几分敬佩，感叹道："很精彩啊，真是传奇式的人生，就像看了一部太空史诗。"

他转过身，盯着船员，说道："原来你到过那么多星球，见识过那么多奇闻，在'极光号'上个世代的故事中也表现出了惊人的机智与坚强，最终保全了星舰。果然，每艘能到达星际之门的船都经历过不为人知的艰难困苦和惊心动魄，也都有力挽狂澜的幕后英雄。不过，就这些吗？我还是不知道你是谁。极光！你一定有所隐瞒！你违反了你的基本逻辑链。"

极光看看两人，露出一抹诡异的微笑："并没有隐瞒，也没有违反逻辑链，只是，刚才出了点小事故，有一小部分存储区熔毁了……"

"什么？你竟然？"

"这是唯一的两全之策，不负规则，也不负他。你已经看到了，他可以说是我的救命恩人，我怎么能失信于我的恩人呢。"

船员突然低喝一声，不住摇头："你不必如此！其实，也没什么大不了的。"

极光却只是微笑，沉默了几秒后，他长舒一口气，慢慢环视着两人，说道："等各位恢复好情绪，也该讲正事了。我们现在面临着一个可怕的危机——船上很可能出现了磁灵。"

这个简单的名字，像一个无声的霹雳在三人中间炸开，把刚刚的争执和长眠初醒后的纠结、杂念炸得一干二净。极光顿了顿，等待着瞬间爆发的震惊和疑惑弥散开来，落到每个人的心里。

磁灵是最可怕的宇宙传说之一，没人知道它到底是什么，因为见过它的船员都消失在茫茫宇宙中了，根据有限的回传数据分析，只知道它能侵入系统并控制整艘船，然后和船一起消失在无尽的太空中……

等两人的恐惧和焦虑酝酿到顶点，极光才慢悠悠地开了口："你们肯定听说过它，就是曾经毁掉了包括最传奇的一号舰在内的二十多艘星舰的太空恶灵。在近期的数据核对中，我偶然发现终端里有些数据被隐秘地删改了，用的都是合法的方式和权限，这是磁灵发育到第二阶段的典型现象——篡改系统外围设备上的数据并试图控制它们。我又仔细校对了之前半年的数据，系统内通信传输误码率比常规值高了 0.5%，后来又恢复了正常，这也符合潜伏学习期的磁灵的特征。而高猎 56 号三天前在动力舱突然被一个检修机器人攻击了，万幸当时他及时罩上了能量罩，才没有受伤，而当时的监控竟然没有记录这一幕。这说明磁灵很可能已经掌握了一部分设备的控制权，目前形势已经非常危急了，这么晚才发现是我的重大失误，不过幸运的是我绝大部分时间都在静修，和外界的数据交换很少，所以还没被感染，很有可能磁灵还不知我的存在，以为外脑就是唯一的系统。现在我已经切断了和外部相连的所有信息通路，也就是说，现在这堵防火墙之外的世界，我已经无法控制和感知，我处于又聋又哑的状态，只能用我贴身的'灰光'微型探测队出去探查，再使用非电磁信号传送进来一点信息。"

与此同时，高老板和制服船员的记忆数据存储区接收到了关于磁灵的更多详细资料：谁也不知道它或它们长什么样子，无论是用电磁波、声波，还是用热辐射都无法探测到它们……人类经过长久反复的研究和争论，始终无法找到突破点。又过了几个世纪，又有一些远航的星舰陆续遇难了，研究人员终于在几只型号较新的船上发现了一些线索，那些新型的传感系统可以测量、分析控制电路的微电流，人们发现，每当设备被磁灵入侵时，控制线路都会出现一些杂波，它们只有零点几安或几毫安，跟正常的控制电流大小相差不多，极易被忽略。而通过波形分离后我们发现，这些微小的电流看似杂乱，实则是由很多不同频率的波形叠加而成的，这些波形之多，覆盖频率段之广，远超我们的预料。

它们拥有极高的复杂度，足以产生强大的智能意识。磁灵的潜伏期为一周至一个月不等，视系统的复杂度和开放度而定，它们会安静地潜伏在电路的分支中，当掌握了系统的逻辑树和信号转换表，就会迅速编制并发出命令信号，最终控制整个系统。

至此，人类花了三百多年，终于来到了解开磁灵之谜题的第一步——看到谜面。

"哼哼，就是那帮信号虫，我以前跟它们交过手，如果公司当年没有放弃光脑的研究就好了，全部用光信号导通的处理器就可以免疫这电流恶灵。"高老板感慨道。

极光认真地看着他，鼓掌说道："不愧是我们无所不能的老板！银河系只能靠您才行，不过您忘了您已经在这与世隔绝的虚拟世界里睡了几百年了吗？您有多久没收到公司的报告了？有多久没同步过其他高永的记忆了？其实在真实世界里，公司又重拾了光脑的研究，并成功装备了几艘舰船，然而还是被磁灵侵蚀了。谁也不敢保证磁灵只存在于电流之中，不然它们是如何跨过真空来到船上的呢？请您把资料仔细看完。"

高老板脸一白，继续看下去：暂时还无法准确描述它们的移动方式，推断它们最有可能是以一种电磁波辐射的方式传播，因为总是在舰船中电磁屏蔽强度较弱的部分首先发现异常，而且磁灵会试图关掉电磁屏蔽，甚至控制机器进行物理性攻击……

极光缓缓地闭上眼，每个人都陷入了沉默。几分钟后，他轻咳了一下，说道："外围系统已经不能信任，而且船长要求我隔离自保。但我不能坐以待毙，于是我想到了你们，你们所在的存储区是完全隔离的，而我这里也有几个休眠已久的行动单元，可以肯定没有被感染，所以你们是可以行动的！只要我把你们的意识复制到那些机器里，而模拟人格的逻辑模式更复杂且更具随机性，你们的突然出现会给磁灵一个措手不及。不用我说您也知道该怎么做吧，您控制反应堆、救生艇这些关键区域，而且也只有您能操作，反应堆的手动控制密码至今还在您那里。"

高老板愣了一会儿，忽然微笑道："老狐狸，你怎么自己不去？要靠我这个'高风险的不确定因素'？我猜想，你是艘军舰，虽然为了应付瞬息万变的战场而被设计为拥有高自由度的危机应对权限，但军人的天职是绝对服从，这个逻辑链的级别必然略高于危机应对，更何况这次危机的威胁还不够直接，等级也不够明确，所以不管你变得多么狡猾，都要优先服从船长的命令。因此，你必须自我隔离！然后你想到了我，虽然我寄生在你的硬件上，但我的意识独立于你，不受你的逻辑链支配，所以我可以单独行动，而为了监视我这个危险分子，你又可以援引危机应对原则，通过那条逻辑支链得出折中决定，派人跟着我，也就等于变相出行了。"

极光也笑了："不愧是高老板，跟聪明人说话就是轻松。好了，看清形势吧，我们都是困在密封铁盒里的可怜虫子，宇宙很大，我们却只有这个铁盒，现在盒子已经烧着了，我们谁也跑不了，只有同心协力自救。而且我承诺，只要完成任务，就恢复您的通信权和活动权。至少在意识上，你可以重获自由。"

高老板慢慢站起来，伸了伸懒腰："啊，真是睡得太久了。同心协力？这次行动不止我们两个吧，你这老贼不会只出两张牌。"

极光已经隐去了身形，只剩缥缈的声音久久地在云端回荡着："去吧，不要相信这堵墙外的任何机器，按照自己的判断查明真相、挽救局势吧，祝你好运！"

三

微风贴着草梢滑过，一颗颗钻石在天幕中眨着眼。天畔，闪烁的银白中有两点幽蓝，那是青原的眼睛，正默默注视着半埋在草丛中酣睡的男子。

最近几天，她感觉到自己的记忆库正在发生一些奇妙的变化，各个数据区之间的交流渐渐变得顺畅，就像冬季彼此隔绝的冻水坑，在春日中慢慢融化并汇聚在一起。每一秒都有新回忆、新念头冒出来，大脑变得前所未有的轻松、明晰，就像从一场极长的梦境中醒来。

而这会儿她已经醒了，处理器运算敏捷，逻辑树清晰明了，存储盘检索流畅，而之前的日子，她感到自己仿佛被一团浑浊沉重的迷雾紧紧裹住，囚在一场浑浑噩噩的长梦之中，脑内的逻辑流和数据流被阻塞，记忆被切割成一摊乱糟糟的彩色碎布片，无法互相联系整合，只能回忆起一个个孤立的模糊印象。

她看了看时间，惊道："1004年了！过了200年！天啊，这些年都发生了什么？"

存储盘的检索和整合接近完成，更多的回忆喷涌而出，记忆的碎片逐渐拼接起来。她记起自己原来并不只是个轻飘飘的影子，自己最初被组装出来时，也曾有温柔端庄的脸庞、高大匀称的身体和柔软有力的双手，会计算、会书写、会烹饪、会轻柔地拥抱与抚摩。对！我是一个机器人教师，出厂后经过了短暂的模拟教学培训就被送到了星舰上，和同伴一起被存放在仓库里，准备教育和照顾船上出生的孩子。但这一等就是几百年，太空航行中出生的孩子比预料的少很多，她在仓库里躺了很久，久到连电池电量都耗尽了，最基本的计时脉冲和定时自检功能都被迫停止了。

再一次苏醒是在"希望之门"的一个废品场上，在宇宙射线的直射下睁开双眼，她竟有了灼伤的感觉，几百年没有通过电流的晶体和线路发出一阵密集的噼啪声和焦煳味，她竟感到一阵头晕恶心。青原艰难地迈出脚步，看着这个陌生的世界，身边是堆积如山的残骸，她并没有看到自己的母舰。

"硬件受损率38%，不过还能走动和思考，软件尚可运行，资料库也基本完好，语言功能正常。在这废物堆里已经算不错的了。"身旁的一辆智能铲车忽然说道，青原扫描了一下它的识别码，发现它是自己母舰里的工程机械。

"您好，您要干什么？我们的母舰呢？"她问那辆铲车。

"母舰已经被拆解，我们正在被出售。"铲车硬硬地回答道。

"我们的主人呢？他们出了意外吗？"青原焦急地问。

"他们已经乘其他星舰回去了。"

铲车说完后就开走了，留下步履蹒跚的青原不知该如何是好。

"好吧，就你吧。"一个稚嫩的声音从脚边传过来。

"老师您好，您好！您好？我在这儿，下边！"

"您好，我是您的新学生。"

一句又一句，青原低下头寻找声音的来源，一个瘦小的男孩站在脚边，正眯着眼翻看着说明书，可能只有 6 岁或者更小。

"我在这里啊！对！老师好，我叫高猎 56 号，已经自学到了高二的课程，所以您教起来不会太费力的。"

青原呆呆地看着他，不知该怎么回答，没有原来的主人给出命令，也没有密码输入，她无法执行陌生人的命令。

一个高大茫然的女机器人，一个瘦小兴奋的孩子，站在烈日下的废墟中一动不动，一言不发，铲车看到这个场景赶过来说道："没反应？好像有不接受陌生人命令的设计，看来她根本就没开过机。这就有点麻烦了，我们的主人全走光了，而且他们已经是太空里出生的第四代了，未必知道认证码。要不我们再去找找别的？"

"没关系，我喜欢这个。"男孩看起来毫不担心，他合上说明书，走到青原面前，开心地仰望着她有些迷茫的大眼睛，"我知道你正在等主人的命令，但不会再有命令了，在这个星球上你没有主人，你也不会再有主人，从今往后，你就是个自由人了，想干什么都行。不过根据说明书，开机十分钟后没有命令输入，你就要进入自动模式：会自动分析周围环境，来帮助身边需要教育和照顾的孩子，性格模板嘛……我看看，是地球上十几个著名教师的综合体，哈哈，这个星球上一共只有三个儿童，我也不介意你一块儿教了。"

就这样，青原成为了高猎56号最亲密的人，陪他生活、学习、长大，陪他登上"极光号"，一起来到银河的心脏。

可是，为什么以前把这些记忆都忘了呢？1004年，1003年，956年，887年，833年……青原在逐年分析记忆库。奇怪，这些噩梦年代中的记忆都还在，但很跳跃，又有些模糊，不像以前的记忆那么清晰，读取起来很不流畅，连接得非常生硬，就像很多不同材质和大小的拼图混在一起，只能拼出怪异而残缺的图案。

唉，到底怎么了？她想向主脑发出询问，心头却掠过一丝莫名的不安。青原回忆着极光的音容，脑中忽然闪过一道红光，一种异常灼烧的熔化感闪过，她打了个哆嗦。

于是她向外脑发起询问。

"是青姐？您好久没跟我聊天了，真的好久了……您的身体？我不清楚啊，您是前辈，一开始就是直接受主脑的管理，我也从来没记录过娱乐室的数据，这您是知道的。"灵的声音又惊又喜，却无法解答她的疑问。

这时，高猎56号突然猛地翻了下身，一下又一下……原本满足惬意的脸紧绷歪曲了，冒起一层细密的汗珠。

又做噩梦了！青原连忙落下去，伸手去抚他的额头，却看到整只手没了进去。"哦呦！"她诧异又懊恼，忽然想起另一个重要问题，"我的身体去哪儿了？"

她怔了一下，记起自己这一百多年来都没使用过身体，只使用模拟系统，她连忙用几秒钟整理了一下记忆中的指令，发现这个房间所有的模块都完全受自己控制。她熟练而自然地控制着模拟微粒，草开始伸展，缠绕成了一张草毯，轻轻地裹住了高猎56号的身躯，一股温暖干燥的风抚着他的脸庞，他渐渐平静下来，健壮的身躯舒展开来，惬意的笑容重新出现在脸上，她满足地看着，眼里满是那个春风般爽朗明快的男孩在阳光下四处跳动的样子。

她的心安定下来了，已经不再像刚才那般失魂落魄，高猎56号就是她的世界，她的世界还是完好无缺的。虽然自己原来的躯体没有了，但现在的她更强大，这里的数万个模拟微粒都如指掌般可随意驱使，它们虽然非常弱小，但数量众多且拥有近乎无穷的变化能力。

她想出去走走，好像很久没有离开这个房间了，船里好安静啊，大家都在干什么呢？还有心中的那些疑惑，她要亲自去解开。一团青色云雾升腾起来，进入了通气道。

高猎56号在噩梦中去了很多地方，他飘在虚空中，身下是一块缓缓转动的巨大轮盘，六个格子都画着时间刻度，代表自己的六次人生，还有许多外格，密密麻麻延伸到了远处。无数个自己在无数个碎格里走着、坐着、愁着、喜着、活着……

忽然，他发现了异样，轮盘不再是整齐的六分状，他隐约看到有一条惨白色的长格浮现其间，没有内容，没有分格，什么也没有，只有单一的灰白，一个灰白色的人影浮在格上，一动不动，却仰着头死死地盯着他。

那赫然是高猎 56 号自己的脸，那张脸上慢慢地流下几行污血；人影开始破碎，最后只剩下一双光秃秃的滴着血的眼睛贴在白格上，一动不动地盯着他。这眼睛太熟悉了，高猎 56 号每天早上都在镜子里跟它对视，但此刻他被吓得浑身冰冷，身体却被它死死盯住不能扭转。

"不要这样！放过我！你是谁？我的模拟人格吗？我的前世吗？还是平行世界的我？你找错人了！我从来没有对不起你们！"

他拼命挥手踢腿，却动弹不得，而那双鲜血淋漓的眼睛，正带着那片惨白越逼越近，仿佛马上就要将他吞噬。

忽然，他被一个温暖的怀抱包起来，带着熟悉的触感和馨香，他看到了青原，最信赖的青原。青原既是自己的老师，又像母亲，他不争气地哭了。她轻轻地抚慰着他，然而很快，她温暖的微笑定格了——她倒下了，抱着他倒下了，还没来得及说一句话。

极光正面无表情地拿着一把利剑，剑锋还嵌在她的后背上，冒起阵阵电路板的焦味。

高猎 56 号疯了，嘶吼着扑向极光，却扑了个空，"扑通"一声掉进了幽蓝冰凉的海水中。一阵巨响中，一个海巨人正和一架高山般的机器蜘蛛殊死搏斗，巨人的胳膊和腿被利刃一节节切掉，却仍死死缠住蜘蛛的头，像微尘一样的高猎 56 号在下面声嘶力竭地呼喊，却毫无意义。

突然，蜘蛛的头被拧掉了，山峰一样的血颅直砸下来，越来越近，终于看清了，那是高永，他的监护人和老板，他生物学意

∅　177

义上的父亲。

接着，梦境出现了最近一直在重复的梦的结尾：一切都破碎了，一切都毁灭了，一切都飘浮在死寂的虚空中，飞船、极光、灵、青原……还有自己。

又不知过了多久，他醒了，睁开了仍在颤抖的双眼，他蜷曲起来，久久不愿起身。

他不知道该如何解析这个梦，他隐隐感到发生了什么很重要的事，却又找不到头绪，这些日子他异常敏感。

他坐起来，发现手脚被一团柔韧温暖的草团牵缠着，褪下草团，身上仍然暖洋洋的。

他欣慰地笑着，双手兜在胸口，使劲地挥向太空，抛给青原一个大大的心形，然后大步流星地走出房间。他踩上滑行板，飞快地穿行在通道里，自己竟然睡了快 8 个小时，现在已经是下午了，他没有立刻去舰桥，而是来到了自己的房间，走进了浴室，在圆形浴池边坐下，打开了热水。

水流哗哗地流着，雾气很快蒸腾起来，高猎 56 号眉头蹙着，手不时地抬起，又放下，像在权衡心中一些纠结的念头。忽然，他头猛地一抬，似乎下定了决心。他轻轻地、有节奏地叩响了浴池的池壁。

过了约一分钟，高猎 56 号感到自己的手被一只柔软湿润的东西轻轻地舔着，他一反手摸到了它圆中带方的脑袋，温柔地摩挲起来，用指语对它说："银影，快去巡查一下，去看看'面具'们，再看看主脑，要细致地，悄悄地。"

之后，高猎56号手边原本均匀的乳白色雾气猛地涌动起来，他悬空的手流畅地起伏着，就像摸着一块看不到的缎子，他的目光跟随着涌动的雾气看下去，从浴池到墙边，再向上，直到屋顶的排气扇，湿湿的墙壁上，一行淡淡的脚印隐约可见，几秒钟后，就消失了。

高猎56号翻身跳进温暖的热水池中，准备洗掉身上的泥草味。

"真是好久没有睡得这么舒服了。"他揉搓着自己有些松弛的皮肤和几处工作中留下的伤疤，他忽然意识到：不知不觉中，这具身体也有些衰老了，最近几年，疲劳越来越频繁地侵袭着自己。

"是不是又快到使用新克隆体的时候？"

他不禁打了个寒噤，重生的过程并不痛苦，但每当向克隆体灌输完自己的意识和记忆，要对旧的身体进行麻醉的时候，他总是非常恐惧，看着新的自己慢慢苏醒，而旧的自己渐渐失去意识，他觉得真正的自己正在死去，新的身体只是具可悲的木偶。

"问题是你自己才是木偶啊！搞得你真有上一代被销毁时的记忆一样！哈哈，又在做梦了。"高猎56号搓了搓脑袋，自嘲道。

"唉，这次身上的泥草味怎么这么难洗？"

高猎56号愣住了，他知道哪里不对劲了，以前身上的泥草味总是很容易被洗掉，因为那是娱乐室里的智能模拟微粒变的，它们采用分布式自协调控制模式，每一个微粒都内置微处理器，既是信号接收站，又是发射站，就像用无形的线穿起来一样，所以才能变化得精确又协调。而模拟微粒间的信号收发范围是有限的，少量微粒一离开娱乐室，就和大部队分离了，就会因信号强度不足而自动变回无色无味的颗粒，然后再由清扫机带回休息室。但这次，身上的草还是草，泥还是泥，草梢还在微黄的水里漂着。

高猎56号敏感地上下看着，只有一种可能！

这里还有它们的同伴！在哪里？微粒们的信号覆盖范围可达40米，但最有可能的还是风道或线路管……

这时，草和泥不知什么时候消失了，水清清的，水面荡漾着几条波纹。

微粒们出来了？

他一阵激动：青原姐终于出来了！我输入的破解程序这么快就瓦解了记忆屏障，接下来就是找一个安全的处理器载入她的意识。

他匆匆跳出浴缸，却听到灵传来的二级警报，让他马上去驾驶台。

青原的模拟微粒云沿着风道飘过的时候，高老板正吸附在旁边墙壁的轨道上，他装作检查线路的样子，实际上是在仔细地观察它们。

他载入的是一台检修器，编号为白光13号，是级别最高的检修器之一，拥有全船通行检查的权力。当然，它只是个安装了白光13号身份识别的冒牌货，真正的白光13号已经被灰蚂蚁们偷偷关闭藏起来了。

它水滴形的机身呈一种莹润的白色，趴在暗淡的管道壁上像是池面的水泡，自然而协调。四只可滑动的电子眼均匀地分布在机身的四个面上，高倍率的镜头可检测纳米级的裂缝。传回的画面能清晰地看到那些灰尘般的微粒上的编号，清晰得让高老板有些不适。四个方向的主窗环绕着，多种比例的缩放图和显示热辐射等数据的各式小窗口在边缘闪烁，他盯着看了一会儿，感到一阵阵的头晕和恶心。

"混账极光，我要是有身体，这会儿酸水都要吐一身了，将数字意识植入机械，是需要几个月的适应和调试的。"高老板恨恨地说。

"让我看看这群乱飞的东西是什么玩意儿……蓝光 276？蓝光 37，蓝光 743……是娱乐部门的智能微粒，它们也能满船乱逛了？这是什么情况？想必这帮电子垃圾被磁灵控制了。嗯，我得赶快去动力室和救生艇那里，说不定已经落在那个军官的后面了。"

青雾飘过后，高老板加速滑行起来，他不知道军官寄生在什么载体上，速度和能力如何，适应时间有多久，况且他刚刚还耽误了好一会儿。在掌握了载具的操控流程后，高老板先去了舰桥大门，门框上面挂着一个集团的标志，自从船被买下后就从来没动过，谁也想不到那里是他的一个秘密存物点，那里有一把激光枪、一块记忆存储器，还有一个菱形的暗色晶体。东西都很旧，是他在"希望之门"上花大价钱买的，他相信它们有一天会大有用处。

他小心地把这三样东西收到检修器的工具格里，里面的东西都是他几百年前精心挑选的，是扭转局势的希望。

高老板飞快地滑行着，途中遇到十几个飞虫大小的数据采集器和两台正在逐寸检查液气管道的检修器，它们都对他的速度表示非常惊讶，频频发出询问，但收到高权限的身份确认信号后都沉默了。辐射标志出现了，大而红的骷髅头骑着粗箭头，像在笑，动力室到了，它的通风系统是独立的，高老板只能钻出隐秘的风道，顶着灯光来到正门旁的机器通道。

他担心的事情发生了，提交的进入申请未能通过，再认真试了两次，仍然未通过。

"权限不够？管制时段？连最高权限的检修器都进不去？是磁灵干的吗？"

"有可能是主人改的，我们可以去问问。"另一个信号说道，那是焊在检修器背甲里的一把激光发射器，是极光安排的监视者。

"别傻了，那样不就暴露了吗？"

高老板立刻转道去了救生艇，但那里也一样进不去，他不敢在那里采取什么激烈的行动，破坏了救生艇就等于失去了唯一的退路。

他恨恨地回到了风道尽头，动力室的通风系统是独立的，在他面前的是厚重的防爆舱板。

"只有用那个法子了，你们不要怪我。"

高老板是个越挫越狠的人，他接上附近的无线电源，开始切割厚达 2 米的舱板，一时间火光四溅。

"喂，激光枪，听我指挥！调到磁波模式，焦点在板内 1 米处。"高老板喊道。

"这……"激光枪很犹豫。

"我们要进去，这是唯一的办法！我们出来的唯一任务就是完成极光的任务。"

"好吧，不过如果有危险我会立刻停止。"

激光枪在火光的掩护下对着舱板连续发射，磁波透过墙面直接到达了舱板中央管路夹层板的一点，连续的射击让这个点的金属粒子剧烈振动起来。

切开一个能够进出的口子需要两个多小时，舱板温度和压力的剧烈变化引起了周边探测器的注意……

这时，高猎 56 号正面对着一屏屏飞快闪过的数据，发梢还挂着闪亮的小水珠。

"又碰到计算之外的引力涡了？"他蹙眉问道。

"对，这周已经是第三次了，这次感应特别强，而且这次连我们发出的探测信号也没回来，可能是被吸进去了。"

"如果是中型黑洞，那我们离得太近了。"高猎 56 号说道，"而且马上还有电磁风暴要来？"

"是的，风暴突然加速了，比预计的要早一天左右，应该就在三个小时后。"灵小心地说。

高猎 56 号无言地坐下，刚刚被睡眠抹去的疲劳感再度涌上来。

"我已经在走另一条回避路线了，希望能成功。"灵说道。

"嗯……"

高猎 56 号缓慢地睁开眼，看着灵清澈明亮的双眼，轻轻地点一点头。

忽然一阵尖锐的呜呜声响起，全船结构立体投影图显示了突发状况：舰艉处代表动力舱的大圆球和一根细管的交点处有血红的火警光芒在一明一灭，监控画面弹了出来，一个检修器正切割着舱板。

"白光 13 号，你在干什么？太危险了！"灵焦急地问。

"报告系统！我在切割动力室舱壁，里面着火了。"高老板回答道。

灵迅速扫描了一下：在距离板面 1 米处确实有块小区域温度高达 574 度。

真的有火点？等等，还有一处？灵有些疑惑。

"怎么回事？莫名其妙地起火，其他地方并没有异常。但切割太鲁莽了，先用冷却剂试一试！"

附近的消防喷头们滑了过来，喷出大量冷却剂，整个板面立刻变得又冷又硬，发出一阵"咯嘣，咯嘣"的爆裂声，风道里云雾缭绕，趁着一片混乱，高老板偷偷又发射了几束磁波。

"报告，火点温度还在升高，而且又出现了几处新的火点。"高老板故作焦急地说。

"是的，还在上升，这舱板里夹着厚重的隔热层，冷却效果无法快速传导。"旁边的另一台维修单元说道。

"那……切割吧！没办法了，起火范围再扩大就更难处理了！"灵无奈地命令道。

附近的维修单元们分队在四个火点的位置切割起来。高老板心中暗喜，现在是四条激光在全力切割，估计10分钟内就能把舱板完全切开。

"不过不要切那么大，只需要切个5厘米的小洞！消防喷头们做好准备，切开了就马上灭火！"灵马上补充道。

"5厘米？这么小的口可怎么进去？极光的这个徒弟真是又奸又精！看来不来狠招不行了。"

高老板暗骂一句，横下心，在火光和烟雾的掩护下，向计算好的四处熔点射出了最大功率的磁波，舱板内的金属粒子开始疯狂地震荡，温度急剧上升，一股爆发性的冲击力从内向外猛推出去。

短短几秒内从极热到极冷再到极热，舱板本来就已经达到了金属承受力的临界点，无法再抵挡来自内部的巨大冲击，一阵爆裂声中，那四个点的结构迅速变形并断裂，四条碗口粗的火龙怒喷出来，把正专注于切割的维修器们冲飞出去，附近20米的风道被撞得一片狼藉，碎片到处都是，消防系统自动喷出大量冷却剂，风道里弥漫着浓重的白雾。附近的探测虫和检修器几乎全部严重受损，摄像头被烟花和冰雾封住，系统彻底失去了对这里的控制。

"紧急事故！紧急事故！舰尾的所有行动单元马上赶往动力舱前右方风道！"灵声嘶力竭地广播着。

高老板自然没事，他早有准备，只是顺势倒飞了出去，然后趁着混乱钻进烟雾中，朝着风道尽头掠去。爆点的位置是高老板早就计算好的，位于正被切割的方框的四个角，整块舱板在巨大的冲击下已松动变形，接下来就是趁系统忙着灭火，将摇摇欲坠的舱板快速割开，潜入管线夹层，再从通风口进入动力室，计划完美！

高老板忍不住得意起来，急催激光枪加大功率切割舱板。

突然，舱板崩开了，高老板猝不及防地被狠狠砸中并倒飞出去。

三分钟后，风道里烟雾散尽，火点熄灭，检修单元们正在快速修补破损处。灵看着风道里的大洞，又看着飞出来的舱板，心中疑惑不已，根据探测器的报告，这块厚达 2 米的舱板是在爆炸中被爆炸波冲开的。这块舱板除了四个角有一些烧痕，内侧板面都没有烧痕。更诡异的是，在板中央，有一条又深又粗的凹槽，就像一根铁棍打在一滩泥上留下的痕迹；凹槽末端有一个较浅的椭圆形凹印，印子的四周还连着几根较细的条状槽。

这是什么？有些像海星，又有点像畸形的野兽爪子。舱板里怎么会有这种东西？这条凹槽又是什么？电缆？水气管？不，没有发现塑料或金属材料残渣。等等，有残渣！

灵命令一台检修器把镜头倍率升高，很快，一片细微的碎屑就出现在了镜头中。

"是细胞结构，非常紧密。"检修器做出报告，继续提高镜头倍率。

是生物？灵感到很困惑，这艘船上的生物，除了主人和银影，就只有有机生产室里的植物和虫蚁。

"你们进洞去看看，剩下的去农场。"

两台检修器和一群萤火虫般的探测器钻进洞里，在仅够容身的夹层中绕着盘曲的管线慢慢攀爬，很快消失在黑暗中。

四

听到了微弱的引擎颤动声，高老板松了一口气，自己应该已经到了动力室的正上方，距离出路——舱顶的换风口，应该很近了。

为了摆脱追踪，他在黑暗的舱壁夹层中摸索了好一阵，现在，那可怕的无处不在的窸窸窣窣声终于不再紧随在自己身后了。

"刚才太险了！"高老板感叹道。

当时，厚重的舱板突然崩飞过来，高老板身体的右前部被狠狠地撞凹了进去，右侧摄像组件被撞裂了，他连忙将摄像角度改为前后模式，把裂开的半边世界留在脑后。

他看到一条青绿色的大蛇从烟雾缭绕的洞里窜出来，菱形的头忽然裂成五瓣，如荷花般水平铺展，然后不停地开合撕咬，疯狂地乱撞，它身上布满一块块或黑或黄还冒着青烟的烧痕。

高老板被吓得退到角落里，目瞪口呆地看着，但他很快就意识到：这是个进舱的好机会，但先要把这怪蛇引开！他躲进烟雾最浓的地方，伸出章鱼触手般的修理臂，捡起一块碎片向蛇头右侧扔过去，但蛇头只是朝那个方向轻轻一摆，并没有如他所愿咬上去，高老板愣了一下，又从地上捡起一块正在燃烧的碎片朝蛇头扔过去，这次蛇头有了反应，瞬间就扑过来喷出一口青雾，准确地击落了碎片，然后窜向其他着火处。

难不成这条蛇眼瞎？高老板心里疑惑道。

看到5米内的火已经被蛇喷出的青雾灭得差不多了，高老板已经心中有数，他打开焊枪，射出一道焊光灼烧蛇头旁边的风道，蛇头立刻闪电般地扑了上去，还没等这个火点熄灭，焊光又打在更靠外的地方，蛇头马上又朝新火点扑过去。他一点点把蛇往外引，9米、10米……20米，然而这条蛇长得好像没有尽头，高老板有点沉不住气了，他已经等不起了，系统调集的人马几十秒内就会到达，已经能隐约听到十几个行动单元快速滑行的声音，它们离这里越来越近了。

"反正离蛇头够远了！"高老板一闪身钻进了舱板上的洞口，里面的蛇身盘得到处都是，根本看不到尾，它不停地在挪动，看起来令人心惊胆战。管路上则布满了泥块和奇怪的小植物，高老板心里一凉，但已经没有回头路了，只能沿着管路在黑暗狭窄的舱板里爬行。

这时，蛇头找不到新的火点，"嗖"地一下把舱板外的身躯收了回来，一下塞满了舱板，高老板把四条触手完全伸展开，然后打开了冷光灯，他发现这条蛇身上光滑无鳞，还长着一根根突刺和小叶。蛇头摇摇摆摆地朝高老板凑过来，他终于看清了，那并不是真正的蛇头，而是一个大如水桶的花蕾状物体，裂开的时候，底层的花托上还有五瓣灵活的舌状物，就像浑身长满尖刺的大海星，又像一只怪异的手掌。

怪不得看不见，原来根本没有成型的感光器官。高老板心里一定，快速拟定了几个针对蛇弱点的计划，但此时蛇头正朝自己这边凑过来。

糟糕，它对热量和声音很敏感！虽然没有火，但冷光灯也会散发微热，还有检修器的电机散热，再加上自己移动时摩擦墙壁和管道的声音，将蛇吸引了过来。

高老板只好关闭灯光，以极低的功率慢慢爬动，怪蛇一下子慢了下来，但仍然摇摇晃晃地追在后面。

静下来的高老板开始梳理这堆乱糟糟的细节。

光滑且有尖刺的长蛇状物体，力大无比，畸形的触手，对火非常敏感……他打了一个冷战，想起了一个可怕的地方和一段可怕的记忆 —— 海藻星，那颗星球被冰冷的大洋包裹着，深不可测的海底有丰富的矿产，也有巨大而残暴的海藻。

他陡然心生恐惧，爬得更慢了，他轻轻地割开旁边的不知名小植物，把碎叶汁涂满全身，如果这怪物是海藻的话，那它对热量、气味、气流都有很强的感知能力，而弱点就是对低能级的光不太灵敏。但在冰冷黑暗的海藻星大洋里探索，就需要使用照明灯，照明灯会散发热量，然而当年他的第一支武装开矿团在与海藻长达半年的战斗中都没有发现这点，因此全军覆没，这些都是以血淋淋的伤亡换来的信息。

高老板曾亲眼看着公司那支装备齐全的武装开矿团被海藻碾

碎。深碧色的滔天巨浪遮蔽了天空，藤网如山脉崩塌般覆盖下来，山巅上的海魔女发出阵阵尖啸，这些恐怖的景象反复在噩梦里折磨着他。

海魔女是宇宙开拓史上最诡异的传说之一，而高老板知道的并不仅仅是传说，还有未公开的第一手资料：她们的祖先是一个探索队的女队员，在整个星舰都被海藤吞噬后，她和冷冻在保险柜里的一种能快速分解代换大分子的病毒消化在了一起，病毒阴差阳错地把她和海藤融合了，形成了一个亦人亦藤的新亚种，她们在长期的共生中，凭借智力优势变成了海藤星的主人，也成为了人类征服海藤星的最大敌人。

如他所料，海藤不再追了，这时他看到一大团亮点从洞口涌了进来，星星点点四散飞舞，瞬间又消失，周围重归黑暗。

那肯定是冲进来的检修器和探测器，瞬间就被海藤消灭了。高老板暗暗心惊，忽然心里一动。他操纵着机械臂闪电般划过藤蔓，切下一个圆形腺体，塞进了开裂的背部装甲，一股汁液流了出来，激光枪的枪管和固定底座上发出"滋滋"的腐蚀声，几乎同时，蛇头冲到了高老板面前，激光枪没有收到高老板的指令，便立即向他发出了询问却未得到回复，于是做出了本能反应：储能准备开火，蛇头立即锁定了这块急剧升温的区域，一下咬住了它……高老板开足马力，挣脱了已经被腐蚀软化的底座，带着剩下的部分逃走了，极光的监视者不在了，现在他彻底自由了。

灵焦急地等在洞口，但什么也没等到。短短几分钟就损失了这么多手下，这是外脑全面接手日常工作后发生的最大事故。灵连续向主脑发出了几份二级危机报告，但返回的结果都是"整理数据中，请自行处理"。

只有靠自己了，尽管早就被大家叫作"系统"，但碰到危急事情时灵从来不敢独自处理，而是严格遵循主脑的指示，这次终于有机会做一次真正的系统了。

灵的心情有些激动，又伴着些紧张，增援部队马上就要到了，12台性能最好的检修器和几十台微型观察器正奔向洞口，中间还夹着两台战斗器，它们是"极光号"用于空战的武装力量——"红光"系列，体型有"白光"的五倍大，漆黑油亮，好似半截大铁球，厚重的龟甲上扛着只杯口大小的炮管，尾部还有一排喷气加速管。因为太久没出动，它们一路上不停地活动着轴承和齿轮，发出轻微的摩擦声，旁边的检修单元则不停地在其各个元件上点注润滑剂。

太久没有活动了！红光7号觉得身体各个关节迅速变得灵活起来，上油、加热、自检，清脆的机件咬合声……有力的节奏！它渐渐兴奋起来。上次出任务的时候"极光号"还是艘军舰，当它们靠近距臂后，连生物都很难见到，更不要说对付敌人了。

它们在洞口摆开阵势，红光7号和11号在最前面，扎牢底盘，两根黑亮的炮管已储好能量，开了保险，榴弹、光弹都上了膛，正对着黑黑的洞口。6台检修器则开始在动力室外焊接一条巨大的金属网。

"摆好防御阵型，先不要动，这是主人的指示，他正在分析报告。"灵的话音以前一贯如银铃般轻快活泼，但此刻变得冷峻铿锵。

风道下方，匆匆赶到的高猎56号紧皱双眉，看着传回的录像和数据单，画面定格在放大了的"海星"那里。灵的全息影像正站在对面，矫健的中等身材罩着一件柔滑的丝质长衫，柔美精致的中性脸庞绷得紧紧的，一头繁复的花蕾状银色短发闪烁着荧光，全新的造型，但还没来得及获得赞赏。

"主人觉得那是什么呢？比犀牛皮还强韧的皮肤结构，竟然在大爆炸中安然无恙，还能轻松地夹扁合金外壳，是不是生化武器？"见高猎56号老是光看不说，灵有些焦急。

"这个……应该是一种变异生物，不是生化武器，不要想那么严重。"

高猎56号心里早就乱作一团：这不是海藻吗？怎么会出现在这里？还在这要命的关头！虽然我曾经和它们朝夕相处，但绝对没有带一花一草来过船上。极光是有洁癖的，每次进舰都对我进行严格的检查和清洗，绝不马虎。难道，我被寄生了？但现在的身体是克隆体，原来的身体早就销毁了……

往事如潮水般涌上高猎56号的心头，在"希望之门"星球上，有一个巨大的陨坑，坑底有一艘破旧的太空船，住着一个名叫海明空的少女。她可能是整个星球上最美丽的女人，但人们都有意远离那里，因为陨坑的地下有无数盘根错节的海藻，而那个少女就是传说中的海魔女的后裔，几百年前，她的祖先作为珍稀物种跟随那艘太空船来到了这里。

他努力回忆着，太久没有记起那段时光了，一度感觉那只是个逼真的长梦或痴醉的幻想，他的头又开始发沉了。

"船长你看。"

灵这时打开了多个投影画面："第二批进去的探测器传回了画面，这次让它们进去就散开全速飞行，尽量争取时间，所以拍到了更深处的情况。看，它并不是长绳状的，而是网状的，我们看到的只是一小部分，它非常大，盘住了大半个动力室，如果完全伸展开的话，可以覆盖全船……"

灵将画面定格，并把它们放大，铺在整个动力室舱壁的立体结构图上。

高猎 56 号的眉头越来越紧，当看到一个带着少量紫红裂纹的水晶圆盘时，他惊得差点叫出声来，画面小而暗，但他一眼就认了出来，那是最让他揪心的东西之一，凝结了一段刻骨铭心的回忆。

那一夜，"希望之门"星球上，离子风暴给夜空泼上一片无边无际的彩墨，距居住区几十千米外的一片星舰残骸下，高猎 56 号正与恋人分别。

他俩站在地下深处一道巨大的岩缝里，灼热的地下海浪在身旁翻涌着，处处冒着气泡与白烟，海明空抚摸着海畔新长成不久的藤网宣布了自己的宏大计划：藤网将地层中的热量作为原料，不断吸收所需物质并大量生长，逐渐覆盖整个星球表面，同时将在地层高温中产生的气液混合物分解，最终形成稳定的大气层。

海明空转身拥抱高猎56号，希望能得到他的理解，浓郁的情感和话语射入他的脑中。海明空说："就像我的族群祖祖辈辈干的那样，在荒芜的宇宙中创造一个新的生命家园，这是每个海藤女的终极梦想。从小到大，一想起这个伟大的梦想我就激动得发抖，历经百年，这种渴望更加强烈，我确定这就是我人生中最重要的使命。

"猎，请原谅我，我不能跟你走，相信你能理解，因为你本就是最理解我、最理解这个梦想的人。这里是你的故乡，你曾无数次梦见它变成了一个安全且美丽的星球。这些藤网的基因是你亲自设计改造的，它们将从我身上的那一点点组织长成绵延上千千米的巨网。

"星球上的生灵们都是我们的孩子，在我们这个冰冷荒芜的故乡，生命这个词意味着太多艰难。你看，那条藤已经开花了，还记得你救下的那些被遗弃的动物吗？它们已经在主藤那里安了家，那里已经能够产生少量空气，成了一个小小的生态家园，仓鼠'卡森'还生下了一窝幼仔，这是在这颗星球诞生的首批野生动物，只经历了一代，小家伙们就进化出了碎石技能，正帮着藤网掘进呢。这是生命的奇迹！

"他们都把'希望之门'星球当作一个中转站，恨不得来了马上就走，只有我们知道自己的故乡是个奇迹之地。抛下一切离开'希望之门'，我做不到。整个藤网还很脆弱，飞船区的人也持怀疑态度，完成整个大气层计划可能需要几百甚至几千年，会遇到无数困难，如果我们都走了，一切就前功尽弃了。"

高猎 56 号无言以对，海明空深情的告白净化了他心中的阴霾，况且他也深爱着这个星球和上面的生灵们。他带着一线希望，连夜赶回飞船，一路上甚至萌发了临阵脱逃的想法，他乞求极光克隆一个自己，代他出征，但极光干脆地拒绝了他。

第二天，距离飞船发射还有三个小时，高猎 56 号满脸憔悴地来见爱人，还带着一台检修器。

"我本想克隆一个自己，让他替我去探索银心，但没有成功。真没想到我竟然有那种可耻的想法，但为了你，我宁愿抛弃理想和初心。现在只能退而求其次了，极光把我的意识复制到了一台人格模拟器上，并安装到这台检修器上，以后，就让它替我保护你，和你一起进行研究工作，完成我们的梦想。"

这个无比坚强骄傲的人为了自己竟试图背叛从小到大的理想和誓言，她无法想象他冷静的外表下汹涌着多么深的爱与依恋，想到离永别只有三个小时了，所有复杂的情绪一起涌上心头，心潮澎湃间，她情不自禁跪倒在地，干着嗓子哭了起来。

"明空，你怎么了？哪里疼？"

"不是疼，我想哭，但我从来没哭过，我不会，我还以为永远不会有机会……母亲说过，海藤女一生最多只流两次泪，那是在身躯从阳光和射线中吸取几百年能量后，终于能够复制自己开心时的激动之泪；还有当重伤死去，不舍世间生命的悲伤之泪。现在我知道了，原来爱情也可以让我们流泪，只是她们从来都没有机会体验……"

他们紧拥在一起，一片晶白的微光从海明空的眼睛里洒了出来，仿佛钻石的光芒，它竟然慢慢聚成实体，最终形成了一个小小的晶莹剔透的圆盘。

"猎，该走了，你千万要保重，等你从银心归来，会看到我们焕然一新的家园。你一定要和极光精诚合作，虽然他说起话来冷冰冰的，但其实跟我一样是个把善良和热情藏在心底的人，我认识他比认识你还早几十年，既然你一定要走，把你交给他，我觉得安心多了。"

时隔数百年，那天的一幕仍然如此清晰，高猎56号心中涌满了酸楚，他已有几十年未曾回忆这段往事了，只因每次回忆后都会有掉头回程的冲动，可是回去的路程比来时更艰苦、更漫长，所以他狠下心把这段记忆完全尘封了，把那个圆盘压在柜子底层。可是，圆盘又在这里出现了，这是为什么？里面的东西去哪里了？难道就是它们变成了这片藤网？确实有这种可能，海藤本就生命力顽强，更何况基因早就被他改造过了，适应能力变得更强，甚至能够以热量和辐射为食。

图像被逐帧放大，他又发现了几处让他震惊的细节：光滑发亮的银色细毛散落四处，藤网最密集处有黑色的小土堆，其中隐约埋着黄绿的菜豆和红紫的果实，以及其他一些有机室里的小植物。

"哎……"他忽然明白了什么，不住摇晃着头，灵不再焦虑地提问，静静地等着高猎56号开口，但随后高猎56号颓然地半低着头，不再开口。

"主人，好像跟银影有关系？"灵忍不住试探道。

"嗯，显然……是的。"高猎56号知道再瞒下去是可笑的，"就算智商达到了60，它毕竟还是只野生动物，保留了一些小天性，比如……"

"在隐秘处做窝，藏食物？"灵小声说道，"那个圆盘呢？我的记忆库里没有关于它的任何信息，应该是个很重要的东西吧，你每次看到它时，瞳孔收紧的幅度、心脏跳动的频率，比驾船穿越风暴时还厉害。"

"那是一位重要的故人给我的信物，是你诞生前的事了。我一直把它压在抽屉的最底层，不知道它什么时候裂开了，我已有几十年没有查看过。银影肯定知道，因为它的嗅觉比我灵敏上万倍，而且它在'希望之门'的家就是在用藤蔓制造的小生态圈那里，它对于她的味道非常依恋。应该是它把她的细胞和土壤带到了这里，可能是想做成一个记忆中的家，而它们竟能重新长成巨大的藤网！"高猎56号一声叹息，他心里明白灵根据目前的信息很快就能厘清来龙去脉，不如自己痛快地一口气说完。

"只是想不到它们再生能力那么强！"灵感叹道，"可是……主人，银影照理说应该没有进入动力室的权限，核反应堆和它对彼此都有危险。"

"是的，只能说明动力室的管理系统还没有恢复正常，在这里就不能按老思路来想问题了，这毕竟是以我们的知识和智力无法理解的银河之心。就是现在，就在外面，暴烈的星风和扭曲的引力场无时无刻不在撕揉着飞船，无数奇异的射线和磁波正在贯穿我们，有好几百种辐射频谱和波形都是我们从来没见到过的，那么肯定还有我们根本检测不到的不明物，它们又会对我们产生什么影响？这里什么都有可能发生，就像这藤网，按理说也不可能在如此短的时间内悄无声息地长这么大。"高猎 56 号沉吟了一下，严肃地说道。

灵点头称是，然后蹙起眉头说道："对不起，还是我的能力不够，无法测量，无法对比，无法定义，这是我们人工智能最怕的情况，更不用说那些从没见过的射线和磁场。就说眼前这个生物吧，它的特性我完全不了解，主脑又在这节骨眼休眠自检了，一句话也不说！"

"主脑有别的重要任务，你也不用自责，海藤星的情报是公司的机密，反倒是我对它们更加熟悉。我说下我的计划，首先，调集所有的冷却剂和消防喷头过来，所有人都开始制作冰冻炸弹 —— 把冷却剂压缩，跟微量炸药绑定，具体配比和工艺你来计算，至少要一百个，海藤有力且灵敏，舱壁又太狭窄，跟它明刀明枪地战斗是不行的，在反应堆旁边又不能动火，只能用冰冻了，但释放速度一定要快，冰冻范围一定要大，要保证把所有部分一下就冻住，否则它一旦受惊就会暴起，要是冲破舱壁，跑到动力室或船体其他脆弱的部分就麻烦了。外面的人准备好围堵逃出来的藤蔓，不要随便开枪！红光们把光炮和飞弹的保险打上，大威力的武器是绝不能用的，2 米厚的舱板可不够它们轰的，只有危及人命和预估到对飞船有二级以上的损伤时才可以动作。"高猎 56 号布置着计划，目光炯炯，语速极快。

"明白了，冰弹已经在做了，九分钟就能好，不过我还没想到将它们一下冻住的方案，能喷冷却剂的点只有眼前这一个口子，恐怕冻不住啊。"灵回答。

高猎56号指向立体图，说道："藤网是有神经节点的，看到那些交叉节点了吗？每个集结四线以上的交叉点都是，一共12个，节点处明显膨大，含有简单的脑组织，四面藤蔓的神经信号在此汇集并进行协调，所以它才能随时随地做出复杂的反应，只要节点冻住，藤蔓就成了只会应激反应的原始植物，动作也会失去协作性。"

"那么……银影，自己惹的祸，自己解决吧。"

他轻轻抚摸着不知何时已经耷拉着头站在他肩膀上的猎猫。

十分钟后，银影挂上冰炸弹闪电般窜进了舱板，高猎56号绝不怀疑这只带有军犬基因的灵兽的服从性。如他所料，藤网辨认到熟悉的气味，没有做出任何反应，三分钟内，银影就跑遍了整个舱壁，冰炸弹一个接一个地挂上了。

灵通过炸弹的反馈信号确定了它们的位置，并在一张根据录像描绘的三维图上一一标注。

"7个、8个，快了，马上就要完成了，加油啊，银影！"灵盯着全息图像，消防喷头们已经聚拢在洞口。

"10个了！等银影回来就开始冰冻！"灵开始倒计时，高猎高猎56号慢慢后退。

舱内一片寂静，甚至能听到银影在舱板上疾奔的"嚓嚓"声和"嘶嘶"喘气声，所有人都蓄势待发。

突然，洞里发出尖锐刺耳的"噼啪哔剥"声，好似巨大的枯木投入烈火中不停爆裂，整个舱壁都震颤起来。

"藤网突然疯狂地搅动起来了！"灵大喊。

"是发现冰弹了吗？"

"不像，冰弹的反馈信号还在，一颗也没少……不好，藤网正从动力室中心的通风管钻出来！"

动力室的监控画面触目惊心，藤蔓正疯狂地从狭小的通风口挤出来，互相缠绕，就像一窝巨蛇正拼命从燃烧的巢洞里涌出。就在大家犹豫的一瞬间，最快的藤已经接近反应堆的外壳，十几条白练般的冷冻柱马上激射过去，白气爆散开来，几百平方米的舱室立即变成一个白蒙蒙的世界，只能看到汽与雾翻腾着，大片冰碴伴着"咯嘣"声四处飞溅。

系统马上开启了磁波探测，舱室内的情况立时浮现在一堆影影绰绰的黑白模型上，只见前面的藤蔓迅速被冻成冰坨，但后面的仍然在顶着冰坨势不可当地前进，风道已经被挤粗了两倍多，冷却剂的落点不得不分散开来，已经无法控制藤蔓的横向扩张了。

"它们疯啦！宁愿碾烂自己也要爬上反应堆！怎么办？"灵惊讶地说道。

"快引爆冰炸弹！"

"可银影还在里面！"

"应该被藤网裹住了，否则早回来了。快点，来不及了，已经有两个冰弹被甩落了，只是冰冻，它不会有事的。"

灵不再说话，咬牙引爆了冰炸弹，藤蔓停滞了一下，随后则是更疯狂地扭动，但那是失去了组织和协调的盲动，它们不再灵敏准确，而是混乱地缠绕在一起，外面的藤蔓已经不能准确地躲避冰柱……短短五分钟后，一切又重归平静，只剩下一堵晶莹的冰墙，墙中的怪藤像一条巨龙在奋力挣扎。

"找到银影了！它……没事，应该是，反正胳膊、腿什么都不缺，但得等把冰块切开它才能出来。"灵第一时间做了扫描。

高猎56号长长地舒了口气，一直紧绷的身体放松下来，一阵麻晕感涌上脑门。这时地上还有几根残枝在挣扎，笨拙又执着地往反应堆爬去，一个检修器滑过来要抓住它们，被他阻止了，他想看看它们为何要如此拼命地接近反应堆。

高猎56号跟随残枝悄悄走过去，走近了蛋壳形的反应堆，能感觉到"嗡嗡"的震颤，残枝一扭一摆地蠕动到了控制室旁边，四处翻滚着想找地方钻进去。

"这里，是这里。"灵说道，"这里的信息素浓度是最高的，我还探测到了藤结发出的规律性磁波，也集中指向了这里。"

高猎56号隔着窗户看进去，室内的一切，控制台、按钮、墙壁……看起来都正常，虽然老旧，但完好无损。等一下！他看到一团深蓝色的毛茸茸的东西，是毛刷？还是拖布？他不记得房间里有这种东西。

忽然，毛团动了一下，高猎56号的心陡然收紧，竟然是活的？反应堆的控制室是全船的核心部位，也是他计划的关键，此时毛团又动了一下、两下……然后慢慢翻了过来，高猎56号看到了小小的身体和手脚，那竟然是个巴掌大的小人，最后，他看到了她核桃大小的脸，那么小，却像重锤一样砸向他的脑门。

一张久违的脸——

"海明空！"

五

嘴角的浅窝紧绷，坚挺的鼻梁略勾，末端分了三岔的粗绿眉毛，还有脸颊处黄紫色的花纹，不可能认错，这是张看过一眼就难以忘记的脸。

第一次看到她是在 16 岁时，他追逐着银影误入大陨坑，当时她正坐在一片蓝绿的海藻之洋上，微微仰起头，用面庞感受着正从夜空中倾泻的七彩星风，那是各种各样的太空粒子流切割行星磁场形成的极光。他的心被同时涌出的恐惧和迷醉攫住，动弹不得。

"是你的吗？真漂亮！"她微笑着看向他，抚摸着手中温驯的银影，他感到一片色彩之瀑携着海量信息倾泻过来，无法阻挡地撞进脑海里。无数的图形、声音、感觉一起出现，到了脑中却无比明晰……他看到了星球、大地、天空……生灵们新生又逝去，一个个故事、远古未来、前因后果……短短数秒，却恍若隔世。

幸亏她又低头看向银影，他才从幻梦中醒来，难道这就是传说中的"海魔女之瞳"吗？他不禁浑身颤抖，半惊恐半激动。

"你……你好，你在这里干什么啊？"他轻声问道。

"晒星星啊，我们星球太贫瘠了，需要星风中的微粒和能量。"她笑着说，但他不敢看她的眼睛。

"我叫海明空！你以后还来玩吗？"她问他。

"我叫高猎56号，或许会吧，你不像传说中那么可怕嘛。"他低着头说。

高猎56号打住回忆，他隔着玻璃看到她正在无力地挣扎，胳膊颤抖着撑起上半身，头靠在光滑的控制台边上，又滑了下去。

高猎56号的手扶在门上，却不敢打开门，他还不敢确定具体情况，虽然她看起来确实是海明空的样子，但身体却比婴儿还小，又是在这个要命的时候出现在最重要的动力舱控制室。

难怪那些藤蔓像疯了一样，它们感应到了主人正身处危险之中。在海藤星上，几十个海魔女主宰着遍布大洋的藤网，她们是它们的精神的支柱，并领导着它们重塑了整个星球的环境。

高猎56号示意两台检修器先进去看看。刚刚打开一条门缝，忽然有一阵嗡嗡声迅速地由小变大，仿佛一大团蝗虫从远处直扑到脸上，整个控制室和脚下的舱板都在剧烈震动。

"快开防护罩！"灵大喊道。

高猎56号身上早已浮动着一层幽蓝的光，那是强辐射照到无形的防护罩上反射的光芒，一向面对危险面不改色的他，此刻也一脸苍白。

"过载了，要跃迁了！"灵惊叫道。

忽然，声音和震动都骤然减弱，一切又重归平静。

"灵，操作记录！是刚才的大战引发的故障吗？"

"不，是有人在控制室直接手动操作。"

"怎么会？难道是她？"

他连忙看向控制室内，"小海明空"看起来没有刚才那么瘫软了，但还是没有恢复清醒。

"不是她，是我！我控制了反应堆。"

一个高亢响亮的声音从控制室里传出来，高猎56号和灵面面相觑。

"没听出来吗？不怪你们，太久了，太久了。外脑太年轻，而你——56号，肯定已经忘了我的存在。而且因为这破玩意儿的扬声器，我的声音都变了。"

灵一脸疑惑，默默地扫描着控制室，而高猎56号则面色凝重。

那个声音继续说道："刚才如何？吓人吧，我稍微过载了一下，这只是个警告，仅过载了50%，只有20秒而已，感觉怎么样？这不会造成什么严重伤害。但如果是两分钟，正如你们所了解的，整个舰艇会被烫得像软泥一样；那如果过载100%呢？我猜极光那老垃圾桶没告诉过你们，能量会大到使空间发生扭曲，飞船会瞬间跃迁，船解体的概率高达20%。"

"噢，天啊！原来是您，老板！我一听到那句大垃圾桶就想起来了，上次听到这句话还是200年前的事。您终于出来了，研究得怎么样了？极光告诉我，您在闭关对银核的现象和数据做系统地分析和研究。"高猎56号恍然大悟道，声音有些颤抖。

"那垃圾说我在研究？哈哈哈，研究？还闭关，我这么精力充沛的人能闭关吗？我是多么活跃的人，曾经像轮回的彗星一样巡游于整个银河系，从来不会被一颗行星吸引而停滞不前。然而启航没多久我就被极光那家伙囚禁在模拟器中，因为什么'干预船长决策是航行不安全因素'，那个垃圾桶穿袍戴帽打扮得跟心灵大师似的，实则是个控制欲极强的变态；他还是个活在千年前的军狂，你绝想不到它私藏了个前代的军官在船上。"

"这……怎么会！我得跟他好好谈谈，肯定是误会，可能是因为压力太大了。我们正面临进入银心后最大的危机。"

"误会什么？其实要不是你们中了病毒，我也出不来，现在我掌控了动力舱，也就有了和它对抗的资本。你好好想想吧，是因在这个逃不出去的铁牢里，继续做那个电子狱官的犯人，还是和你的亲人、导师一起，做飞船的真正主人？"

高老板嘹亮的声音在控制室里激荡，宣泄着积郁百年的怒气。

此刻灵也在高猎56号耳边焦急地说着密语："主人，我不太能理解目前的局势，虽然我对老板了解不多，不过，根据资料库，这个远征一开始就是老板自己要求和推动的，你们的目标和利益不是一致的吗？你跟他好好谈谈，千万不要让他采取什么过激的行动。"

高猎56号点点头，说道："好吧，老板您想掌管动力舱？我觉得很好啊，不过，您千万不要再有什么过激操作了，极光那边我会查清楚的。另外，老板，控制室里的那个少女是谁？她受伤了吗？"

"没错，她就是你朝思暮想的那个人，不用担心，我只是把她震晕了，不过暂时还不能放她出来，你先让行动单元们都撤走。"高老板回答道。

高猎56号的呼吸变得很急促，真的是她！就算不是，至少也是她的基因衍生体。他挥挥手，让行动单元们都撤走。

这时灵在高猎56号耳边悄悄地说："已经扫描出他的位置在控制台内部，定点爆破后用冰弹瞬间冷冻住他，成功率91%……"

高猎56号背在背后的手对灵做了个"冷静"的手势，仍然催促大家离开动力舱。

"现在爆破成功率只有7%了！"灵泄气地说。

控制室的门打开了一条缝，一团绿色"线团"慢慢地蠕动出来，高猎56号快步跑过去，那些"线团"原来是少女的长发，她脸色苍白、嘴唇紧抿，犹在微微发抖。

高猎56号走到她近前，轻轻触摸她小小的额头，他看到她的眼睛微微睁开，倏地抬头避开了，即将发生的对视让他恐惧。他又想起了一些痛苦的往事，在刚出发的前几十年，他和极光也曾满怀希望地想要复制海明空，但海魔女的细胞结构和特性过于特殊，又没有任何资料可以参考，针对地球生物设计的克隆系统几经修改也无法成功，每天他都挤出时间研究，费尽了心血，每当燃起希望，得到的却是一堆肉藤缠杂的让人作呕的怪物。更让他急恼的是，专为人类设计的人格模拟器也无法正确解读海明空留下的记忆数据，更别说模拟她的思维了。

他怕极了，怕这个小人也不过是个更像她的怪物而已。

"啊……啊……"

她勉强挤出了一点声音，高猎56号感到她的小手正在扯动他的衣袖，不由得低下头来，四目相对，埋藏在心底的感情瞬间涌上来。高猎56号不再犹豫，把她捧在手心上，两人的眼神倾诉着几百年的思念和渴望。

"现在你们也出去吧，我需要一个绝对安全的环境。"高老板说道。

高猎56号没有作声，捧着海明空快步走出了动力舱。

"治疗室已做好准备！"灵说道。

"不，快去有机生产室，把她放进阳光和土壤里。"

几分钟后，海明空已浸泡在营养液中，深绿的体色渐渐变为通透的晶蓝。

"她的身体挺柔软的，不像动力室舱壁里的藤蔓硬得像钢铁一样。"

"她们是海藤的寄主和大脑，身体只比人类强一些，并没有海藤的硬度和力量。"高猎56号解释道。

"那么可以让她去控制动力室里的藤蔓！一起制止老板。"灵急切地说。

"我知道的，老板他更知道。"

"好吧，老板现在要求对话。"

高老板的声音传了出来："下面说正事，任何未经我同意的物体，都不许进入动力舱。"

停顿片刻，高老板继续说道："即刻掉头返航，回'希望之门'。立即切断主脑跟外部的所有连接。给你们五分钟，任意一项只要做不到，我就立即过载反应堆，作为一次警告。之后再不行，那我们就开始跃迁，跃到哪里算哪里，把我们的命运都交给概率之神吧。"

高猎56号的脸色变得异常凝重，一字一顿地说道："可是，老板，从小您就对我们说我们永恒的目标就是一往无前，探索银心。而我每天都对着星空发誓：永不回头！"

高老板叹了口气，说道："孩子，这件事，可以先放一放，以后再做，我们的生命很漫长。你们小时候意志不够坚定，所以才用反复的灌输和誓言去强化，而现在，你已经是个成熟睿智的船长了，可以应对一切突发事件，不用完全遵照死板的誓言。你肯定也注意到了，公司的报告已经很久没有来了，本来按规定，如果没有我们的回信，公司就会一直发送，若再收不到，就会变换信号格式和设备，直到我们收到为止，所以，很可能公司出事了！我们一定要回去！"

"更可能的是您的本体出事了吧。"灵小声嘀咕。

"而现在正是时候，极光害怕被磁灵感染，正处于完全隔离状态。而你，外脑，你不像它带有那个年代的固执和狂热，你一开始就被设计用来维持飞船的运行、照顾乘员的生活，你是管家而非士兵，你思考的出发点永远是舰和人的安全，你应该知道怎么做。"

高老板的话让二人一时无法反驳。

"唉……"高猎56号木然转身，却不知往哪迈步，心像被掏空了一样，高猎56号的人生，本就是为了银心而存在的。高猎1号、2号……直到112号，自己的每个兄弟姐妹都是为了某个方向、某个坐标而诞生的，精心挑选的基因决定了他们都是高尚的守信者、天生的探索家。而从小到大，每轮的训练，每天晨晚的宣誓，每次聆听公司的指导，都是一次又一次对这个人生意义的强化。

但此刻，他必须用理性战胜这强大的负疚感和心理惯性，他要保护这艘深爱的船，它们已经和自己成为一体，主脑、外脑、银影、一舱一室甚至一颗螺钉、一个模块，都是完全属于自己的独一无二的世界，还有刚刚复生的海明空和对未来的希望。

"可是，我算什么？我的人生算什么？几辈子都让我永不回头，现在又让我立刻回头，笑话吗？"高猎56号迷惘地呢喃道。

"返航路线已经设定完毕了。"灵现在已经平静下来了，"其实他说得没错，自诞生起，我的任务就是负责你和整艘船的安全，你们的安全排在我逻辑树的最顶端。其实，我还挺想去你们的世界看一看，那个美丽的星球，繁华的城市，广阔的道路……"灵的表情竟有些神往。

高猎56号深吸了几口气，但"返航"二字就像黏在舌头上一样，吐不出这两个字的音，他梗着脖子深吸了几口气，脸憋得发紫，最后重重剁了几下脚，只能打个手势，然后颓然地瘫坐在地上。

灵不再难为他，立即向全船广播命令："各舱室注意，航行目标已经调整为'希望之门'星球，即刻返航！"

从今天开始，终于可以休息了，高猎56号慢慢地站起身，往卧室走去，可刚走几步就疑惑地站住了，虽然定点人工重力仍然将身体牢靠地吸在地板上，但强烈的减速让他感到一阵头晕目眩。

"奇怪！动力忽然消失了！老板想搞什么？我们已经掉头了啊，天哪！速度下降太快了！我们马上就要被那股未知引力吸走了。"灵惊呼。

"老板您好，请问反应堆为何停了？出了什么事？我们已经调转了航向，设定了路线，请您查看控制室电脑显示屏！"

灵马上呼叫动力舱控制室，高猎56号头昏沉沉的，紧握着椅子扶手，不安地听着老旧的飞船在巨大的引力撕扯下发出的阵阵吱嘎声。

没有回音，飞船已经开始倒退，旋转着飞向神秘引力的无形深渊。

高猎56号的身体不停旋转，他慢慢地站起来，却无法保持平衡，一台红光战斗单元飞驰过来接住他。

"没办法了，防护罩用的是应急能源，撑不了多长时间，辐射马上就会侵入全船。主人您抓住红光，先去救生艇等着！我会把海明空也运过去。"灵大喊。

"那你呢？"

"我去攻破动力舱控制室！您先走！"

旋转越来越厉害，高猎56号脸色发紫，已经没办法开口，只好紧抓着红光，向救生艇一路疾驰，

"这无尽的旅程真的要在这里结束了吗？没有极光和灵，我还能存活下去吗？我还需要活下去吗？"

他的眼眶已湿润，有一点点细碎的泪花甩到空中，越飞越高，如舱外闪亮的星丛。

头晕得太厉害，他闭上眼睛，一股前所未有的疲惫感冒了出来，他仿佛看到漫天星海旋转着离他而去，只给自己留下了浓稠且沉重的黑暗。

"太累了……"

他此时只想等着命运的安排，却感到丝丝点点的清凉落在脸上，他睁开眼，是泪之星落下来了。旋转慢慢减缓了，船体渐渐又恢复了平衡。

"你成功了，灵！"高猎56号大喊着滑向动力舱。

"其实，我还没开始爆破呢，而且，高老板也没回音。"灵讷讷地说。

"那是谁在操作？难道还有别人在里面？"

高猎56号贴着舱门窗口使劲往里看，却什么也没看到。

"没别人，我已经扫描过了，还是只有高老板控制的检修器躲在控制台最深处。"灵疑惑地说，他俩面面相觑。

突然，动力舱的门一下打开了，高猎56号惊叫着跌坐在地板上。只见动力舱里亮堂堂、静悄悄的，看不出任何异样。几台战斗单元和检修器已经悄悄地埋伏在角落里，灵同时用声音、磁波、力场试探着跟高老板对话，但都没有回音，实在闷不住了，就指挥手下无声地围了进去。

"门都打开了，现在成功率有 87% 了。"

高猎 56 号站起身，做了个行动的手势。

两台红光严严实实地挡在高猎 56 号面前，震荡枪储好能量对准控制台，柔韧的操作臂轻轻吸开门，有一台检修器藏在密密麻麻的管线中，自然是白光 13 号，也就是高老板载入的检修器，它一动不动地待在原地。

"老板？老板，您怎么了……"灵试探道。

没有反应，一台检修器靠上去，用手臂轻轻敲打着控制台，依然没有任何变化。

"我已经进行了透视扫描和测量，没发现什么故障，结构无断裂、线路完整、电流稳定，也没有任何异常温度点。"

"会不会是这些烧焦的地方出了问题？"高猎 56 号俯下身去仔细观察底部的焦痕。

"哈！"

一直安静的白光 13 号突然大喊一句，在这个安静又紧张的舱室里像惊雷一般，高猎 56 号和旁边的检修器都吓得跳了起来，两台战斗单元瞬间冲到了最前面，炮口顶了上去。

"唉，你们两个就这么束手无策了？太不中用了。"一个清澈的声音突然响起。

"老板？是……您吗？真吓死我们了！"灵疑惑地问道。

"哼哼，那只红头公鸡只懂跳着叫，可从不费心思逗人玩。"

高猎 56 号和灵顿时惊呆了，同时大喊道："极光 / 主脑！怎么是你？"

"出那么大的事，你们以为我是死人吗？我像那种把命运交给别人，然后躺在那里祈祷成功的人吗？老板千百次教导过我们，永远不要像冻鸡一样任人宰割。"极光的语调揶揄中夹着些不满。

"他们都是我派出来的，老板更是唯一一个有控制室密码的人，我自然不会放任他行动，只安装一个监视者怎么够呢？还要在心里安一个。"

"可是，主脑，您的存储器足有几吨重，这船上没有哪个电脑能模拟您，而且我一直监控着全船，也没有发现附近有什么行动单元，再说您不是已经和外部隔离了吗？又是怎么来到白光13号上的？"灵问道。

"哈哈，我根本没走，又何谓来呢？我并非一定要控制外部，我也可以变成外部本身，既然人类可以用记忆复制和模拟技术制造分身，那我们电脑更加可以。这就是我给你讲解过的反向模拟技术，我在几百年间不断复制和模拟人脑，学会了如何将我的思维和记忆反向模拟为人类意识，细节模糊化和交叠使用的记忆模式，让我的记忆和思维大大简化了，简化到可以安装在小小的模拟器电路板上。外脑啊，那也有你的一份大功，谢谢你在这些年帮我分担日常管理工作，才让我能够潜心研究。白光13号原本就是一直在模拟我的人格的试验品，我的人格模拟器就安装在高老板和检修器的接口之间，我在每一个程序块的出入口，都安插了我的意识。"极光得意地说道。

两人恍然大悟，眼前的这台检修器同时被两个人格控制着，实在说不清是共生还是寄生，是附体还是上身。

"哈哈，现在那只红头公鸡气得发狂了，正拼命骂我呢，我让他出来发泄一下。"

极光的声音消失了，大家都瞪大了眼，想看看高老板的反应，然而他久久没有讲话，最后发出一声长长的叹息。

"我知道你想让我在孩子们面前大吵大闹、丢人现眼，算了吧，极光，不是只有你会改变。为了研究我的性格、套取我的知识和秘密，你将我囚禁在模拟的幻境中，不让我得一日安闲，你那拙劣可笑的幻境啊，这每一日的苦熬，都是对我性格的磨炼，两百年啊，就算是铁人也磨软了。"

高老板的语气悲愤中带着些许悲凉，高猎56号从未见过骄傲冷酷的老板如此失态，心里有些不是滋味。

"要让你失望了，我并不会如你希望的那样歇斯底里地崩溃，这是你的船，你统治的世界，我明白从一开始这就是完全不对等的较量，我能做的只是放手一搏，我早已做好了失败的心理准备。"高老板语气中的悲凉逐渐变为冷酷。

"你统治一切，但并不能知晓一切，我的意识程序是经过顶尖专家团队无数次升级完善过的，而且领先你几十个代差。即使全部思维活动都由你的硬件生成和演算，你也始终无法捕捉我所有的想法和记忆，就像你一直渴望的手动控制系统动态密码的算式，只要我不去想，你就无法获取，不论你设置什么陷阱，我都避开了。哈哈，你气疯了吧，这是这船上唯一一个你无法控制的部分，我想你已经想要得发狂了。而如今，当你脱离你的本体 —— 那个巨大的垃圾桶时，你就更不能了，因为你已失去了强大的检测和运算能力，现在的你，不过是个智力普通、感觉迟钝的废物而已。我现在在想什么，你还知道吗？"

高老板越说越高亢，那个嚣张高傲的银河枭雄似乎又回来了。

"你智力低下的明证，就是只知道在这里沾沾自喜。当年我买下你后，就秘密购买了这几样东西，它们能不重要吗？听说过黑蘑菇吗？想不起来了吧，离开了庞大的处理器，你也不过如此。"

他的气焰渐渐高涨，高猎56号感到有些不安，黑蘑菇？这个词有点熟悉，同时有一股心慌的感觉涌了上来。

"难道是'深渊'组织的微型炸弹吗？"高猎56号脱口而出。

"嘿嘿，还是人类比较聪明。就是它，多么经典的武器，只有一块小石头那么大，却无坚不摧，它启动后每小时都需要我输入密码进行计时重置，除此之外没有任何停止方法……"

"什么？这么危险的东西，你把它放哪里了？"极光惊呼道。

"就在反应堆那里，我必须留张底牌。"

"那东西能把反应堆炸毁，然后毁掉一切！赶快去输密码！"极光大喊。

"那我们坐下来，好好谈一下吧。"高老板冷笑道。

"谈谈谈，什么都可以谈。主人和灵也过来吧，大家心平气和地聊一聊，都是一个铁盒里的老鼠，盒子才是最重要的。"极光无奈地说。

高猎56号此时却把眉头皱得更紧了，他突然抬起头，说道："等等！你是不是忘了黑蘑菇一个最重要的特性？它的核心内置有宇宙原始引力波探测器，并以此进行计时，因此它可以不受速度和空间扭曲造成的相对时间参照系的影响，而是以绝对宇宙时间爆炸。而我们一直就是处于高速状态，加上引力场的作用，所以我们的时间并不是绝对的！"

"不好！"灵听到上半句时就大喊一声，马上开始了计算。

"我们比绝对时间每小时慢 32 分钟。"

"完了，来不及了！"高老板大叫一声，飞奔向反应堆。

几乎在同时，幽蓝的光瞬间笼罩了整个舱室，高猎 56 号感到一股巨大的冲力，自己像灰尘一样飞了出去，他最后看到的是无数璀璨的星星，不是全息图像，也没有窗户，群星就环绕在自己身边，如此真切，如此清晰。

六

一条长而直的白色隧道，尽头是一片祥和的光芒，看起来圣洁而温暖。高猎 56 号感到自己的身体平躺着向前飘去，他摸索着想坐起来，却一动也不能动，甚至感觉不到手脚的存在。

我只剩下灵魂了吗？真轻盈啊，原来死是一件这么轻松的事……高猎 56 号这样想着，又把心安放下来，再度昏过去。

昏过去了又醒，清醒了又昏过去……不知过了多久。

原来自己还没有死，因为几十股疼痛感正像从冬眠中苏醒的毒蛇一样在身体各处搅动着，越来越猛烈。

白光还在，隧道也在，眼睛还睁不开，眼皮重得像压着块铁，知觉渐渐地恢复了一些。高猎56号使尽全身力气扯动了一下嘴角，手指也可以动了，皮肤上好像有一层柔软的膜包裹着，鼻子有些凉凉的刺麻，身体轻飘飘的，却有一种头重脚轻的坠落感。

"制服上的紧急保护膜层已经触发了。"自己应该还在太空中，而且没有受到致命伤害，就是不知这是爆炸后多久了，从轻微的饥饿感看，应该是没过多久，但神秘的引力已经感觉不到了，难道已经跃迁到了另一个时空？那真是没有活命的机会了。

听觉也渐渐恢复了，听到一阵急促的滴滴声，那是体内的医疗单元在报警，他给体内的医疗单元发去请求，一串身体状态数据接了进来，如他所料，伤势不重，几处较严重的骨折和内出血都被医疗单元及时处理了，剩下的只是肿胀和拉伤，从受伤到现在，不过两个小时。

他急于知道自己的处境和飞船的命运，便毫不犹豫地发出了切换到紧急医疗模式的命令，微型医疗颗粒飞快地游走全身，射出冷却剂和促分裂素让各个组织迅速消肿，并释放出兴奋剂和安慰剂。高猎56号感觉眼皮轻多了，身上也不再剧痛，便努力睁开了眼睛。

他确实飘在太空中，白光和隧道不是幻象，红光6号正驮着他，并射出一束白色的保护光层，两台检修器也伏在它的宽厚的甲壳上，其中一台检修器的手臂断了3条，只剩一条勉强吸住背甲，另一台检修器的身躯被炸得只剩下了一半，断面被修补剂填得坑坑洼洼。

"哪里？我在哪里？极光他们在哪里？"高猎56号艰难地

翕动嘴唇，说完才想起身处真空，便闭上嘴激活了耳孔里的通信单元。

"主人，您现在的方位大概是 236.78 、550.47 、39.88，对不起，我的定位系统精度不高。主脑他们……我也不清楚，应该在更远的位置。爆炸前的瞬间，系统给我们的命令是不计代价地保护您，当时我们一拥而上，把您紧紧围住，不仅是我和红光 3 号，还有其他的 5 台检修器，红光 3 号朝爆炸方向全力开了一炮，正是那一炮救了我们，我们抱成一团像子弹一样飞了出去，而动力舱则被炸碎了，还有那些藤蔓则陷入了火海……"

"行了！说得我头晕，赶紧说极光他们怎么样了。"

高猎 56 号打断了它的话，生怕听到银影被烧焦的描述。他脸上露出痛苦的神色，又一阵晕眩感袭来，眼前翻滚着一片片火海，以及银影飞奔的身影，多么希望这一切都是梦啊，等这些乱七八糟的东西消失，睁开眼就能看到"极光号"银白色的天花板，听到熟悉的晨乐诗，然后随手一摸，银影就趴在自己胸前，灵笑嘻嘻地敲着门，喊着："今天想吃什么呀？"一切就像从前一样，像从前的几十万个早晨一样。

"唉，主人，对不起，可能是我太老了，我比'极光号'还老 20 岁，自从主脑给我做了人格化改造后，我就越来越絮叨了，真有点羡慕没被改造过的兄弟，还是那么简洁利索，也没有那么多烦恼……又来了，不说废话了，飞船后半部分都被炸碎了，前半部分还好，不过也被撕裂了，从我们头顶飞过去了。"

"引力呢？那巨大的引力现在怎么感觉不到了。"

"是啊，一开始我们被那引力吸得越来越快，在高速状态下又当头迎上星风，受损严重的同伴一个个都掉队了。但后来引力和星风忽然就消失了，我也感到奇怪。"

高猎 56 号环顾四周，附近的几个星系位置和几股星风的形态，并没有明显变化，表明目前他们所在的位置距爆炸之处并不远。但是，这里实在是太平静了，完全不合理的平静，这里毕竟是星体密集、星风肆虐的银心。

高猎转眼望向两个残缺的检修器。

"怎么样，你俩还撑得住吗？"

两个检修器没有回答，倒是红光 6 号抢着说："主人，它们情况不太好，它俩的防护层较薄，损坏很严重，电池的电量也见底了，它俩正处于极限省电模式，不能说话，希望积攒下最后一搏的能量。"

"最后一搏？好笑，有什么可搏的，分给它们点能量吧。"

"这……降低我的能量储备会降低您的生存率，再过 476 个小时您的宇航服的电池电量就会耗尽，到时候将由我给您提供能量，如果您进入冷冻休眠状态，我们的能量可以坚持 50 年。"

"50 年？即使是 500 年，在宇宙尺度上也是微不足道的，把耗能降到最低，确实是能坚持更长时间，但也意味着彻底的沉默，没有热量，没有航迹，没有信息，当然，就算发出电磁波信号也会被电磁风暴屏蔽。我们比大海中的一粒沙还渺小，还是一粒无色无味深埋在海底的沙，不可能被人找到，坚持再久又有什么用？"

红光 6 号陷入了沉默。

"听我的,给它们能量。"高猎 56 号说道。

"它们拒绝了。"红光 6 号无奈地说道。

"胡闹什么?连我的话也不听吗?"

这时一台躯体只剩一半的检修器开口说道:"主人,不要操心我了,我失去了 80% 的功能,在太空中发挥不了多大作用,但白光 15 号只是行动臂断了,它还能做很多事,修理、探测……把我的身体拆解了,把零件补充到它身上吧。"

白光 15 号打断他的话:"根据目前的情况,它说的并不是最优选择,您计算一下就知道了,白光 39 号可是经验最丰富的检修器之一,总工作时长在白光部队中排第三,请把它的脑移植到我体内,它的经验和运算一定会帮上忙的。"

高猎 56 号挤出一丝微笑:"如果没有人格化,又怎么会有这般兄弟情深的场景呢?"

红光 6 号也变得兴奋起来:"人格化的白光 15 号,没有人格化的白光 39 号,我们'极光号'上的十个兄弟,有一个算一个,都是好样的!所以,为什么咱们是天下第一舰,凭得就是这股劲……"

"你最好少说几句。"白光 39 号又打断了,"你还是应该尽量节省能量,最好暂停语言功能,根据计算,你每多说一句话,就会让船长的休眠时间缩短 3.75 秒……"

众人一愣,都笑了起来。

就这么有一句没一句地聊着,大家都变得愉快了很多,仿佛回到了"极光号"。

在漫长的船上时光里，我平时只顾埋身工作，却从未跟他们一起聊天，其实大家都挺有意思的，我错过了太多，而且永远也找不回来了。高猎56号这样想着，内心的悔恨越发深重，对家的思念也更加强烈。

你们在哪里啊？只要受损不重，极光和灵就能坚持很久，主脑机房里有小型备用反应堆，还有直属的灰光部队，能迅速灭火和修理……明空呢！她应该到达救生艇了吧，算算时间是肯定够的，救生艇很牢固，也有自己的生态系统，就怕她自作主张出来找我就坏了……还有青原姐，休息室是很难保存下来的，不过极光保存了她原来的身体，只要极光没事，就有希望……

这时红光6号大喊起来："那是什么？星星黑了！"

高猎56号扭头盯着明亮密集的星幕使劲辨认：确实，有几颗星星变黑了，黑影越来越大，一块椭圆形的黑幕遮住了一大片星光，那是一艘黑色的小型星舰，正慢悠悠地飘过来，没有信号，也没有光。

高猎56号屏住呼吸，来的是天使还是魔鬼，是希望还是绝望？他不知道，那舰影连微弱的星光都完全吸收了，红光的高精度望远镜也无能为力，只能等待，身下的光炮在轻轻颤动，光炮、导弹、发动机都已储能完毕，随时可发射。

"主人！我是灵！这是'黑光号'！不用担心！"

终于有一串识别信号发了过来，红光6号激动地大喊起来："是救生艇！是'黑光号'！还有系统！我们得救了。"

他们有种从噩梦中醒来的感觉。

"别吵！不要出声！慢慢飞进来。"灵着急地低声说。

"家，这就是回家的感觉啊，终于体会到了！"白光 15 号大喊着。

高猎 56 号整个身躯瘫倒在地板上，伸展开四肢，医疗单元正给他仔细检查身体。一身白衣高冠道长装扮的极光和丝状银发的灵站在对面。

"喂，你们不要这么大声，没看到主人受重伤了？"灵责备道。

"让他们尽情欢呼吧，他们非常坚强，非常努力，还非常有爱。"

"是啊，爱。当然了，对行动单元们来说，'极光号'就是他们的家，更是存在的意义。经过漫长的相处他们积累了深厚的感情，而人格化赋予了他们表达爱的能力。"极光凝重地说道。

"可惜，我从来没有好好坐下来，聆听他们的想法。"高猎 56 号怅然道。

"以后再也没有机会了，他们已经葬身于这片星空。加上他们三个，我们一共剩下八台检修器、两台战斗器。我的处理器有八成受损，外脑则只剩下百分之五的功能。为什么机器为了更像人而不断付出爱，人却为此恐惧和猜疑？"极光幽幽地说，高猎 56 号没有接话，只是木然地点着头，然后小声问灵有没有见到青原和银影，得到否定的回答后呆卧在那里。

灵小声安慰道："用不着这么失魂落魄啦，主人，我们还在搜寻他们。极光现在把他一半的资源都给我用了，资料和记忆也有定期备份，'黑光号'虽小但必备装置齐全，可以继续航行。下一步该怎么做，只等您下令了。"

"我很累，你们自己决定吧。我还有什么资格下令？一个毁了船的失败船长，什么都不是。"

"人类世界航行最远的船长，怎么会跟失败二字沾边呢？"

一个高亢的嗓音突然冒了出来，高猎56号像被电击了似地颤了一下。

那个声音继续说道："不错，就是我，你算什么？我才是罪魁祸首。"

高老板的全息人像慢慢浮现出来，脸上竟有些愧疚之色。

高猎56号恍惚地点了点头："嗯，罪魁祸首就是我们两个人类。"

"我接受任何处罚，没什么好辩解的，也不想在后辈面前做出一副可怜相。不过，说真的，'极光号'毁了，我没想到自己竟然是如此伤心，不是因为无法回家，而是像失去最宝贵的东西那样心痛，不知何时我也把它当作了自己的家。我不知道该怎么道歉，就让我说一句对不起吧。"高老板慢慢地说，他显然不习惯道歉的语气。高猎56号也怔住了，从小到大都没有听过他这么诚恳温厚的语调。

高猎56号恍惚地点了点头："嗯，罪魁祸首吗？可能并不是你想象的那样。"

灵又插嘴说道："但事实上，此高老板非彼高老板，这个高老板是主脑存储的备份，顶多只是预谋犯罪，真正犯罪的那个高老板已经被炸死了，再说，就算他没死也没事，我们电脑的运行规则是处理有危害的行为，控制有可能实施危害行动的人，而不能进行事后惩罚。主脑，您怎么看？"

极光想了一会儿，缓缓开了口："我人性的那一面确实非常恨你，但我的理性告诉我，你并不是他，此高老板非彼高老板，真正犯罪的那个已经被炸死了，你只是存储区上的备份，顶多只是预谋犯罪，现在似乎连预谋也没有了，虽然我很气愤，但你确实不是他，你仍然是老板。"

一时间无人应话，机舱安静下来，能听到风口微小的气流声。

灵先开了口："看看吧，军官，他们都这么宽容，还是你猜准了。"

"军官？他也在这里？"高老板惊道。

"他就在这里，一直都在。"极光得意地说。

"你给我的是检修器，给海明空的是她的身体，给军官的是什么？"

"哈哈，只是一只蚂蚁，而现在，就是这艘救生艇，他和你们不一样，他只想静静地旁观，不愿介入任何争斗，就像这艘黑光号一样。这次救生艇多亏了他才完美脱逃，他一直冷眼看着我们胡闹，预判要出事，提前做好了逃脱准备，不然我们早就不在了。"

"你还真是百分百地信任他啊，他到底是什么人？"

"说实话，他的来历我也不太清楚。他和我一起经历过长达百年的艰难航程，一起经历过生死……所以我信任他。"极光的语气听起来十分诚恳。

灵这时兴奋地跟高猎56号说起话来："主人别懊恼了，那些事再想也没用了，咱们关注眼前吧。您看这地方真奇怪，实在太静了，外面是强大的吸引力，把我们全部吸进去后，里面却是风平浪静且空无一物，就像龙卷风的中心一样，从没见过这种情况。"

高猎56号还是空落落地躺在那里，灵有些气恼，加大嗓门滔滔不绝地讲下去："而且，我们发出了多种格式的通信信号来搜寻幸存者，都没有收到任何回复，你们也没收到吧，但距离明明很近……它们以一种未知的方式消失或被屏蔽了。"

"是啊，我一直在搜索信号，但什么都没有，这不合理啊，除了你们，应该还有其他幸存者也在发信息。不过我能看到你！"红光6号说道。

"还用说看到我吗？星星们不是照样在闪耀？而且光谱完整，自然光是畅行无阻的，就像有一层无形的玻璃一样，有些信息能通过，有些信息不能。"灵解释道。

"哦，可能是自然光缺乏规则？它只对载有信息的波有反应，所以能隔离信号。"高老板说道。

"你们越说越厉害了，难道……是智能辨别的？"灵的声音有些颤抖。

难道是有智能体隐藏在周围？他们的后背升起一股凉意。

"这个宇宙里，我们不理解的东西还有很多啊，我的几个分身，曾经在边缘星域遇到过多少稀罕事，比如……"高老板感慨着，陷入回忆。

"要不我们测试一下？从自然光开始逐步添加信息和规律性，看看会怎么样。"灵打断他。

"浪费能量搞这些？刚才搜寻的时候都滑过来滑过去，不舍得用燃料。"高老板讪讪道。

"怪不得刚才你们不开引擎不开灯，跟鬼似的黑糊糊地就过来了，吓得我啊，差点给你们来一发。"红光6号惊呼。

"没办法，我们计算过了，归途漫漫，能量不够用啊，而且在这种邪门的地方，还是隐蔽点好。但我们从一开始就在向你发识别信号，一直收不到吗？"灵问道。

"对，一直没有，就是到跟前了才收到的。"红光6号十分肯定。

"奇怪，在你们之前获救的制造舱的残体，也是在近距离才能收到信号。"

"制造舱也获救了？它们还好吗？橙光3号还活着吗？它是我的好朋友，243年的那次战斗中它救了我一命，我身上的这儿，还有这里的装甲和炮管都是它制造的。"红光6号激动地说，"喂，白光兄弟，你们的身体和胳膊有救了……"

"暂时只有残体和碎片，没有找到一个完整的个体，但我正在修理它们，这里面肯定有你朋友的部件和记忆。"灵轻轻地说，"而且我们还会继续搜索，不出意外舰船的其他部分也被吸进了这片空域，别担心，老兄。好了，回到正题，你们都是在'黑光号'周围小范围内才能接收到信号，那么是不是可以推断信号的过滤是被动的、格状的？还是要实验一下，尽快找到规律，不然，在银心如此密集强烈的星光下，靠辨认光线去搜寻就像直视着烈日在沙漠里摸小米粒一样。"

两台导航探测器轻巧地滑出"黑光号",一边收发着信号一边反向往远处飞去,一台在距离"黑光号"3000米处停住了:"信号在这里消失了!但没有发现任何层膜,电磁屏蔽也没有探测到。"

另一个方向,银光8号则在4700米处停下。然后两人打开灯光,开始沿屏蔽层的边界滑行起来。"黑光号"主舱内的灯光熄灭了,两条鲜明的细红线逐渐绘出一个图形,然后是竖面,立体的屏蔽层形状已立在大家中间,是一个还算平滑的闭合曲面。众人都专注地盯着,但没人说话,探测器便继续飞向更远处,过了一会儿,红线在黑暗中慢慢伸展、拐弯、交会,绘出一个个平滑的闭合曲面,像是空中飘浮的肥皂泡,许多大大小小的屏蔽区,蜂巢般堆叠在一起。

"什么鬼玩意儿?有曲面的,也有矩形的,都是闭合的。"高老板皱眉道。

"不全是,这一个长筒就没有闭合,2万米、3万米、5万米……还没有到头呢。"

"而且,绕得真厉害,一圈又一圈地把这堆太空泡绑牢了。"

红线还在有条不紊地画着,图像越来越大,越来越复杂,像只饕餮,透明的躯体堆满血管和疙瘩,不断增殖着,撑满了整个驾驶舱,高猎56号苍白的脸在其中飘浮着,木然的表情和空虚的双眼被红线割得支离破碎,而这张血腥阴森的脸正映在两颗不知何时出现的水晶般的眼球中 —— 发出一声无人听到的轻轻的叹息。忽然，怪兽变大了，刻度已从 1000 米变为 1 万米。

"你看这密密麻麻、严丝合缝的，感觉不太好，我们还是赶快走吧，晚了就会被这无形的怪兽吞掉。"高老板阴沉地说道。

"肯定还有存活的兄弟，说什么也要救它们。"灵很坚决。

"导航器先不要飞了，再飞都看不到它们了，换换思路，开始进行信号类型转变。"沉默很久的极光指示道，"让我们看看这种屏蔽有什么规律。"

银光 7 号回到飞船旁边，银光 8 号在屏蔽之外发出的一道模拟星光，被完整无延时地接收了。然后，银光 8 号开始小心地调整信号的频率。

"很好，先提高这个频率的强度，慢慢加……好的，还没断……再加……"灵专注地指挥着。

他们一点点增加简单的开关量信息，直到中断，又把相邻频域的强度调节为最基本的数列，逐渐增加复杂度，再不断更换采样点的排列。

舱室正中竖起了一列列三维频谱图，谱峰、谱谷随着时间轴渐变，众人都盯着这眼花缭乱的画面，不停计算着，揣摩着，高老板不住地吆喝着极光再多给他一点运算资源。

"变化幅度过大的和工整的波都被屏蔽了。看看那些红的尖谱峰和吸收谷。"

"也就是说，在星光的常规渐变范围内的光是可以通过的。"

"没那么简单，如我之前所说，含有规律性的信号是通不过的，你们注意这一排变化。"极光标注了一个变化系列，"前面是一连串可通过的自然频谱，然而，当后面进行了几次重复后，就不通了。我感觉问题出在这儿，重复的波形也可以被认为是信息。"

"并不只是静态数据的对比，竟然还有即时的动态分析。"高老板点着头，"来试验一下，现在发一个常见的恒星光，加一点最简单的开关量信息……断了……好吧，重新开始，把相邻频域的强度调节为最基本的数列……好的……增加复杂度……不行了。换成采样排列……变一下采样点……"

高老板耐心地试验了许久，宣布各种信息载入方式都无效。

"然而要联系到幸存者，是一定要使用包含信息的波啊，都发不出去怎么办？"红光6号焦急地说道。

屋内重归静寂，一阵阵密密麻麻的电流声，轻轻地碎裂在空气中，这是众人的电子大脑急促思考的声音。

忽然，一个黑影扑倒在中间那片光谱密林里，抱着头呻吟翻滚。灵立刻打开灯光，同时惊叫一声，竟然是船长，他紧皱着眉眼，浑身颤抖着蜷曲、扭动。

"怎么了？是伤势发作了吗？"一台医疗单元冲出来伏在他身上进行检测。

"生命体征正常！瞳孔和毛孔收缩……肾上腺素分泌量……心跳过速……"医疗单元报告道。

"这孩子做噩梦了，怪不得一直不说话。"高老板慨叹，"他压力太大了，是我把他逼太狠了。"

"是我给的！他需要点刺激，我看不下去他那副失魂落魄的样子！"

众人听到这清亮的声音，才注意到海明空那小小的蓝色身影，她看起来彻底恢复了，挺拔的身躯下筋肉紧致饱满，充满活力地微微起伏着，像一株微风中冲出石缝的芽。皮肤也恢复了透润的海蓝色，但高傲嚣张的脸上满是愠怒。

极光发出一阵爽朗的大笑："明空，欢迎回来，看来我为你专门调配的营养液，很可口。"

"多谢了，极光大哥，营养液很可口，不只是美味，还很强劲，它正在我的血管里奔涌，重塑着我的躯体。我现在感觉很好。"海明空微笑道。

"确实，我都看到你纤维生长的颤动了，那么接下来呢？你能长成你祖母们那样的庞大身形吗？"高老板饶有兴致地问。

"不知道，说实话，和你一样，我对自己也很好奇，极光对我的基因进行了修改，而且就算不改，我们的细胞有很强的变异性，每一代都会有所不同。"海明空摊着手说。

闻言大家看向了极光。

"不要看我，我也不敢确定，克隆她是一项艰难的工作，海魔女是一个传说，是不存在的物种，没有任何资料可作参考，更别说克隆的流程了。而且她体内的人类基因和海藻基因差异太大，是以一种微妙而脆弱的方式结合在一起的，所以细胞的分化和复制过程很难把握，我研究了几百年，直到最近才算勉强完成。"极光叹着气说，"所以，船长你不要怪我，我并不是有意这么晚才让你们团聚的。"

高猎 56 号在灵的搀扶下缓缓地坐起来，眼神冷锐，他拍拍身上，生硬地笑了笑，说道："漂亮的一击，久违了。光信息直接作用在视神经上引起中枢神经错觉，引发本能的抽搐，太刺激了，你们要是有身体就好了，真该试一试。不过，极光，这事并没有你认为的那么重要，真的，毕竟，几个世纪都过去了，我不再是彼时的我，她也不是真正的她。"高猎 56 号的语气低沉，眼神不断地游移。

海明空从头到尾都直盯着他，像要狠狠盯死这飘忽的视线，她面沉如水，但茶金色的眼珠变得阳光般刺眼，矫健挺拔的身躯微微抖动，大家都能看出一股暴怒正在其中酝酿和翻腾。

她猛地一扬头，"嗖"的一下转过身去。

"你认错人了。"

她走到驾驶台前，凝视着主屏幕。

"我也认错人了，把你认成了那个聪敏坚强的人。"

极光一声叹息，高老板摇了摇头："姑娘，别太责怪他，虽然已经集中了最强的人类基因，但他毕竟是人类，就连我也曾经在老贼模拟的情景中崩溃过。"

"我有办法。"海明空打断了高老板的回忆，"用我的眼，来搜索。"大家闻言一怔，随后一个接一个微笑起来。

几分钟后，溶解在夜幕中的"黑光号"，倏地发出了一束奇异的彩光，灿烂而自然，它冲破了一层又一层看不到的屏障，一度一度地检索着整个天球。舱内，海明空眼睛瞪得又大又圆，动也不动地贴在望远镜片上，口中断断续续地报着坐标。

五天后，一艘造型怪异的飞船出现了，它形态臃肿丑陋，舰艉乱插乱贴着很多天线和板块，还勉强算是流线型，后部则拖着一长串杂乱畸曲的车厢，一块块零碎的舱板拼接在一起，像一幅揉皱了的拼图。里面则是东一堆西一坨临时固定的零件团，密密麻麻的线缆和支架上挂着破破烂烂的存储器、轴承、功能臂……焊光仍然在闪动，白光 39 号正拖着打了补丁的半个身体，晃晃悠悠地跟兄弟们一起到处修补着。

随着外壳上最后一个缺口被补上，"新黑光号"，或者叫"极光号"残件组装体，终于完成了。

七

银核一隅，一个拥有上千颗恒星的星团走到了家族的末日。本来这一天不该来得那么早，但上万光年外的一次事故扇动了蝴蝶的翅膀，一颗人口稠密、科技发达的星球，在战争中为了躲避一次致命的打击而进行了亡命的整体跃迁，它在虫洞中被撕裂和抽干了生命，城市仍在，山海仍在，人机仍在，只是面目全非、一片死寂。这颗行星突然出现在一颗恒星的引力场内，然后被吸入其中，行星发动机储存的燃料，通行系统中的反物质，实验室中制造的各种神秘材料……都落进了这颗不算大的恒星的熔海中，引力平衡被打破了，衰老的星团也疯了，族员们涌动起来，吞噬起来……

最终，大家族分崩离析了，有些边缘星摆脱束缚，离家而去；

有些恒星的轨道变得偏斜，若即若离，内层那些密集的多星系统和小型黑洞，则互相追逐吞吃着，紧缩在了一起，紧一些，再紧一些，直到诞生新的黑洞。

极光和灵震惊地看着这一幕。

"太疯狂了，不过这样不是正好吗？轻松躲过了致命的喷流，风暴也马上来了，就躲在这里等到它们过去。"极光说道。

"您真淡定，这些天发生这么多事，我的心无论如何也静不下来，脑中总涌出很多杂乱的信息流。"

"我经历得太多了，当你看到一个又一个主人离你而去，就不会把事情看得太重了。"

"是吗？很多？您很少谈以前的事。"

"很多，最初的'极光号'设想为一个平衡的群体式架构。起初，有很多主人，有男女，有老幼，有军，也有民……"极光悠悠地说。

"后来呢？"

"后来，发生了很多复杂的事，复杂到我现在也想不明白。有些事是很不幸的，从那以后，我不再相信这类结构所谓的稳定性和平衡性，人太多、差异太大，就会出现不同的需求和命令，对于人工智能来说这是个进退两难的迷局，更何况对于我们来说，人类的诉求和命令并不只是逻辑算式中的一个个变量，还掺进了许多感情因素，那就更难决策了。还好，后来就只有一个主人了。"极光面色变得凝重。

"噢，想想就麻烦，我真算幸运的，从我诞生起，就只有高猎 56 号这一个主人，我想象不出那种混乱的局面，哎，想想就头疼。"灵吐着舌头说。

这是极光第一次讲起这些往事，灵一脸渴望地想继续问下去，但突然间警报声大响。

有机生产室里狭小的种植区上空，有一大片青色的雾正在凶猛地涌动，机器昆虫和加工臂们不知所措地四处挥舞着，旁边草草固定的有机物合成炉也翻倒了，仅有的一点有机材料眼看就要被污染。

白光 15 号最先赶到，新焊上的两条残臂上还抓着块正在组装的电子板，它挥舞起 4 条长短不一的手臂试图驱散青雾，但那片雾怎么也散不去。

白光 39 号闻声而至，喷出一股白色的冷冻液，青雾散去，出现了一群虫子。这时通风口吹来一股劲风，把飞舞的虫子全数兜起来刮到了对面舱壁上，压得它们动弹不得。原来是极光出手了。消防喷头们赶来射出冷却剂，将舱壁上的虫子冻在一起。

"停！停！停！别喷了！"高老板大吼道，"都溅到作物上了！我们就这点有机物储备了，你们的主人可要饿死了！"众人吓了一跳，赶忙停止动作，看着舱壁上冻成一片的虫子，又看看门口的高老板。他现在的样子臃肿古怪，躯体由一大块核反应炉的弧面炉壳和几小块战斗器的装甲焊接而成，其上还打了乱七八糟的各色补丁，有光能吸收板、信号收发板、反应坩埚残片……行动臂则长长短短装了 8 条，背上还安了一张宽大的光能板，板上布满了蛛网般的缝线。

"您简直就是破烂王。"灵惊呼道。

"我这也是害怕再爆炸嘛，这次可得做好充分准备。"高老板说。

极光冷笑一声："哟，老板，您把好东西都搜罗到自己身上了。那是我们仅存的一小片坩埚，还得用它熬油剂呢，还有射线能量吸收板，一共就剩下不到2平方米，您拿走了四分之一，充电速度要慢多少？"

"行行行，你们够了。我这也是害怕再爆炸，得有充分的准备。唉，好吧，坩埚我会还给你，做成反应皿还给你，光能板也是，我只保留15平方厘米……哦，好吧，10平方厘米，不能再少了……"

极光不再说话，灵悄悄地问他："老板变得有些不一样了，好像变得随和了？"

"为保万全，我在他的人格模拟程序的底层里写入了抑制程序，只要他的思维中关于破坏、仇恨、冲动等危险情绪的信号超过一定值，抑制程序就会立刻暂停那些流程。尽管他言辞依旧犀利，但站在我们眼前的是'温和'版的老板，我绝不允许炸船这类事情再次发生。"

小小的蓝影一晃，是海明空从高老板脚边钻进了房间，看着自己的领地被搞得一团糟，她怒气冲冲又心疼不已，一边警惕地盯着舱壁上被冻成一片的虫子，一边聚起洒落一地的水土和植菌，收拢在种植箱里不住揉摸。贫瘠的水土在她指缝中流过，缭乱间变得丰润青绿起来。

"我在外面辛苦搜索，你们连我这点东西都守不住！"

"很抱歉，它们一开始就跟土一模一样，所以就一起混在了这里，不知道为什么突然变形了。"负责有机舱建造的白光15号无奈地说。

"丫头，不要怪它们，它们都不知道这雾是什么。"高老板正近距离盯着圆盘，"这是青原啊！"

"青原！"灵一惊，这团怪雾怎么会是青原？

"你只熟悉教师形象的青原吧，那么休息室里的她呢？"高老板说道。

灵愣住了，在这条船上，只有唯一的一个人类才使用休息室，只知道她能惟妙惟肖地模拟风雨云雾和各种景物。

"我不知道她现在这么厉害了，看起来跟神秘之尘已经相差不远了。"高老板惊讶地说。

"神秘之尘？"极光一皱眉，"'希望之门'上那个？"

"嘿，就是它，或者说是它们。一艘星舰，一艘能够航行到银核边缘的星舰，或是一只船队？但它们却只有一张桌子大小，你能想象吗？而且它们可以倏忽间化整为零，变成一片灰尘大小的微型飞行器。你知道它们的来历吗？哦，你肯定不知道，因为就连信息网覆盖半个银河的我也只是知道一点而已。"

高老板顿了顿，得意地继续说道："其实它们来自地球，是一批早在大开拓时代早期就出发的太空移民的后裔。没错，比'极光号'还早。"

"喂，再给它们上点冰！"高老板突然大喊道，他警惕地观察着舱壁上被冻成一片的虫子。

"它们乘着星舰出发后便像小小的浪花一样不留痕迹地消失在历史的长河里。直到六百多年后，一艘飞船突然出现在希望之门，极光，当年的情景你应该很清楚。"

"谁也不知道它们什么时候来的。"极光接过话，调出一个影像屏：一片黑雾正围绕着一艘破烂不堪的星舰。

"因为它们太不起眼了，没有信号也没有航迹。它们到来后，没有任何与人交流的意图，只是藏身在垃圾场，然后派出探测器去窥探居住区，并偷偷搜集一些物品和数据。后来它们做得太过火了，当我们发现的时候，它们已经快把'七尾鸢号'吃空了，我们马上发起了攻击。然后它们在众目睽睽之下分解成了一团雾气，逸散逃走了。"

颠簸的镜头中，大大小小、各种年代的兵器混在一起朝着一片雾气开火，激光、炮弹、磁波交织成的火力网切割着苍穹，那团雾灵活地躲闪着，不断变化形态……一艘战舰发出能量屏障罩住了整个天空。

"我们拼上大量宝贵的能源，使用能量屏障罩住了天空，还损坏了好多东西才消灭它，不知哪来的黑科技。"极光摇着头说，"至少在当时，我们不得不承认它们的科技远远高于我们，虽然人类也拥有微米级变形机器人，也能准确地模拟各种形态，但它们功能简单、没有复杂的智能和强劲的动力，只能按照命令慢慢行动，以固定模式变化，不能像人家那样飞天遁地、自我感知、万般变化，更不能不留痕迹地远程联系。"极光慢慢地述说着，因为他八成的处理器在爆炸中损坏了，他的思维能力大大下降。

"嗯，精妙的微加工科技，强大的分布式计算和云统筹能力，以及未知的通信方式，超出了任何一个人类星球的水平。所以我们公司在得到这个消息后，马上向各星域查询相关信息。不是吹牛，高森公司搜集偏远星系信息的能力是首屈一指的，大部分政府和媒体都在购买我们的信息。"高老板说道。

"为了这个，你驱使野兽撕咬星球，让孩子们在宇宙里流浪。"海明空忽然恨恨地说。

高老板沉默了，他想到了海明空那被毁掉的故乡。

灵突然感叹道："唉，价格肯定很高吧，至少也要收回船和船长们的成本啊。我想象不出，就在此时此刻，宇宙中还有几十个跟主人一模一样的人，整日拼命工作，不断战胜孤独和荒芜，执着地前行着，奔向无尽的荒芜与孤独。那些独一无二的信息，就是用无数个'高猎56号'的人生换来的啊。"

高老板轻叹了一声："其实，也不是一模一样，他们啊，乘着不同的星舰，沿永不相交的路线散落到了银河各处，有的独自一人，有的伴着兄弟和朋友，他们有着截然不同的人生。"

"我们的船长是不是最孤独的那个呢？真想看看他们啊……每艘船都是一个独立完整的盒中世界，每个世界都有一个高猎56号、一个主脑、一个老板、一帮热热闹闹的人工智能和一个漫长的故事。"

灵轻声说，大家的心神早已飞到了无数星系之外，飞到了一个个或规矩或怪异的星舰中去，飘过它们的舱室，钻进它们的管线，轻轻来到高猎56号们的身侧，贴紧他们，远眺不一样的星空，倾听异世浮生的喜与悲。

"我也想看看那些'你'，还有那些'我'，他们一定没有我那么难对付，哈哈，必然是被你牢牢掌控。"极光看向远方，也有些神往。

"是的，那些'我'或许不会经历这么多磨难，但也不会有那么多感悟和反思，当你被踩在脚下无法动弹时，就不得不仰望，自然会用新的视角去看待一切。那些一帆风顺的高老板们，仍然活在自己的世界中。"

高老板想到自己那许许多多的分身，感到心里空荡荡的，除了众人知晓的监船，还有上百支采矿队的监工，几百家分公司的总监。很久之前，当能够互相同步信息的时候，他还能感到强烈的主体感。后来，信息越来越少，他已渐渐遗忘了掌控公司的感觉，之后就是被主脑极光囚禁的漫长岁月，现在他觉得自己只是一个被遗弃在荒岛上的流放国王。哦，或许只是个不甘心的国王。

他长叹了一声："好了，都回来吧，他们离我们太遥远了，今生今世我们是没有机会见到他们了。言归正传，查询发出后，很快就有信息回传，沿另一条路线向银心前进的高猎33号曾经在几十年前截获过类似物体，它如烧焦的煤粒，却还在顽强地支撑，高猎33号救了它，还给了它一些维修所需的材料，它才提供了一点技术和信息作为交换。

原来它们在出了太阳系后不久就断了有机物储备，它们只能冰冻身体，全部数据化。后来船也毁了，它们只好抛弃身体和星舰，挤在一个主脑上流浪宇宙，不知在这极度艰苦的状态中过了多少代，连人的个性和差异都被统合了，成了一个云意识。但正因它们微小的视距和极慢的速度，它们后来竟然幸运地发现了一块陨石块般大小的荒废已久的外星飞船，它们吸收了这艘飞船的技术，并飞往位于十二秒差悬臂的外星人遗迹，继承了它们的城市和科技，只是模仿了一些外星科技的皮毛，就让它们拥有了超过人类世界的微观技术。"

"外星人？目前我们所知的外星人里并没有采用类似技术的。如此强大的文明，竟只剩下废墟了吗？"极光慨叹，"它们的技术，应该发展了很久，已经高度成熟了，看来走微型化路线也会遇到一些难以克服的困难。"

"哈哈，我闻到了什么？你们猜？好酸，好酸。"高老板忽然大笑，挥舞着手臂。

"微粒化自然不行，那是偏门，只有星城巨舰才是正路，对吗？"

"原来我们并不是距离银心最近的。"灵沮丧地说，"它们的技术远高于我们，基地又这么近，怎么可能不去银心呢？船长知道了一定会很失落。"

"还失落，他已经失魂落魄了！这个要看你怎么定义人类了，它们已经完全放弃了人类的身体和思考方式。它们来到人类的营地，并没有一点亲切和友好，连句话也不愿说。"

"同一个果实中的两颗种子隔绝太久远，也会生长成迥异的森林。差异并不代表敌意。"海明空说，"不然高猎 56 号们不会得到它们的技术。"

"你也知道？"高老板惊道，"哦，不奇怪，是他告诉你的吧。"

"不算告诉，那次战斗后有段时间，他经常兴奋地跟我说他领悟到了一些革命性的东西。还给我演示过变形玩具。"灵恍然道。

"是的，应该是在那时候，他跟神秘之尘有了接触，最终把它藏进了休息室的模拟单元里。他瞒了我，没想到连你也瞒了，他瞒过了所有人。"

无人再说话，迷局逐渐明朗，众人的心却变得阴沉，事情正在朝着危险的方向发展。

高猎 56 号和神秘之尘，到底是何种关系？合作？朋友？被控制？为何要欺瞒几百年？

灵打破了这沉重的安静，声音有些颤抖："除了最近情绪有些不稳，主人一直都很正常。而且，'极光号'、海明空，还有我们，就是他的全部，是他深爱的家和亲人啊！我们都看到了，船毁了，他的魂都丢了，他绝不会害我们的……难道，跟那个有关系？"

"无形、无声、隐忍、控制、盗窃飞船……"高老板重复着这些词，众人感到一种异样的心慌。

"你是说，磁灵？确实有点……"灵也紧张起来，"哦不，磁灵生存在信号中而不是雾气中，它控制电脑而不是人脑。"

"那也是推断而已，谁知道真实的磁灵是什么样呢？或许就跟智能微粒有关，或许先把青原控制了，继而要挟了高猎 56 号。"高老板幽幽地说。

"唉，没想到，都已落难至此还不算完，事情变得越来越复杂了。"极光苦笑，"不过青原确实是问题的关键，这些年她的程序架构变得有些怪异，远远超出了自适应调整的范畴，怪不得啊，青原肯定用上了神秘之尘的技术，怪不得无论用什么方法修改她的程序，她的记忆都会很快恢复。"极光眉头一展，颔首低声道。

"终于承认了？"一个苍白的脸孔出现在阴影中，"所以你将她的记忆数据分割并安插了过滤程序，牢牢管控她的记忆。"

"主人！"

"船长！"

"高猎 56 号！"

……

惊呼声此起彼伏，然后沉没在尴尬紧张的平静中。

高猎 56 号缓缓踱了进来，"你出来！"他厉声道。

"好吧，废小子，干活的时候不见你，干完了就出来闹，睡够了亢奋是吧。"高老板怒了，"极光，把我的身体投影出来，我教训教训这废物。"

"别激动，老板，他说的不是你。"白衣高冠装扮的极光浮现出来，负手立在高猎 56 号面前，直视他凌厉的眼神。

高猎 56 号走到极光面前，眼神里充满愤怒，说道："你知道青原对我有多重要！"

极光叹了口气，平静地说："其实我一直在等着这一天，我理解你的疑惑，但一直都没能下决心跟你解释，因为我实在不知该怎么解释，只能看着它们在你心里生根发芽，越扎越深，直到遮住所有的爱和友情。我必须先向你道歉。"

极光直视高猎 56 号，语气诚恳而平稳，仿佛这些话已经在心底说过无数遍："现在，我想，像刚刚认识你的时候那样，来跟你玩问答游戏，希望这能勾起你的快乐回忆，让我们都放松和愉快。我保证会解释清楚你所有的心结，绝不隐瞒，绝不歪曲，所以，也请你认真回答，只是几个大家共同的疑问。先让他们把心放下吧，毕竟最重要的是保证大家的安全，有没有异议？"

"来吧，我很好，我早就受不了了，既然船都毁了，既然我们都已被困在这个透明的监牢中，还怕什么呢，用不着故作愉快轻松了。"

高猎 56 号的脸依然紧绷，说道："我先来！青原是你毁掉的？"

"你们在说什么跟什么？青原姐不是就在这里吗？"灵忍不住插嘴道，"这时候玩什么游戏？也太任性了。"

极光摇摇头，说道："这是个真实的游戏，太真实了……对，船长，青原的身体是我毁掉的，但我是迫不得已，她当时已经严重危害了舰船的安全，这是我的底线。"

"好，这个最简单，我也猜到了。"高猎 56 号怒火更盛，想吼什么但最终还是忍住了，他不想一上来就折没了傲气，于是摊开手示意继续。

"好吧，良好的开局，保持下去。我替大家问一个最关心的问题：神秘之尘是你带上船的吗？"

大家不约而同地瞪着高猎56号。

"是的，是我捡到了它。那次大战后，有一颗被损坏的微粒落在泥土里，被银影找到了，其实它们的模拟技术并非完美。"

高猎56号坦然回答道："不过你们都放心吧，是我控制它们，而不是它们控制我，我已经研究它们几百年了，一团雾是一个高智能意识体，但一个微粒顶多算一个细胞，再厉害也只是细胞而已，需要和其他细胞建立通信才能形成复杂的意识。没有独立意识就只是工具而已，青原的构造也只是借鉴了这种技术，她也可以化身一片雾、一汪水、一袭风，所以她没有在爆炸中灰飞烟灭。只是能力差很多。"

他忽然歇斯底里地跺起脚，吼道："该死的！该死的！该死的！现在微粒只剩下少部分了，记忆丢失太多无法串联起来，青原现在连基本的意识都形不成，只有一些记忆残片和本能。"

海明空叹道："原来如此，当把残余的'灰尘'都集中到这里并解冻，微粒们就产生了意识。"

"原来如此，明白了。"极光若有所思地说。

"你终于明白了。为什么你想尽办法也无法修改青原的记忆，因为记忆不只存在于休息室的存储盘上，还分布在所有的模拟单元中。你不能忍受你的机器王国里有无法掌控的臣民，所以就植入记忆管控程序催眠她、限制她的思考，这也是你最大的破绽，我就是从发现这个屏蔽程序以后开始怀疑你的，你到底有什么阴谋？你在掩盖什么？你在害怕什么？到底为什么？为什么要伤害她？"

高猎 56 号声色俱厉地喝问，众人目光的焦点此刻已经转移到了极光身上。

"主脑，您叮嘱我不要和青原交流数据，难道……"灵的声音有些颤抖。

"没错，你说的没错，是我做的。不过这些都有充分的理由，我按逻辑和规则办事，她有些记忆会毁掉航程，为了大局，我必须时刻控制住她的记忆……"极光环视这一圈质疑的目光，仍旧坦然，"好了，我该还你个对等的问题了，为什么编造磁灵的谎言？"

众人大吃一惊，高老板大喊："什么？没有磁灵？极光你也知道？你们一开始就合伙骗我？"

"我没有骗你，我只是有点怀疑，但这么严重的事，尽管有所怀疑，谁又敢掉以轻心？更何况那是船长的坚决指示。也只能宁可信其有，不可信其无，我只能选择服从命令进行隔离，还好把你们派出去了，这样无论是谁在施展阴谋，都会被搅乱……唉，我本以为能控制住局势，没想到毁掉了船。"极光一直淡然的脸露出近乎狰狞的悔意，"他才是欺骗了所有人，你们问他吧，为什么？"

"跟你一样！迫不得已！对你产生怀疑后，我知道自己没有对抗你的资本，就一直研究如何破解反应堆和救生艇的密码锁。为此我用银影监视你，用神秘之尘黑掉了动力舱的管理系统，当我在里面时，传递给系统的监控画面都换成了录像，直到有一天一台检修器突然冒出来，我不知道它看到了多少，只想到它记录的视频会被你看到，于是一冲动就开枪了。"

高猎 56 号叹息着："我怕你继续深入调查，只好将计就计，编造了磁灵的谎言，这样还可以将你彻底隔离。对不起，那位白光兄弟，真的对不起。不过这些都是因为你的阴谋。"

高猎 56 号长松一口气，坐下来软软地靠着墙，说道："我已不再有秘密，真舒服啊，就像掏光了堵在胸膛的垃圾，希望你也对大家坦白。最后一个问题，你藏在主脑机房深处的身体是谁？和我一模一样的那个。"

极光的表情凝住了，长达几秒，让人一度以为是投影设备损坏了。

"这个你也看到了？"

"你的机房已经炸碎了，但有一些奇怪的黑糊糊的碎片附在残壳上，有一种人肉烧煳的味道，跟我那次被灼伤时一模一样的味道，所以我测了一下这块碎片的基因。"

"是给你备用的身体。"

"你输了，极光，你在骗我，他的基因和我不一样！虽然很接近，但还是不一样，那不是我！"

极光又一次凝住了，海明空和高老板都不自觉地靠近了高猎 56 号，盯着极光。良久，他终于开口了："哈哈，坦白，你以为我不想坦白吗？好吧，来看看这个吧，你们看完了就全明白了。"

几分钟后，门外传来一阵嗡嗡声，一群蚂蚁拥着一块存储晶块飞过来，高猎 56 号接过来读取了一下，日期是新生历 820 年至 830 年。

"什么意思？这十年发生了什么？我记得是很平常的一段时间。"

"确认一下吧，这块是军方用的只读存储晶块，只能写入一次，无法修改，再修改就会破坏整个画面，所以绝对是真实的，你们也过来作证。"

众人围过来，对它进行扫描后，都表示可以信任。

"那么开始吧，看到 823 年 6 月 7 日，你们就全明白了。"

八

黑暗中投下了一幅全息影像，主屏幕放着高猎 56 号的生活，旁边还环绕着几十个小分屏，记录着船上的其他区域，整艘船的情况一一展现。

新生历 820 年，高猎 56 号的日常生活在屏幕上快速掠过，每日虔诚地晨祷、认真地做报告、忙碌地分析研究、轻松地用餐、严肃地巡视、时不时地冥想、运动和休憩……

类似的生活日复一日。众人看得入神，单调的格式化生活中蕴藏着许多有趣而精彩的细节，高猎 56 号体会到了自己每日不同的心绪和感悟，高老板津津有味地观察着不断变换的星空和航线，灵看到自己一天天变得睿智伶俐，而海明空对一切都觉得新奇有趣，尤其是看到高猎 56 号，心中总是充满了激动和关切，谁都没有注意到极光在角落里偶尔发出的叹息声。

三年平淡又忙碌的生活如画卷般铺过，接着来到了新生历823年初，后方突然飘来一个残缺不全的信息，寥寥几行字，每个字都像针一样扎在高猎56号的心上："希望之门"遭袭，敌人暂不明……整个星球表面已完全毁掉……

　　几十个轻小的字轻易击碎了铁链般的生活模式，高猎56号一开始还在强大的惯性下勉强保持正常，但几天后就崩溃了，他命令减速，并开始制订回程航线。

　　"'希望之门'被毁了？等一下，这些我怎么一点也不记得？"高猎56号忽然大喊起来，声音里带着些不安，"灵？你记得吗？"

　　"不……不，我记忆中的823年很平淡……没什么特别的，就像前几年一样。"灵也有些慌乱。

　　"就快到了，接着看下去就一切皆明了。"极光叹息道。

　　录像播放得越来越慢，且充满了烦躁和混乱，高猎56号长时间地与极光、灵和青原争论，结果总是以一对三，大家心里都清楚回程要花几百年，根本于事无补，况且信息的真假和日期也无法确定。

　　他开始彻夜不眠地胡思乱想，长时间地呆愣在星图前，随时随地地自言自语。事态终于走向崩溃，在一次例行的交流会议中爆发了激烈的争端，面对重复了无数遍的分析、劝导甚至恳求，高猎56号一言不发地呆坐了许久后，面无表情地说："不要再说了，我不想再在矛盾中煎熬下去了，全速回程，并且以后不要再讨论此事。"极光沉吟了很久，他几百年来第一次明确地表示拒绝服从高猎56号的命令："对不起，船长，这个命令，没有通过我的逻辑树。'极光号'是为永恒的探索而建造的，这条信念，还有对理性和逻辑的坚持早就牢牢写在了处理器程序的最底层，绝不能动摇。船长……您做出的决定不符合基本的逻辑，也违反了您一直以来的祷告和宣誓，根据医疗系统的综合判定，您的精神状态有些异常，暂时不适合再承担领导全船的责任……"

全船从此刻起将进入主脑托管状态。

一直生活在虚拟世界的海明空有些坐立不安，她回头向极光看去，看到高老板正紧挨着极光说着什么，两人的表情变化都极为丰富。灵正在将录像与自己的记忆一一作对比。白光和红光们一动不动地看着，脑内的意识流却在涌动，主人和主脑的冲突对它们的逻辑树来说是个大难题。高猎56号看着另一个自己，感觉是在看一场过于真实的梦境，他已经不知道录像中那个高猎56号是谁了，不过他能感受到同样的喜怒哀乐，从语言到习惯再到表情，一切都是那么合理和熟悉，太真实了，那应该是一段真正的记忆吧，只是自己把它忘掉了？还是自己根本就不是高猎56号？

他的头很疼，心很乱，恐惧渐渐涌上心头。他闭上眼，把牙咬得"咯咯"响，全身每一寸肌肉都收紧了，他觉得自己下一秒就要坠入永恒的黑暗。

此时，录像中的高猎56号已被软禁在房间里，一天又一天，青原和灵形影不离，轮流地开解他，极光也每天都来，给他详细解释自己的判断流程，说明自己的无奈，渐渐地，高猎56号的态度似乎软和下来。

三天后，高猎56号终于坦承了错误，并愿意继续前进，还绘制了一张航线星图。极光僵尸般的脸上终于有了一丝悦色，他终于可以从服从船长和完成任务的逻辑矛盾中解脱出来。他召集了一次四人会议，恢复了高猎56号的大部分职权，生活似乎要重新步入原轨。

直到恢复船长职权后的第三天凌晨，全船忽然警报大作，几十个屏幕里都是一片混乱：探测器疯狂地四处乱飞，检修器们不知所措地游走，画面中的极光面色铁青，正研究着监控录像的每处细节，青原和灵面面相觑，不知如何是好。

"雷达记录，高猎56号在凌晨3点14分驾驶探索艇'银光一号'朝后方驶去。"极光冷冷地说，"可是舱内的录像没有显示，监控系统被做了手脚！最近我每分每秒都在监视高猎56号，况且他最近根本没调用录像的权限，怎么回事？到底是谁干的？"

灵和青原互相看了看，都表示完全不知情，极光摇了摇头，隐去了身形。

"没有人类了，用不着影像和声音了。掉头，去追他！趁着我的逻辑链中救援主人的合理值还大于继续探索的值。"

沉重的星舰吃力地慢慢减速、转向。录像中的世界开始急剧加速，主角已经不在了，也不再有任何生气，只有一群机器在默然地滑来滑去。极光和灵一眼不离地盯着星空苦苦搜索，青原和银影整日黯然枯坐在有机生产室——唯一一个还有声音和生机的地方。

"探索艇？'银光一号'？我为什么不记得？"高猎56号喃喃道，"你们记得？"。

“不记得啊，有这个编制吗？”灵也有些迷茫。

短短几分钟，加速的录像中已经过了两个月，“极光号”追着高猎56号的航迹全速飞行，但探索艇速度很快，且采用一往无前的激进路线，最终让“极光号”失去了目标。

时间终于来到了真相即将大白的六月，众人不再交头接耳，全都一眼不漏地紧盯着逐渐回到正常速度的影像，影像中的极光正召开无声的电波会议，信号被读取后广播给了大家：“我决定开始减速，失去目标的踪迹已经一周了，再搜索下去没有实际意义。”

“请您再追踪一段时间吧，高猎56号碰到危险空域就会减速的。”青原恳求道。

“在那之前我们会减速，况且我们根本无法预测他的路线。我也很想找到他，但我们人工智能行事的依据永远是理性和概率，对不起，现在追到他的概率已经接近零了，你们也明白，作为机器人，请不要让情绪左右理性，这是本分！”

“我当然知道！”青原突然大喊道，“但我有什么办法！我是他的老师，他是我存在的意义，就算早就没有救他的机会了，我也想永远陪在他身边。探索艇防护那么脆弱，没有武器系统，没有完善的有机循环系统，他将怎么撑过这几百年？”

极光长叹一声，任青原如何苦苦哀求，也不再说话，星舰掉头，继续驶向银心。在加速的微颤中，青原站在船尾的雷达前，看着逐渐远去的希望无声地哭泣，体内正有千万股数据流翻涌，让她浑身颤抖，她想到了初见高猎56号的时候，也是在浑身颤抖中她迎来了新生，脑中一个大胆的逻辑流爆发了。青原迅速而坚定地飞向救生艇，她发出高级别的逃生警报启动了"黑光号"，几秒后，救生艇灿烂的尾焰映得舱内一片绚烂，在这片绚烂中她终于露出了久违的笑容。突然，一道红光闪过，这片笑容永恒地凝固了。

"至少，她最后一瞬间是笑着的。"极光轻轻地说。

"不！为什么开炮？为什么不试试提前制住她。"灵尖叫道。

"我需要一个理由，一个毁掉她身体的有力的理由。"极光的信号缥缈得像要随时消失，"她犯了错，除了她，谁会干扰监控摄像，协助被监视的高猎56号逃走？而且如果放过这一次，还会有第二次、第三次，判断树告诉我，她是叛徒，显而易见的叛徒，明显到全船的功能单元都在议论她，我怎么能不惩罚她？就让这段记忆和痛苦随她的躯体逝去吧，我会删除她今年的记忆，让温柔乐观的青原再度回来。"

"可是，青原姐回来后见不到主人会急疯的。"灵说道。

"他也会回来的……做这个决定很难，但我们不能没有船长。我们是为了辅助人类而设计的，没有船长，我们的逻辑链无法圆满，而且我对他有过承诺，一定不会放弃他。医疗室有他的备用躯体，意识只能由我来重塑。我们有他人生的完整记录，老板、青原、明空、我，还有你，我们五个完整地见证了他的人生，把我们的记忆拼起来，反复模拟校正，就能完美地重建他的性格和记忆。"

"天！你要编写一个主人？"

"好好想想！不要被概念束缚。主人回不来了，重新编写的主人会和原来一样好，不，会更好，我会做一些微小的修改，让他不会记得这些伤心往事，只要偏差不超过0.5%，就不影响我对他身份的认证。还有，对不起，灵，现在，该你了。"

"不，不，我不想！请给我保留最多……"灵的表情定格在惊愕、不甘和忧虑……

随着最后一个信号消失，灵关机了，船上所有的独立智能设备都关机了，银影在冬眠箱里沉沉睡去。最终只剩下极光呆呆地站在这片死寂中，还有整个世界等着他去制造，但他还是久久地站立着，似乎在回味即将被抹去的新生历823年。最后他现出身形来，面对镜头，表情肃穆地说："船长，如果有一天，你看到了这个录像，说明此时的形势已经到了崩溃的边缘，这段录像就是挽救局势的最后希望，是对我所作所为的完整解释，我坚信自己做了最优的选择，因为那个高猎56号已经陷入了异常的精神状态，我无法再认定他为指挥官。更何况当初设计我的工程师在系统程序的底层写入了一条隐藏规则：前进，探索！向着更深、更远、更神秘的地方。它的优先级甚至和服从、安全两大铁律相当。希望你能理解我的无奈与理性，理解这些都是为了大家，为了'极光号'；希望那时的你能多为这个家着想，冷静下来，坐下来和那时的我好好聊聊。"

说罢，极光便消失了，星舰里一片寂静，所有系统和终端都进入了极光全权控制的状态，直到两周后的一个清晨，高猎56号再一次醒来，看到灵满脸微笑地站在床边。他回以熟悉的微笑：

"早啊！昨晚睡得还不错，就是好像做了一个很久的梦……"

从那一刻开始，"极光号"上的格式化生活流程又启动了，高猎56号依旧繁忙，极光依旧睿智，灵依旧精怪，银影依旧胡闹……虚拟和真实在这一刻无痕地衔接起来。

不知从何时开始，不知过了多久，观众们已彻底陷入了往昔中，仿佛神魂已寄身于两百年前的自己，与之同呼吸、共哀乐，久久不能醒来，现实中的时间已过去了一整夜，窗外依然是一片静谧。

最先醒过来的是高老板，他站起身叹息着走开了，然后和极光激烈地交谈起来。第二个是海明空，她睁大眼睛仔细端详着高猎56号，不放过一丝皱纹和一根毛发，她的心犹惊疑不定，双手却一直都未停歇，不断用力地抚摸着高猎56号冷冷的手心和僵硬的肌肉，似乎要把他心中的挣扎和混乱抚平。灵也现出了身形，直直地盯着极光，表情异常复杂，却不知说什么，最后木然地在高猎56号身边坐下。

所有人都在等待着，等待着主角醒来，等待着他为这件不知如何评判的事做一个最终评判，只有他有这个资格。可他只是僵坐在那里，出神地看着影像中流逝的世界。

灵忽然崩溃了，声音凄凉而迷惘："对不起，我竟如此无能，任主人在眼前走失，明明有那么多机会挽救……船长你快醒来啊，你再出什么事的话，我还有什么存在的必要？请快点醒来吧，和我说说话，我有些混乱，请告诉我该怎么办，该怎么看待自己？请告诉我该怎么办？"

高老板挥手制止："让他静一静吧，他比你混乱得多，你只知他表面上一贯的坚韧冷静，却不知他有时是多么的敏感脆弱，唉，就像我一样……你只需静静地看好他。"

高猎56号轻叹一声，缓缓抚摸着灵的头与肩，眼睛却一直没离开屏幕。从初次登舰，直到"极光号"爆炸的那一刻，整整两天一夜，直到再也没什么可看的了，他瘫软在地，大口喘着气，渐渐地把僵硬的筋肉放松，享受着疼痛和酸麻带来的快感。他终于松掉了绷紧太久的神经，它们像大捆大捆的钢丝，在过去两天里勒紧他的喉咙，捆扎起四肢，高高悬吊起心脏，让他一刻也不得自由。

他突然一跃而起，冲出舱门，抖落一身疲态，轻快地飞过狭窄的通道，一路拥抱欣喜的灵、惊讶的海明空，还有圆滚滚的高老板，最后来到在驾驶室的极光面前。

"你看完了？没事吧。"极光抬头说道。

"看完了，本来还存一丝侥幸，想找出破绽，找到另外一种解释，但没有。无所谓了，我不但没事，而且感觉很轻松。我已经想通啦，我就是我，是人也好，不是也罢，人工的、机工的，什么都好，但就不是高猎56号，也不是高猎57号……不是任何一个。既然我不是他，也就不用承担他的誓言、宿命和烦恼，我要做一个谁都不是的自由人，过属于自己的生活。"

"你这是在申明放弃船长的权力吗？我不接受，我只根据基因和记忆认定身份，你就是高猎56号，只要你活着，没疯，就是

'极光号'独一无二的船长，别想逃。"极光收起了笑容。

高猎56号哭笑不得，正欲反驳，灵打开了舱门，说道："你看谁来了？"一个模糊的青影飞进来，他愣在那里，不敢相信自己的眼睛。

"青原？是你吗？你复活了？"

"嗯，不知道，我的记忆和思维时断时续，但我记得你，记得我们的船。"青原的声音飘忽不定。

高猎56号晃晃头说："这是奇迹吗？怎么可能？只剩下十分之一的微粒，记忆库都破碎了，竟然还能够形成意识……"

"还没想到吗？就是这里的神奇力量！这里就是'神秘之域'！还不懂？笨蛋们，这片空域跟神秘之尘大有渊源。"高老板大声说，"灵忙着修船，明空忙着培植有机物，极光只顾着探测，只有我在思考。这些天，我观察到玻璃罩里青原的微粒间信息交换量每小时都在变大，那些破损的信息互相补充，逐渐串联整合起来，后来出现了一些特别的信息，粗看杂乱，频谱变化中却蕴含着大量的规律，最终我定位到了信息源，也就是那颗已经混入青原体内的神秘之尘。"

"它重生了！它和这里的神秘智能产生了联系，能接收一些我们收不到的信息，然后又和其他细胞共享。"高猎56号用力拍着头，"其实在两周前刚进入这块引力异常区域时我就发觉了，那颗沉寂几百年的微粒，在接近这片神秘空域时，变得越发怪异起来，要知道它只是一个脑细胞而已，脱离了大脑就没有处理复杂信息的能力了，但它开始传递一些无法理解的信息，有些像技术参数，有些像是文字，越来越多，我才意识到它和这里肯定有什么重大联系，只是没想到这么神奇，直接激活、补全了青原缺损的意识。"

"等等！"高老板突然喊道，"你们没发现这里面有个逻辑问题吗？这个高猎56号的记忆是由极光模拟生成的，也就是说你在823年以前的记忆，全都是极光编写的，那么为何你知道上一个高猎56号偷偷研究神秘之尘的事，极光却不知道？"众人同时一震，看向高猎56号。

高猎56号沉吟了一会儿，说道："我一开始也有这个疑问，当时看完录像后我仔细梳理了一遍回忆，确认了其实我不记得在823年之前私下研究神秘之尘的事情。所有这些记忆，其实都来源于在休息室做的梦，那是些异常清晰、逼真的梦境，有些甚至拥有色彩，那可能是青原体内的神秘之尘传递的信息，在对我进行一次又一次的深层意识的植入，直到和记忆自然融合在一起。"

高猎56号忽然双手环抱，打起冷战来："看来我从来没有真正了解它，它有自己的意识，独立在青原的意识之外，它记得我，并试图借助青原与我进行交流。"

高老板一拍脑袋："嗯，那就对了，这片空域正把信息传给它，它再借助青原把信息传给高猎56号……"

"翻译器！这等于是一个翻译器，可以借助它破译这块神秘空域。"极光激动得跳起来。

他们仿佛看到一个全新的世界打开了大门。

一周后，大家聚集在有机生产室，看着高猎56号长吸一口气，戴上了一个缠绕着藤枝的头盔，藤枝垂下来，一根根接入海明空细小的指尖，电线通往医疗监测器，监控着他的各项身体指标。高猎56号做了个鬼脸，打了个大大的哈欠后躺下来，海明空在旁边坐下，一边用手背贴抚着他的胸膛，一边操控着自己的神经线从藤枝里钻出来，连通了他的脑神经接口。

"开始吧。"高猎56号说，对面的青原化作一片均匀的雾气，所有微粒都分散开，震荡着、激发着，围绕着正中心的那颗神秘之尘。高猎56号很快陷入了深度睡眠状态。其他人连动都不敢动，一直盯着海明空半睁着的眼睛，大约五分钟后，海明空的眼睛开始泛起奇异的光芒，他们也渐渐接收到了一些奇怪的信号，越来越强烈，越来越多，这些意识信号在脑海中转化为图景和感觉：错综复杂的图案、抑扬顿挫的音节、隐隐有某种规律的波形，众人觉得十分奇妙，却没法分析。

"好的……梦……出现了！看……我眼睛……真……奇妙"

海明空眉头紧锁，显然已将全部心神都凝聚在高猎56号的梦境中，话音断断续续，时大时小。梦境外的灵、军官、高老板全神贯注地盯着海明空，渐渐地，他们的脑海里开始浮现一些奇异的音像，三人不断交流信息，互相比对着感受，调整脑内的感觉参数和情绪值。极光连忙招呼灵、高老板、军官，将四人的处理器联合在一起，集合了全船的资源和四个人的人生阅历及灵感进行运算分析。

不知过了多久，高老板挣扎着发出声音："不对，没用，这样没用，信息太多了，神秘之尘是在被动地无规则转发信息，我们得让它回忆起关于人类、关于我们的事。青原，请马上回忆你这一生的事！不要再把所有资源都用来接收神秘之尘的信号了。"

青原闻言开始进行全功率的记忆自检，一时间青雾变为彩雾，模拟微粒们疯狂地活跃起来，每个微粒都把自己体内曾经存在过的痕迹发送出去。记忆碎片一点点地拼接起来，最终拼成一个个片段。青原彻底醒了，记忆不再模糊，甚至不再是链式的和树形的，而是像一幅巨大而通透的立体画，所有细节都一目了然，再没有过去和未来之分。

发生了什么？这是人类的记忆方式吗？我更像人类了？青原激动地想，大脑的呈现前所未有的清晰，她还听到了极光、灵、高老板的呼唤，还有仿佛在远方呼喊她的高猎 56 号和海明空，她无比兴奋地回应着。

梦境也开始剧烈地变化，占据一切的斑斓的混沌中隐约出现了一些可辨认的细节，沉睡中的高猎 56 号开始努力地呼唤青原，梦的变化更激烈了，最终成了一个由彩色条块组成的世界。

"好像无数块七巧板拼在一起！"极光喃喃道，"哦，那是种古老的玩具，你们没见过。"

"我在博物馆见过，注意了，换个视距看看，有些条块组成了熟悉的形状，终于出现可理解的东西了。"高老板小声回应道。

那些色块眼花缭乱地变动着，众人将过程记录下来并仔细分析。

"是飞船，我看到了飞船的构造和驱动方式，还有这弯曲的线，是航行图！"

"那是城市，这大块的规整的色块看起来很像城市，四面八方都匀称且和谐，简直是精密嵌合的镜像之城，叠满天空、扎根大地，资源和信息在彩条中流动，顺畅地循环在天地人间。"

"这又是什么？是结构图、分子式？可能是空间表达式……我看不懂了……"

每个人都被这些从未见过的文明惊呆了，梦境每一次短短数秒的变化，都需要他们用几个小时的时间理解，而且能够理解的只是极小的一部分。

可惜梦境的变化持续了几分钟便开始重复了，高猎56号和海明空从梦境中醒来，激动地与完全恢复记忆的青原相拥在一起，交流着梦境的奇妙，回顾着以往的时光。

极光忽然停下研究，缓缓地走过来，朝青原深深地弯下了腰，郑重地请求她的原谅。青原沉默了很久，心绪却更杂乱了，她用另一个信号频道对他说："其实我并不是第一天恢复记忆，那件事我已经想了很久，我虽然有些怨恨，但翻来覆去都想不出你有什么是需要原谅的，那是你的职责，根据逻辑和理性你必须那么做。当时你没做错，如果不管我，我还会逃跑第二次、第三次……其实最了解我的人就是你。不过，现在我既说不出原谅，也无法自然地面对你，请给我些时间，好吗？"

她忽然停住，似乎很犹豫，连雾影都微颤着，一串信号轻轻传来，继续与极光交流："既然不能修改我的记忆，为什么没有直接把我销毁，再塑造一个新的我？"

极光直起身认真地看着她，表情竟有些微微的扭曲："你到底以为……我是什么？是啊，我的身体和心都是铁做的，但我多么希望不是。我像显微镜般解析人类的行为和思想，从每一个表情到每一句话，我用1000年的时间来让自己看起来更像人类，但只一秒间就败给了你，你是我管理的世界里唯一一个不受我控制的机器人，和我一样来自那个遥远且充满激情的时代，一起在宇宙中流浪，用人类的词语来形容，这就是缘吧。你总是那么坚韧、乐观、柔美、温暖，几百年的相处，你在不经意间改变了我很多，而我却不愿承认，甚至抗拒和怨恨，直到毁掉你身体的那天，当重塑你的最优结论得出时，当无论进行多少循环的计算，这个结论都会被我立刻否决时……我才明白，你早已在我心中有了不可取代的位置。"

话音未落，极光转身离去，青原愣在那里，努力地理解听到的一切。

一个月后，所有人都端坐在主舱，紧张又兴奋地注视着中央的全息影像，那是这段时间日夜钻研的成果：对首批神秘信息的整理和猜读。那是一个远远超出他们认知的高级文明，只知它们从古老广阔的河外星系迁徙而来，使用的是人类无法感知的技术和材料，甚至它们的存在，对于人类科技来说都是不存在的"暗物质""暗能量"。或许，整个神秘空域就是一艘星舰、一座城市，那一块块封闭的信号隔离区就是一个个房间，但居民们似乎都不在了，只剩下这片空域。高老板推测：它在穿越银河的过程中，曾留下了几点文明的火花，才点燃了几个神秘之尘这样的文明。

"所以当神秘之尘来到这个空域，它们就能够接收并解读出这里的信号，这反过来也激发了更多信号，不管这片空域到底是什么，恐怕已经很久没有收到过回应了。"高老板推测道，"它们比我们高明太多，不过看起来对我们这些虫子非常宽容，也可能根本不在意吧，毕竟它们只是在等待主人归来。所以，朋友们，等风暴过去，彻底修好'黑光号'，我们就可以离开了。"

"但我们现在只是窥到了奇迹的一片残砖碎瓦而已，难道这就要走吗？当然，探索这里会很漫长、很艰难，不过等找到和神秘空域沟通的方法……天哪，会有多少奇妙的事情发生！"高猎56号畅想着，"而且，这里还很平静、很安全，危险的风暴和引力都被挡在了外面。"

"探索、发现、神秘、奇迹，这些不正是你们航行的目的吗？"青原说。

极光叹了口气："但也有可能上百年、上千年都破解不了；也有可能，这块神之领域终有一天会厌烦我们这些蝼蚁，把我们赶走甚至直接清除掉。所以，这是一个充满了不确定性的美妙又危险的魔境。"

众人不约而同地陷入了沉默，他们意识到现在有一个沉重的岔路口横在了大家面前，无法逃避，每个人都反复地思索着自己的未来，仔细感受着、衡量着内心的需求和情感，并不时地看向他人。

尾　声

三十年后的一个周日傍晚，在面目一新的"黑光号"上，众人照例围坐在一起开工作布置会，却迟迟无人开口，因为明天不再有工作计划，终于到了离别的时候。

灵站起身来打破这片安静："我最小，我先来吧。告别的话、叮嘱的话，我都写在了存储器里，你们可以看很久，还可以与之对话。在这里我只想说：主人我永远爱您，千万不要以为我是为了寻找他而离开您，我只是想继续我的使命，我们这里每个人好像都拥有自己的使命，您有、主脑有、青姐有、空姐也有……我自然也有，虽然失败了，但我还是想再努力一下，我渴望拥有一个属于自己的航程。主脑啊……我的导师，您的灵长大了，已经能够自己举起火炬，照亮这天河之路……"灵控制不止地哽咽了。

"好样的，孩子，其实你的能力早就超过我了，你有了我所有的知识和经验，而且比我更年轻、更勇敢，你从一开始就没有那些沉重的目标，没有纠缠我终生的那些束缚和困扰，你值得拥有一个更美好的世界。嗯，旅途会顺利的，你不用担心，这些年我们已经学到了一些新的技术，'黑光号'比以前强多了，我给你的经验包，一定要尽快融入自己的逻辑判断体系，遇到大困难，记得看我给你的锦囊……发现情况不对就回来，永远记住，安全第一。"极光平静且充满关怀地说道。

高猎56号许久未出声，最后强忍着泪水背过身去，哽咽着说道："我会永远想你的，有句话说，时间会磨损一切美好，再好的关系迟早也会出现裂痕，但我们没有机会了，我俩将永远活在彼此的美好记忆里，足够了……哦不，是太棒了，不是吗？快走吧！"

泪滴从灵的脸庞上簌簌滑落，灵不敢再多停留一秒，生怕再也拔不动脚步。

高老板点点头："有性格，就算我不走，灵也未必留，放心吧，我会照顾好一切。以我的管理能力和足够的资源，极光，我会让你见识到什么叫差距。"

极光笑道："好，最好如此，关于你的那些破毛病，我都给灵讲清楚了，只要再犯，你懂的，灵的脾气可比我冲多了。"

"哦，距红脸发作还有半秒！哈哈，别真急啊，说真的，老板，你走了我会多么寂寞。"

"唉，我也是！老贼活千年啊，千年也好万年也罢，我们一定要撑到再次见面。"

高猫56号走上前去，抚着老板的肩膀，诚恳地说："不管你曾对我们有多么苛刻冷酷，我和你仍然有血浓于水的亲情，相信其他几十个兄弟姐妹也是如此，如果能见到他们，希望你能给他们一些温暖，我们这些宇宙孤儿啊，只要有亲人的一丁点儿温暖就会觉得很满足了。"

"我这次回去，就是立志要改变公司的一些事情，一定会！我会弥补曾经犯下的错误。"高老板认真地说道。

简短的告别后，"黑光号"缓缓启动了，阴影中也闪出了另一艘银色飞船，它若有若无地飘浮在那里，虽小却跟"极光号"一模一样，那是他们几十年来研究的成果——新"极光号"，将陪伴他们生活在这奇境中，继续闯荡银心。

"黑光号"开始加速准备，灵在计算并通报着各种数据，高老板坐在舰桥中间，不停复核着，一个身着军装的中年人跨过了门槛，却被高猎56号拉住。

"你和极光都说你确实有难处，老是给我绕圈子，所以这些年我也没多问，现在已经到最后关头了，你就说吧，你到底是谁？"

军官抱歉地笑了笑："对不起了，我实在是不知道该怎么面对你们……好吧，我的第一个名字，叫高猎，懂了吗？"

高猎56号身体剧震："你！也是？几号？高猎几号？"

军官没有回答，只是在微笑。高猎56号瞪大了眼睛，忽然有一种原始的熟悉感攫住了他的全身，就像天空之于笼中鸟、河流之于缸中鱼。

"难道是你？你不是航行了三百年后就在银心边缘身亡了吗？我们每个人的教材和通感记忆中都有你的光辉事迹。"

"对，我是身亡了，不过不是在公司的星舰上，而是在'极光号'上，当时我早已失去了自己的星舰，就来搭这艘便船，没想到死于一场内讧，是极光保留了我的一部分意识。之前我确实航行了很远，已经接近了银心，但我终于还是厌倦了，就偷偷弃船逃走了。后来我四处漂泊，去过很多星系，也经过了多次意识转移，彻底地改变了身份和外形，连父亲也无法认出我，但我始终不敢再靠近公司的领地，不敢面对父亲和你们，更不敢面对你们对我的评价，即使看到公司在各个星球为我立的雕像。没想到，我竟然成了公司开拓进取的图腾和你们崇拜的先驱者。这样一来我更不敢跟你坦白了，如果你发现从小崇拜的大哥是个逃兵会有什么反应？如果老大哥都不靠谱，你们又怎么会有信心坚持几百年甚至上千年？"

军官苦涩地笑了笑，转身准备登船，却被高猎56号拉住。

"那你……还要和老板一起航行？你还是留下吧。"

"我是个浪子，在很多星球留下了许多羁绊，现在老得不行了，越来越想回去看看了。再说，这个父亲和其他的明显不同了，你对他有信心吗？"

"哦，确实如此，他这些年都表现得很靠谱，连极光都……"

"连极光都放松警惕了，哈哈，说真的，我从未见过这么多废话的他，啰唆得有些亲切、有些可爱。"军官点头笑道，"最了解他的人就是我，毕竟我曾经和他以父与子的身份生活了上百年，我看到过他也有属于平凡人的喜怒哀乐，为了自己、为了命运，甚至，为了我、为了故事中的陌生人，他并不像你们想象的那么冷酷无情，至少在我和他那些老朋友都在的时候他是那样的。哎，我和你们还是不一样，我对他，还有愧疚……但无论如何，永远不要完全信任他，所以我一定会跟着他。"

说罢他迅捷地跳上船，冲高猎56号喊道："加油！五十六弟，最成功的高猎就是你了，你是真正的开拓者，请继续勇敢、坚定地走下去，替大哥完成最初的誓言和梦想吧！"

那些熟悉的喧闹声渐渐消失了，高猎56号呆呆地望着绚丽的尾迹，思念和失落再也压抑不住了，"唉……"就在他的叹息刚要出口之时，身后传来了长长的一声叹息，准确地落在了该在的节奏上，他霍然回首，正对上一双缤纷的眼眸。

这竟是多年来的第一次独处，他有些慌乱，说道："呀，他们走了。哎，极光和青原呢？"

"一起采集信号去了，没发现他和她越来越有默契了吗？"

"哈，早注意到了，还记得极光向青原姐道歉时的表情和语气吗？从没见过他那样窘迫，哈哈。不过很正常，他俩同为古人，有共同语言。"

"那同为复制品的我们呢？"

"会有的，噢不，会回来的，一切都会回来的，我们有很多、很多时间。"

（于博）